Frederic S. Durbin

寻找牧神的男孩

A GREEN
AND ANCIENT
LIGHT

【美】弗雷德里克斯·S. 德宾——著

段淳淳

译

百花洲文艺出版社
BAIHUAZHOU LITERATURE AND ART PRESS

图书在版编目（CIP）数据

寻找牧神的男孩 /（美）弗雷德里克斯·S. 德宾著；
段淳淳译. — 南昌：百花洲文艺出版社, 2018.3
ISBN 978-7-5500-2547-9

Ⅰ. ①寻… Ⅱ. ①弗… ②段… Ⅲ. ①长篇小说－美
国－现代 Ⅳ. ①I712.45

中国版本图书馆CIP数据核字（2017）第296442号

江西省版权局著作权合同登记号：14-2017-0530
A GREEN AND ANCIENT LIGHT
Copyright ©2016 by Frederic S. Durbin
Published in agreement with JABberwocky Literary Agency, Inc., through
The Grayhawk Agency.
All rights reserved.

出 版 者　百花洲文艺出版社
社　　址　江西省南昌市红谷滩新区世贸路898号博能中心I期A座20楼　　　邮编：330038
电　　话　0791-86895108（发行热线）　0791-86894790（编辑热线）
网　　址　http://www.bhzwy.com
E-mail　bhzwy0791@163.com

书　　名　寻找牧神的男孩
作　　者　[美]弗雷德里克斯·S. 德宾
译　　者　段淳淳
出 版 人　姚雪雪
出 品 人　一　航
特约监制　刘东灵　康天毅
责任编辑　杨　旭　陈　蓉
特约编辑　宋丹丹
营销编辑　刘雅薇
封面设计　金　山
版式设计　邢　月
经　　销　全国新华书店
印　　刷　三河市三佳印刷装订有限公司
开　　本　880mm×1230mm　1/32
印　　张　10
字　　数　214千字
版　　次　2018年3月第1版
印　　次　2018年3月第1次印刷
书　　号　ISBN 978-7-5500-2547-9
定　　价　42.00元

赣版权登字：05-2017-495

此书献给我的阿姨和赖斯叔叔，

他们从一开始就相信这个故事；

献给伊万杰琳，这本书是属于她的；

还有永远的朱莉。

CONTENTS

CONTENTS

第一章

/

小镇来访者

我依然记得，飞机从村庄上空飞驰而过，发动机轰鸣咆哮着，在空中留下一道浓浓的灰黑尾气。那时我和祖母正在菜园里挖土豆，我们之前看到过一队朝着北方的海岸呼啸而去的敌军战斗机，我们知道这就是其中的一架。现在，这架战斗机独自掠过山坡，像遭遇灾难的悲伤天使一样朝我们俯冲过来。我站在那儿，它就在我们的头顶上，被阳光照射得格外耀眼。

祖母将她的挖掘铲夹在两膝之间，转过她那粗糙褐色的脸颊，垂下眼帘以避开机身上反射下来的刺眼强光，嘴里发出轻轻的责骂声，并没有像我一样跃身站起来。跟战争有关的事，从来都不足以让祖母冲到窗台边，或者在地板上来回踱步，或者冲出屋子。祖母不看军事大篷车上的表演，她也假装没有听到广播里的战争新闻；但当这些新闻打断乐队的节目时，她嘴里总会唠唠叨叨，虽然她从未真正地关心过这一切。她既不会停止咀嚼嘴里的豆子，也不会停止缝补手中的袜子。我从未见过任何人能把她的思绪吸引到关于战争的事情上来。

我们可以看见机翼上有敌军的徽章，机身有一排弹孔。不一会儿不远处传来了爆炸声，黑烟滚滚升起，飞机引擎喷薄而出的火焰甚至涌进了驾驶舱。我赶紧躲到屋子的角落并继续观察这些状况。伴随着一阵可怕的安静，飞机将果园和前街刮平了，它掠过绿色港湾里的渔船，掠过岩石，在逐渐加深的蔚蓝海域，一头扎进浪涛里，激起高塔般的浪花。

我转过身看看祖母。我的眼睛一定是瞪得大大的，我的嘴巴也一定是张得大大的。我忍不住跑进旁边的院子。祖母依旧在地里挖刨着，嘴里小声嘟哝着："噢，结束了。"

祖母看见我坐立不安，实在有些按捺不住，就对我说："去吧，跑去看看吧。"祖母的语气里没有透露出丝毫的责备，可能她明白她正在跟一个对什么都感到好奇的九岁男孩儿说话吧。那个年龄段，无论是屏幕上的飞蛾、腐木下的苔藓和蠕动的小动物，还是从天上掉下来的飞机，都让我感到好奇。

有不少人聚集在前面的街道上看热闹：有骑自行车的人们，有从没膝深的桩网处回来的渔民，修道院的三姐妹也在那里，她们手里还拿着念珠，脸色看起来比平时更苍白，当然还有穿过蜿蜒的篱笆和尘土飞扬的车道赶来看热闹的孩子们——每个人都在指指点点地交谈着。

"它爆炸了！"有人说。的确，最后一股浓浓的黑烟盘旋在波浪之上，在灰色的天空尽头，"我以为它就落在街道上了呢！"

"架子上的罐头被震得吱吱作响。"杂货店的 B 先生说。B 先生的头发是白的，髯上的胡子却是黑的。这里的大多数男人都是白发，和我正好相反。

"这响声把我从打盹儿中惊醒了，"另一个人说，"我还以为他们把罐头厂炸了呢！"

"真不喜欢它离我们这么近，真的一点儿也不喜欢。"

"这架飞机什么都没剩，我猜它直直坠入海底了。"

"驾驶员肯定死了。除了死无路可走，不管他是我们的人，还是敌方的人。"

穿着绿色印花裙的女士不停地将着她的头发，仿佛坠落的那架战机带来的风暴彻底吹乱了她的头发。另外两个男孩儿兴奋地讨论那架飞机如果撞到海上的船会怎么样，他们原以为会是这样的。其间，他们瞥了我一眼，显然他们对那架飞机更感兴趣。虽然村里的孩子们看起来都对我感到好奇，但我们几乎没什么交集——像我这么大的男孩儿平时不是忙着在港口帮长辈干活，就是在菜园里劳动。他们晚上出来自由玩耍的时候，我也是待在屋子里不出门的。其实我不反对在这儿交朋友，只是大多数时候我在想念我在家时的那两个最好的朋友。

一阵风吹来，街上烟雾弥漫。一条小黄狗在人群中窜来窜去，汪汪叫着，摇着尾巴。

我翻过低矮的石墙，脱掉脚上那破旧的鞋子，赤脚穿过潮湿的沙滩，直接来到码头上。在村子尽头，这片土地微微向岸边倾斜，这里没有悬崖。海洋的味道向我席卷而来，充满了鱼腥味，浓烈而潮湿。那潮湿仿佛暗示着大海深处埋藏着古沉船，还有比鲸鱼大得多的怪物。海鸥在风浪上不停地尖叫着。在我身旁，有只小螃蟹快速爬过一块岩石。水面上还有一个上下浮动的葡萄盒子，它的两侧已经起皱了，几乎被完全漂白了。沙子从我的脚趾间慢慢渗出，波浪滚滚而来，很快我的裤腿就湿透到膝盖了。

从港口我能看到飞机坠落的地方，但现在那儿一点儿痕迹也没有了。只能看到起伏的波浪，还有波浪边缘耀眼的光芒。

★ ★ ★ ★

我不会告诉你我的名字，也不会告诉你在我九岁时度过整个春季和夏季的这个村庄的名字。我不说，是因为你应该知道在这个世界上，在海边，就在群山之外的乡村，会有这样的村庄，也会有像我一样的男孩儿。夜里我们被军队运输车的轰鸣声和喇叭声吵醒（我算是幸运的了，因为枪声只是在远处响起），我们家乡的男人不管他们以前从事什么职业，现在他们都变成了军人，甚至有很多人已经死了。留在家里的女人们，要么在工厂或医院工作，要么待在家里照顾年幼的孩子。

还有一些像我一样年纪的孩子，太大了没法带在身边，去工作或打仗又太小了。于是我们被送到乡村里，大人们认为炸弹不会落到这样的地方。在这里，我们认识了我们的亲戚，那些在另一个时代就认识我们的父母的老人。我的情况是妈妈刚刚找到一份新工作，而我妹妹又刚出生不久，所以我就被送到乡下来度过这个晚春和夏季（那些年的教育是无计划的。警报声打断了课堂教育。高中的男孩们都去打仗了，教室变成了女孩们缝纫的工厂。一个季度后，我的小学也彻底关闭了，长达两年之久）。我本以为自己能够做母亲的帮手了，毕竟我已经足够大了，但爸爸却坚持要把我送到祖母这里来。

跟一个仅仅因为是有血缘关系的亲人一起生活是一件很奇怪的事。而且大人和孩子很不一样，这就像隔着灌木篱笆与一个人交谈，通常你只能在树叶之间看到他面部的轮廓或边缘，但你要费很多周折才能看得清对方。

在祖母的小屋里，我床边的桌子上，放着一张我们一家四口的合影照：爸爸穿着陆军上尉制服，他的眼睛饱含善意，一只手臂搂着妈妈，另一只手臂搭在我的肩膀上；妈妈怀里抱着刚出生的妹妹，并让妹妹小小的脸蛋露出来，而妈妈的脸微微倾斜着，似乎快门打开时，她才把目光转向照相机。相片里的我穿着校服，系着领结，看起来不舒服。我的头发竖着，尽管妈妈在那之前把它梳下来了。这张照片我不知道看了多少遍了，我知道春天和夏天在它上面投下的每一个光影，我知道衣服上的每一个褶皱；当我不看它的时候，我也能记得我们每个人的脸，我的父母都微笑着，好像这个世界上没有烦心事一样。

我喜欢妈妈寄来的信，不仅温暖，还充满了拥抱和亲吻。虽然那在公共场合会让我感到尴尬，但在信中读到这些，我会感到很开心。在信里，妈妈讲述了城堡的情况，那是我和爸爸用木头搭的一座带有塔楼和吊桥的城堡，我早就把它画出来了。但由于城堡太大了，且容易损坏，没法儿带到这里来，还放在我房间的桌子上。所以，母亲会写信告诉我城堡上空的天气，以及他们在大厅里做的好吃的饭菜。她还试图告诉我关于骑士和他们的任务，虽然她对于这部分并不是十分了解，但这已经很不错了。每当听到国王和王后很好，也没有敌人入侵时我总是很高兴。我常常会给妈妈回信，也会写信给爸爸，虽然我知道信寄到爸爸手里要花很长一段时间。祖母既不会看我写了什么，也不会看他们的来信。"这是你的任务。"祖母说，就像我周围的大人一样我也有事情要做。祖母曾教过我一次，比如到邮局后该说什么，以及装硬币的罐子在哪里，从罐子里我可以找到硬币去寄信，然后，我就自己去寄信。

我很想念我的父母，但现在我已经不会在黑暗中为想念他们而哭泣了。在村里待了几个星期后，我开始觉得我们曾经的城市生活变得像一个遥远的梦。我知道这是真的，如果我再次乘坐火车回去，它会在那里，它的一砖一瓦将再次变得真实，而这个村庄又会变成一个遥远的梦。我逐渐明白了，一个人，实际上是很多人，不同年龄段的他们生活在不同的环境里，他们有相同的名字并且了解彼此，但他们过着完全分离的生活。

★ ★ ★ ★

祖母居住的地方真是一个奇妙的村庄。我已习惯了平直的街道、大大小小的广告牌、喇叭响个不停的汽车、避让水塘的自行车，以及总是面无表情、匆忙行走的路人。祖母居住的这个村庄阳光明媚充足，使得平凡的生活也染上了节日的色彩。行走的人如果在街上碰见熟人了，就会放下购物篮，停下来交谈。这里到处都有长椅，长椅上方通常都有爬满藤蔓的棚架，似乎专为人们停下来交谈准备的。许多商店整天开着大门，货物在街上随处堆放。

我从未见过这样的街道。人们在街上闲逛就像一阵巨浪冲过村庄，海水在建筑物之间流淌，最终找到成千条沟渠流回大海；而这些留在沟渠中的神奇沙子变成了坚硬的卵石、碎石径、硬土路。离祖母家最远的村庄的另一头，有一半的村庄都建在悬崖上，街道在那里变成陡峭的楼梯，转弯处也没有警示牌，门上以及车道边也没有名字，没有门牌或数字标识。人们从铺满藤蔓的门里走出来，从镶嵌在岩石里的门里走出来，我总想伸长脖子看他们后面，我都能看到旋转的楼梯通向地下的王国，那里镶在墙上的珠宝发着光。

悬崖下，海水冲刷出了水洼地和山洞。在那里，海浪通过狭小的口子涌入，涌现的泡沫冲刷岩石。我到这里的第一个星期，祖母就带我来过这里。我们看到爬来爬去的螃蟹，海浪的咆哮声震耳欲聋，溅起的浪花弄湿我们的脸庞。"这里淹死过人。"祖母在我身边大声说着，她紧紧地抓住我，"不要独自一人来这里，知道吗？"我点了点头，我知道这种表态对她来说是多么重要。她想让我在探险之前，知道这些海盆地是何等残酷。

★ ★ ★ ★

我们去悬崖下之后大概过了一两天，我领教到了祖母的另一条戒律，但这一次，她没有提醒我。事情是这样的。

　　我第一次独自一人去邮局，把信寄给我的父母，寄完后我非常开心地沿着村子尽头一条宽阔笔直的主街道走回祖母的小屋。在路上，我把一堆石子儿踢散，追着其中一颗石子儿，把它踢到我的前面。一直到它弹得很远，我再选另一颗石子。我欣赏着一些茂密的圆冠顶果树，不知不觉我走到了 D 太太身旁——我知道 D 太太是祖母的朋友。D 太太有着像瓷盘一样的圆脸，一双炯炯有神的小眼睛镶嵌在圆脸上。她经常很开心地笑，一个问题接着一个问题地问。因此，对于每一个问题，你只能回答到一半，这让我怀疑她是不是在听我说话。当我走近她的时候，她从商店里出来，提着柳条编织的篮子，边上还有个包裹。我想到自己要做的事，便主动提出帮她拿东西。她住的地方离祖母家不远，就在这条路上。

　　"你真是个绅士！"她大声说道，很开心地把东西交给我，这些东西非常重。"你就像你父亲一样。噢，他曾经是个好孩子，现在也是个好男人。这不是偶然的，因为你来自优良的血统！"

　　"谢谢。"我说。我只知道"血统"指的是"奶牛"，我想知道我的家族是怎样从奶牛中繁衍来的，不知道 D 太太说的到底是什么意思。

　　"你住在这里吗？这里对你来说肯定很不一样，太安静了，没有你的朋友在身边，只有我们这些老人，老人们的趣事，以及我们的谈话方式。我想，我们讲的话听起来像海鸥，像汹涌的海浪，一波接一波，像海洋的泡沫般含糊不清。城里人说他们不能完全明白我们表达的意思。你能理解这些吗？"

"是的，太太。"我说道。比起什么都不回答要好，我还是用"是的"来回答她的大部分问题。

"多么聪明的绅士！"她骄傲地大声说，她拍着我的肩膀，就像我赢得了比赛。"不过作为你父亲的儿子和 M 的孙子，你肯定是个聪明的人。就像大剪刀一样敏锐锋利，全家人都是！我必须告诉你，说你的祖母是我的朋友，我感到很荣幸！她一直是一个很棒的朋友。"

我微笑着点了点头，调整了一下肩上的篮子。

"但是你怎么样呢，我想多了解一下你！你认为我们的村子怎么样？那些花儿漂亮吗？我们精心照料着我们的花！'只有好的心灵土壤才能培育出漂亮的花儿'，这就是我们经常说的！"

她满怀期待地停住了说话，但是我不确定该怎样去回答。我并不完全确信这个问题和我有多大的关系。

"那些花很漂亮，"我说，"而且我喜欢那些树、那些山——它是多么翠绿，就像森林般永远生长着。"

D 太太看起来被吓了一跳，这让我很惊讶。"嗯，好吧，是的。森林继续生长着，但是已经没有地方让它们生长了，那里有野生动物和更糟糕的东西。"

"更糟糕的东西？"我突然非常感兴趣。

她那发光的眼睛没有看着我，而是看向那山顶上数不尽的树顶。

"我敢肯定你的祖母不想让你去那里，她会比我更清楚地告诉你，但是最好不要太多地想知道那座森林里的秘密。在那里，阳光无法照射进去，海风无法吹散蜘蛛网，没有好的事情发生，这就是事实。

像女巫般的黄鼠狼，像镰刀般的风和有畸形足的老先生——许多不好的东西在这座森林里。"她摇晃着自己的脑袋，就像我曾经看到的我妈妈的一个朋友吃泡菜那样，"这些就够了！你还是在山下安全，'山脉是属于森林的，房屋是属于人类的。'"

我点点头，完全被迷住了。很显然，D 太太认为这座森林的每一部分对我来说都是致命的，就像祖母告诉我海盆地那样。祖母的警告对我来说很有意义，但是我相信树木是最友好的。我很纳闷儿，这些巨大的树木都是在数十年或数百年时间里，靠着耐心和决心从果壳里一点点成长起来的，人们为什么要惧怕呢？当然，我从未进入过一座森林。但是，村庄上的这座森林在召唤我。

D 太太重新回到她轻松的话题。"你居住的城市里有花园吗？在这里几乎每个人都有一座花园！'一座没有花园的房屋就像沙滩上的一块石头。'我相信你帮助你祖母照料她的花园，是吗？"

"是的，太太。"我学着她的语气快速地回答她，这时 D 太太深深地吸了一口气。

"这里是我最喜欢的村庄，每一寸土地都如此美好，无论是苔藓、阴凉还是阳光普照！我从未见过比这更美的景观了。而且年年景色都不一样，奇迹不断，变幻无穷。我们这些老人被限定在我们特有的生活方式里，但是你的祖母却有一颗年轻的心。一颗年轻的心，我经常说，就像在古老故事里的公主，每个早晨看这个世界都是崭新的——你知道这个吗？"

"我不知道，太太。"我回答道。我本以为我知道所有的童话，但我不知道这个。也许这个村庄有着不一样的故事。

"镜子、蜡烛、海上的月亮！"D太太说道，我猜想她是在告诉我这个童话的一部分。她继续边走边说："我可以告诉你，我们每一年都盼望着她会在哪里种什么，什么东西会从这个或那个角落里发芽！她现在肯定在播种——你这些天有帮她播种吗？"

我点了点头，想起那些日子祖母和我给吊盆松土、填土，给窗盒填土，把室内的幼苗移植到室外，打开装种子的信封，这些信封去年祖母都认真标上了标签的。

"那么，在阳光充足的前窗的长盒子里面你种下什么了呢？"

我毫不犹豫地回答了。我从祖母那里学到了这个名称，并且我一遍又一遍地重复，因为它听起来就像是一个很久以前的王国："紫锦草。"

"紫锦草！"D太太拍手大叫，"非常可爱！紫色的长茎和叶，就像最美好的晨光在你的窗户下聚集一整天！然后是粉花，至高的荣耀！是的，紫锦草喜欢抽茎为根。不要给盆浇太多水！但你的祖母知道这些，她比大多数的人在这上面花的时间更长，并且每一次花季她都知道它们需要的所有东西。我想，这些东西定是那些花儿告诉她的。你觉得呢？"她再一次兴奋地拍了我的肩膀。"我们到了！非常谢谢你，亲爱的、英勇的绅士！"

我庆幸我们已经到了她的家门口。我感到疲惫，但不是因为肩上这些沉重的东西。

"那么在后面种什么呢？"D太太把篮子和包裹从我肩上拿走时问道，"在阴凉处，在树木旁，她对在那里种什么经常有很棒的想法！"

我想了一会儿。"我认为她说的是倒挂金钟,"我说道,"因为蝴蝶。"我习惯性地说"我认为",以便听起来不会太强硬,但是我知道这就是祖母种在那里的东西。

"倒挂金钟!当然,就像黑暗里的灯笼!——真是个明智的选择。倒挂金钟比去年她的凌霄花更璀璨,我们都认为那些是神的旨意!你是多么敏锐啊,聪明的年轻人,把这些名称都记住了——想到你的基因,我并不为此感到惊讶。'苹果落地,离树不远。'你知道的,这也有一个好寓意。好了,现在再次感谢你,亲爱的先生。我想你最好赶紧回到她身边去。好好工作!"

之后我没有再想这段对话,我只是很高兴摆脱了这些对话。当我告诉祖母我帮助 D 太太拿东西时,我才想起它。祖母让我一字不差地重述这段对话。

"她之后说了什么?"祖母问,"那你说了什么?她接下来说了什么?你又说了什么?"祖母与 D 太太不同,祖母喜欢专注地等待着我的每一个回答。那时,我并没有理解她感兴趣的地方。

整整一天,甚至到了晚饭时间,祖母都没有和我说过一句话。我开始回想发生了什么,祖母让我重述了什么。我们在沉寂中洗完碗,祖母的动作利落而又陌生。这时我感觉到我的脸颊上渐渐有种莫名的疼痛,泪水充满了我的双眼。

"对不起。"我轻声说。

祖母一边擦干手,一边抬头看着我问:"对不起什么?"

我垂下头,不能承受她的注视。我的胃开始疼痛,脸上火烧火燎的。不管怎样,我做错事了,我让祖母失望了,我讨厌自己做过的事。尽管我仍然不太明白我错在哪儿了，但是一定是与告诉D太太的那些事有关。

"你有你的事，"祖母说，我马上想起我去邮局寄信的事，"我有我的事。我们不告诉别人我们在花园里种了什么，到时候花开了他们自然就知道了。"

"对不起。"我重复着，完全哭出来了，鼻涕也流出来了。

"之前你不知道，现在你知道了。"祖母洗了毛巾，将它拧干，递给我，"把脸擦擦。"

★ ★ ★ ★

春天结束后夏季到来了，D太太知道问我任何关于花园的事都是没有用的，然而这并不破坏她的好心情。而每每有村民跟祖母说："我听说今年种的是紫锦草，阴凉地里种的是倒挂金钟！"这个时候我都会感到一阵椎心的愧疚。终于，花园里的花卉以它特有的样子展露芳容了，我也终于解脱了。

祖母的心情看起来很好的时候，我不止一次询问她我们是否可以前往森林。她点了点头，说我们很快会去的，但是每当这时，花园里总有事情要做，总有东西需要买、需要修、需要清理。我注意到每逢提及森林，祖母似乎并不像D太太那样认为森林很恐怖，我问她为什么D太太害怕森林。

祖母耸了耸肩道："她不了解那座森林，所以她设想所有她看不见的坏东西都在那里。她认为海是比较友好的，但如果她划着小船出海，或者在海里游泳，同样是看不见海底的，她又会怎样认为呢？"

★ ★ ★ ★

我很喜欢邮局的那个局长，一开始他就表现得好像我是他的老板。这个玩笑得从我经常给他事情做说起，比如让他给我的信称重、贴邮票等。我一走进邮局，他的注意力会马上集中，并且会告诉我他刚刚打扫完地板或整理完房间。有一次他对我说："我洗完玻璃窗了，老板，它通过检查了吗？"

"看起来很棒。"我说。

"但是太干净了。刚才，V路过的时候看到了我，他走进来喋喋不休地对我说个没完没了，像他这样的男人应该去从政的。我只好说如果你看到我是闲站着的就解雇我吧，只有这样说才能摆脱他。"

"我不会解雇你的。"我告诉他。

"你是一个好老板。今天给我带来更多信了吗？我不会让你失望的，老板。"

几周后，当我们都厌烦了这个游戏，他会靠着他的胳膊肘，透过半挂在鼻梁骨上却永远不会掉落的眼镜边框凝视着我，询问一些关于我的问题。他有着乌黑浓密的头发，一张瘦削、皮肤下垂的脸和一双无神的大眼睛。他即使没有大笑或微笑，也表现得很友好，这让我印象十分深刻。虽然他会对我在村子里发现了什么、读了什么、想要变成什么、在思考什么等问题感到好奇，但他从不问关于花园和祖母的问题，除了偶尔关心一下祖母过得好不好。我已经从D太太的那件事中学会了应该注意我说的话。这位邮政局局长是我在没有祖母的陪伴下，常常独自接触的一位成年人，所以感觉他就像我的朋友。

"你的父亲，"他问我，"他是军队里的军官，是吗？"

"是的，是一个上尉。"

"这太棒了！你应该为他感到自豪。你为他感到自豪吗？"

我点了点头。

"好人。"他说，但我不确定他指的是我父亲还是我。"我记得在这里见过他。他很聪明！经常在学校得第一名，你知道的，经常做些出了名的复杂事。他在这里很有名的！"他浅浅地笑了，"在他们把他送进军队以前，他经常用他的脑袋瓜，是吧？在这个城市，他是那一类……"

"机车工程师，"我说，"他设计柴油机。"

"聪慧，"他赞赏地说，"你继承了他的聪慧。"

我耸了耸肩，看着我的鞋子。

"你当然是啊，你继承了它们。"

有一天，排在我前面的一位顾客，一位戴着棕色帽子的老人，告诉邮政局局长他在森林里摘了些野菜。这位老人小声地说即使是在早晨，森林里也是多么黑暗，他说这些的时候我的耳朵顿时警觉起来。

邮政局局长透过他的眼镜认真看着。"并不在这上面！"他头部的动作似乎在表明那个山坡在我们村子的尽头上。

"不，不，当然不！"那位老人说，"过了那一段，在老港湾上面。"

邮政局局长点点头，老人补充道："很难说清楚那里长了些什么！"

老人离开以后，剩下邮政局局长和我单独在一起。

他喊着我的名字跟我打招呼，而不再用"老板"这样的称呼了。"又在写信了，嗯？你到底有多少纸啊？他们用卡车载来给你的吗？"

我把信递了过去，一封给我的父母，一封给我的朋友们。我问他："在我祖母房子上的森林里闹鬼吗？"

他愣住了，用他那深邃的大眼睛盯着我。然后他盯着我的信看了许久，似乎这些地址对他来说很新奇。最后，他回头看着我，打开装着邮票的抽屉，回答道："是的，那里闹鬼。"

"是鬼魂？"

"我不知道是什么鬼魂，"他说，"但那里是属于过去的地方，应该被遗忘的。"之后，他停顿了，我第一次看到他推高他鼻梁骨上的眼镜，重新调整了一下。"你不会是要去那里吧？ G，你更不应该询问那座森林。"

我有礼貌地没问他为什么，但这个问题像块煤球在我心里燃烧着。

我的心思他似乎可以看出来，"学校里教孩子们要有好奇心，对吧？好奇心并不总是个好东西。"他靠在他的胳膊肘上，静静地看了我好一会儿。"这个世界在变坏。直到它变得更好之前，最好不要问太多问题。"

我猜他在想战争，他害怕那座森林，就像 D 太太那样。但是我并没有看到战争和这座森林有什么关系，也没有看到这座森林是如何与值得遗忘的过去有什么关系的。

第二章

/

遇见奇异先生

春天过去了，整个村庄的花园里鲜花盛开，到处弥漫着沁人的芳香。我回想起飞机坠毁的那一天，那天它坠毁在海浪中，沉入深不见底的大海里，消失在一望无际的古老人鱼花园中。我想象当飞机的残骸在人鱼群中渐渐下沉时，那些人鱼在珊瑚间围成一个大圈，举着三叉戟，它们的头发飘舞着，尾部慢慢摆动以保持平衡。

就在那天晚上，那天深夜，祖母和我被一阵敲门声惊醒。我立刻被吓得完全恢复意识，直直地从我那吱呀作响的床上坐起来，心脏怦怦直跳。当然，我猜想敲门的是士兵，过来让我们撤离的。外面夜色苍茫月光昏暗，我放好我那经常打包一些我认为非常重要的东西的行李箱，随时准备着抓起它快速冲向门外。但过了一会儿，我意识到那急促的敲门声来自后门，那里有一条长满苔藓的台阶通向花园——士兵一般不走这个入口。这个声音不是很大，也没有伴随着任何喊叫声。

我在光滑又冰冷的地板上摇摇晃晃地走着。隔壁的房间里，祖母弄出了沙沙的声响，我猜她是在往她的睡衣上套一件便服。扭开铁门把手，我仔细看着昏暗的主卧室，这时祖母从她的卧室里出来了。

她的表情严肃却不害怕，这让我感觉很放心。敲门声停了，突如其来的寂静比起敲门声更令人费解。祖母没有看我一眼，径直走向后门，从伞架上拿起手杖，问道："谁在那里？"

我听到低沉而模糊的回答，但听不清说了什么。从祖母所站的位置，她能听得更清楚。她放下手杖，拔起了门闩，开了门。

尽管花园远处被倾斜的月光照亮了，但是树下的后门台阶处却笼罩在黑暗中。站在那里的是一个体形瘦削的人，戴着皱巴巴的毡帽，穿着长长的外套。门打开的时候，这个人开始鞠躬，不紧不慢地说话——声音是铿锵有力的男中音，就像歌手或广播员的声音。

"我亲爱的 M，请原谅我的打扰。"（他居然直呼我祖母的名字。）"我很抱歉在这个时间点来打扰你，但是有件事发生了……或者坠落了，特别……似乎需要马上行动。它是，好吧，这方面你更了解。"

祖母一直听着，握紧拳头放在腰间，她的另一只胳膊抓住帽架以保持自己身体的平衡。现在她将顺自己杂乱的头发，用衣服裹紧身体。"去花园里，"她对那个男人说，"你在月光下更清醒。"她严肃地看着我，补充道，"你就待在家里。"

我欣然点头。

戴着毡帽的男人第一次注意到我时，他的整个身体似乎都僵硬在那里。

"他是我孙子，"祖母说，推一推眼前的男人，"我告诉过你他在这里的，你是忘记了，还是没有在听？"她的目光再次示意我待在家里，然后关上了门。

我困惑地站在我的房间门口，即使在三个月后，我对祖母也了解甚少。很明显，这个男人对她来说并不是陌生人，并且他们经常在月光下谈话。在白天，祖母从来不会不戴头巾或不扣紧衣领就出门上街，现在她竟然不在意穿着睡衣和一位绅士出门去。我的父母提到过在这个村庄里面并没有其他的亲戚。

那扇能够看到花园的主卧室窗户在晚上是关着的。我想把门推开一道小缝，但我并不想再次使祖母失望。我在门边徘徊了许久，然后坐回到我的床上。为了安心，我摸出我的全家合影照来看，可是光线太黑了根本看不见。但是我知道我们都在那里，在这个相框里，我的父母微笑着，我的妹妹刚刚出生。

夜晚是暖和的。夏天完全到来了，比起城市里闷热潮湿的夜晚，以及建筑物之间那些垃圾散发出来的热气和臭味，这里的夜晚凉爽得让人备感舒服。祖母的前后花园里长满了花朵和芳香的灌木，祖母曾试着教给我它们的名字，但是许多花对我来说，就像这个村庄，新奇而又陌生，并且，我觉得祖母所知道的这些花草的名字并不是书本里所列出的名字。我会在晚上打开我那个房间的窗户，因为我不喜欢房间里一片漆黑。从我的窗户望出去，可以看到一些长满倒挂金钟的花盆，我现在可以心无愧疚地望着它们。有一天下午，像是看透了我的心思，祖母突然说："那天我对 H 感到非常生气。（她指的是 D 太太，这是她的名字。）她居然这样利用你，呸！她知道她在做什么。"

有时候我会在倒挂金钟那里蹲着，那里正好在侧院的走廊的遮阴处，侧院里的花盆里挂着的那些红白色的花就像开在原始森林里似的。我现在回头可以看到月亮爬到了树顶——它只有过去的几个夜晚是圆的，大部分时间是半圆的。

似乎过了很久，后门再一次开了，我走过去。

"穿好衣服，"祖母径直走到我身边说道，"很快就要天亮了，我们最好早点开始今天的工作。"

"发生了什么？"我问她，"那人是谁——"

"去拿大剪子和刷刀，"她吩咐着，在她卧室的门口停了下来，"不管怎么样，那是一个你应该去看的地方。我已经打算带你去看了，那就今天吧。就是现在，对的，你应该跟我去，我也许需要你的帮助。"

"我的帮助？"

"穿好衣服。"

"但是——"我在说这话的时候，她已经关上门了。我可以听到她在另一边忙活着，"但是我们要去哪？"

她哗的一声拉开抽屉，拿出一个容器，她说的话很难听清楚："你喜欢很久以前的故事，不是吗？那些奇怪和陌生的东西，比如——怪兽？"

我屏住了呼吸，急忙靠近她的房间，我的心脏再次怦怦直跳。她已经关了后门，我们的客人要么走了要么还在外面等着。

"是的。"我回答。

"好吧，我们要去怪兽居住的森林。"

第三章

/

营救飞行员

月亮已经落下去了，夜晚变得非常黑。我们离开厨房，从后门出去，穿过陡峭的乔木林地，最后来到空旷的草地上。和城市里弥漫着灰尘、铁锈、发动机废气的味道不同，这里到处都是植物生长的气息。祖母提着一个从架子上拿下来的老式灯笼，用火柴点亮了它。它带着热气和燃油味，在我们周围洒下一圈金光。

没有见到刚才出现在我们门前的那个男人。我再一次问祖母的时候，她解释道："那是吉兰多尔先生，我的一个老朋友，他在我们之前先去森林里了。"

我对这件事情的突然到来很惊讶——我们真的是在前往森林，那个让我牵挂了很久的地方。我想我可能是在做梦，但是所有事情都太详细连贯了，这不可能是梦，因为我甚至可以感觉到我衬衫上的标签在摩擦着我的后颈，时不时的还有鸟叫声传来。不知为什么，这个晚上我与祖母的谈话似乎很唐突，我不想让祖母改变她的想法，所以我把所有的问题都藏在心里。我背着一个装着金属锅的桶和祖母让我带上的园艺工具。在我穿衣服的时候，她把它们装进一个帆布包里，把其他厨房用具放进一个大旅行袋里，这个袋子挎在她的肩膀上。另外，她用她那空着的手抓着她的石楠木手杖。我很惊讶我们在做这些，到现在祖母甚至连一杯茶都还没喝呢。

露水在草叶上闪闪发光。虽然我穿着旧皮鞋的脚没被沾湿，但我的裤子口和脚踝都被浸湿了。在葡萄架下，雾气沿着地面飘动，昆虫在我们周围嗡嗡叫着。深蓝色的天空里闪烁着耀眼的星光，这之前我从没在城市里看到过如此多的星星。在我们到达森林的时候，我看到两颗流星从天际划过，很快消失了。

对我而言，感到某种恐惧是很正常的，但是祖母一点儿都不害怕。

我们并没有沿着道路走。灯笼里温暖的灯光散落在苔藓和树叶上，留下斑驳的影子。我们在陡峭的地方迂回攀爬着，有时候遇到地面上露出的石头，祖母会停下脚步，坐上去休息休息。在一道深沟里，纠缠的树根形成了一道自然的阶梯。厚重的浓雾在树林间浮动着，水雾形成的白霜将黑色的树皮装扮得白花花的。

祖母在裙子下面穿着厚厚的羊毛袜，干净的脚上穿着结实的皮革高底鞋，我猜这高底鞋可能曾经是我祖父的，虽然他已经去世多年了，但他的鞋子还留着。像大多数村里人一样，祖母早已习惯了走山路。如果祖母住在城里，我猜想她一定会为了节省车费而选择自己走路。

当我们进一步往山上攀爬时，周围的环境更加寂静了，昆虫和夜鸟的声音消失了，甚至连风吹动树叶和枝条发出的吱呀声也停止了。我怀疑这份静默是否会持续到太阳升起前的最后一刻，或者，仅仅是因为在这个地方才会有这种静默。此时此刻，潜伏在灯笼光照范围外的怪兽们正看着我们吗？

祖母用手杖戳戳我们左边长满苔藓的石头，然后又戳戳我们右边的一棵枯树，枯树的两根树枝像一个人悬挂着的胳膊。她正在辨认路线。

灌木丛发出沙沙声，有些幽灵般苍白的东西在树木间缓慢移动，我们却没办法看清细节。我直愣愣地站着，盯着这东西，不敢说话。我想它是个四英尺高的动物，也许是一只鹿，也可能是其他东西。

这个不明物走过去了，祖母领着我继续向前走。虽然在野外，前行也不算很困难。我们踩着铺满落叶的山地，踩着长满真菌的古老木桩，就像踩着仙女的盘子和杯子。我们穿过苔藓地，那苔藓漂亮得让我觉得踩着它它会疼，这感觉就像我在弄乱别人的床。尽管祖母没有特别提醒我，我还是小心翼翼地不去踩蘑菇，不去踏入属于它们生长的领地。

我们来到了一个长着古老大树的地方，大树就像教堂里的柱子那样高耸。我们绕着岩石边缘行走时，我向前一看，差点儿尖叫出来。我扔掉所有东西，捂住我的嘴，觉得快喘不上气了。

祖母向这个可怕的东西举起了灯笼。

那是一个人，一个男人，软软地挂在树枝上。他的身上和身边都散落着数不尽的绳网，一块白色丝织布盖在树枝上，随着树林的律动而摇摆。我想起祖母家里的蜘蛛，想起它们在黑暗中织的网，想起在太阳升起时，被困在网上的飞行小动物。但是，能编织这张网的蜘蛛肯定有马匹那么大。

我的头皮像被锋利的针刺痛着。我在周围转了一圈，在身后黑暗的地方继续寻找着。

"你怎么了？"祖母严肃地看着我，很显然，她不害怕在这里大声说话。

"蜘蛛在哪里？"我脱口而出。

她眯着眼，随后表情变得柔和了，但她没有笑。"你这个傻孩子，那不是蜘蛛网，是一顶降落伞。"

我的脸立刻热得发红。我本应该知道这些绳子和这个褶皱的丝织布是什么的，但这里太黑了，而且我一直在寻找怪兽。

祖母再次向前走，独自穿过灌木丛，绕着这个男人走了一圈，最后直接站在他的身体下方。他的靴子在离她两个身体高的地方小幅度摆动着，她用手中的手杖拨开他鞋子旁边的树叶。

"他流血了。"祖母说着，然后她提高嗓音叫唤着那人，"嘿！你能听见我说话吗？"

没有任何回应和动作，我可以看到他右腿上的裤子浸满了血。我慢慢靠近他，一开始，我看见他的头秃得发黑，我猜想也许是中了大蜘蛛的毒吧。现在我看到他戴着一顶紧紧的皮制飞行帽。

他浑身瘫软地挂在背带上，被他肩膀上的两条宽皮带支撑着。当空气流鼓起降落伞摇动着绳索时，他轻轻地滑动了。

走了几步远的祖母弯腰捡起了某样东西……那是一根沉重的树枝。祖母把她的手杖夹紧在灯笼的柄上，用树枝瞄准那个男人，试图把树枝扔到他身上。可能是因为没有瞄准，所以她用另一根树枝又扔了第二次……直到扔第三次，树枝才弹到他的臀部。

祖母也许说了一句咒骂的话，然后把手杖和灯笼放了下来，让我过去帮她。

这事儿并没有看起来那么简单，我向那个男人扔了一大块树皮，几乎撞到了他的胳膊。

之后，祖母用石头直直击中了他的腹部，发出响亮的重击声。

很快，戴着皮质飞行帽的头抬了起来，这个人大声叫着，拍着他的胳膊和腿，看起来像一个提线木偶……一个生气的、流着血的提线木偶。他的眼睛被护目镜遮住了，他所说的话并不是我们这里的话。

直到那时，我才明白是怎么回事。从空中坠毁掉落到海里的那架战斗机……我清楚地记起来了，机翼和机身上的标记再次浮现在我的眼前。这个悬挂在树枝上的男人，是从飞机上跳伞出来的，他是敌军的战斗机飞行员。

看到他从胳膊下的皮套里取出手枪时，我惊叫了出来。

这个男人喊着一连串的话，愤怒地左右摇摆着，试图用手枪对准祖母。他的手摇摇晃晃的，手枪上下摆动着。

祖母没有说什么。她在她的驼背所能接受的程度内站直了身子，看着这个男人。毫无疑问，她差一点儿就被他的手枪击中了，但是她没有大叫，也没有试图逃跑。她只是静静地站着，呼吸着，看着这个飞行员用手枪瞄准她。

但我被吓得大声尖叫着，我跑到祖母身前，对那个男人大声喊叫不要开枪。他戴着护目镜的眼睛转向我，颤抖的手将手枪瞄向我，一会儿又转回去瞄向祖母。

这人向上看了看托住自己的绳索，他带着抱怨的语气惊恐地喊叫着，扒开了胸脯上的纽扣。他用手枪比画着手势，在空中摇晃着，重重地敲在他的旁边。有那么一刻，他好像在哭泣。

"够了！"祖母捡起她的手杖，用她的声音吸引那个人的注意。她用棍子指着那个人，上下摇晃着。"够了，"她重复道，"马上放下手枪，如果你想要我们帮你的话，待着别动。"

"闭嘴！"那个人喊道。他说了几句我们的话。"闭嘴！不放下枪，不放下枪！"

"那就开枪啊！"祖母高声喊道，"开枪，村里的每个人都会听到，士兵就会冲过来。你想要他们的帮助还是我们的帮助？"

他仔细掂量了祖母的话，叽里呱啦地说了些什么后，准备把手枪放回皮套里。

"不是那里，"祖母说，用她的手杖指着地上，"扔到地上！"

这对他来说似乎是离奇的要求，但那时候他再次失去了意识。他没有将手枪放进枪套里，而是塞在他手臂下的一个口袋里——他的四肢开始瘫软，手枪滑落到落叶上。

我凝视着这一幕，想着刚才经历的生死一线。停顿片刻后，祖母弯下腰，好像地上的手枪是狗屎一般，捏住它的中间捡了起来。她伸长胳膊举着，绕到飞行员身后，把手枪藏在一堆乱石中。

"他还活着。"身后突然传来一个声音，我吓得跳了起来。

他是吉兰多尔先生。他四处看了看树干，攥紧了手，就像是戏剧中的人。

"真是命大啊。"祖母说。

灰白色的光照亮了林子，森林外的太阳快要升起来了。尽管雾气还飘浮着，但树叶和树干不再是完全黑的了。新鲜的空气凉爽而又潮湿，让人感觉很舒适。远近的鸟儿再次鸣叫起来。

这是我第一次仔细地看吉兰多尔先生。他来这里似乎很不情愿，好像更愿意待在树下看着，但他必须这么做。他瘦削的身体让他看起来显得高大。当他靠近的时候，我发现他其实并不比祖母高多少。他的脸上是一双平常的大眼睛，一个很显眼的尖鼻子，干净的短胡子遮住了一半嘴巴和不起眼的下巴。我猜不出他确切的年龄，也许三十岁，也许五十岁。

他的皮肤黝黑，胡须棕色。他穿着一件到膝盖的外套，腰带紧紧扣着，帽子拉得很低，皱巴巴的帽檐盖住了耳朵。他走路有点儿奇怪，我猜他一定是个瘸子。

他尴尬地笑了笑，伸出了手。从他的动作来看，我忍不住会想到像是一个孩子被要求和一个可疑的陌生人握手。他的手指出奇地长，手背上都是毛发。我怀疑他会不会是个外国人呢，也许是来自山那边，虽然他没有明显的异地口音。

我一点儿也不想和他握手，但考虑到他是祖母的朋友，我还是和他握了手。

"好吧，这儿真乱。"他说道。他从我身边走过，把手又放回他外套的口袋里了。他盯着那个悬挂在树枝上的飞行员，缠着他的降落伞皱巴巴的，还绞着一团凌乱的绳子。

祖母同样叉着腰站着，思索着这个问题。"如果他继续挂在这里的话，他会死的，"她说，"不管怎样都会死的。"

吉兰多尔先生点点头："这就是为什么我觉得最好……就像你看到的这样……"

祖母慢慢地走着，检查着树干和树枝。

我最喜欢爬树了，整个花园里的树都被我爬遍了。祖母很早就知道我喜欢坐在树杈间看我借来的书。当她说需要我的帮助的时候，我知道她现在在想什么。

但是我没法爬上这棵大树。因为第一根树枝离地面很高，在靠近地面的地方也没有分枝可以上去，所以要爬到树上去把那个飞行员弄下来几乎是不可能的。

"让我们收集树叶和泥土，"祖母最后说，"把它们在这儿堆起来。"她用棍子指了指这个挂着的男人正下方的一块沾满血的草地。"应该带耙子和铲子来的。"

"啊哈！"吉兰多尔先生说，他好像想到了办法。祖母把我带着的桶交给他，他便匆匆朝一个方向走去。祖母解开捆着的帆布，带我去另一个方向。她找到一块没有什么植物生长的泥土地，用刷刀切了下去，最后我们在方形的帆布里塞满了枯叶和泥土。甲壳虫和灰色的飞虫在我们手指间急匆匆飞走。就像在花园里工作那样，祖母自个儿哼唱着。

当我们装满一袋，我们就把它拖回到悬挂着的飞行员的身体下面。我们倒下泥土时，他的一滴血滴在了帆布上。他不停地呻吟着，但没有抬起头。

吉兰多尔先生完成得很快，带着他的第三桶或第四桶回来了。他抬头看了看这个男人，抿着嘴唇："我担心这样不管用。"

"嗯！"祖母同意道。我们又去拖了满满一袋回来了。我饶有兴趣地打量着这床毛毯，但是祖母摇摇头。"我们不能因为他破坏了树林。"她说。我想起了森林里的怪兽，这里是怪兽的家。

一开始，我们把灯笼放在不断变高的土堆旁边，在灯笼的光芒照耀下努力工作。当森林渐渐变亮后，祖母就让我把灯吹灭了。鸟儿鸣叫着，在树枝间飞来飞去。在村庄那边远远地传来一声鸡叫。

即使在白天，这片森林也会让我想起我见过的客厅——高高的天花板，没有家具的昏暗房间，比起现在来说更具时间的陈旧感。然而在其他方面，这个地方没有什么人居住，这里是古老肃穆的，这里的家具是有生命的。

在我们加大力度工作时，悬挂在我们头上的人醒了，他不停地咕哝着，我想他是发烧了。

"也许在他看来我们是危险的，"在我们倒掉一袋袋泥土时，吉兰多尔先生来跟我们会面了，吉兰多尔先生说，"也许他以为我们在给他挖坟墓。"

"也许我们就是吧。"祖母说。

即使现在还是夏天，这里还是少有阳光照到森林的土地上。被汗水浸透的衬衫贴在我的背上，祖母的汗水很早之前就浸湿了她的围巾。穿着不合季节衣服的吉兰多尔先生看起来快要断气了。

他用袖口擦了下帽子下的前额，不止一次地偷偷看着我。

祖母告诉我我们该休息了。她自己坐在石头上休息，我则舒服地一屁股坐在旁边的地上。"说真的，吉兰多尔，"她说，"你还要这样穿戴多久？这里怕谁看见？"

吉兰多尔先生的嘴抽搐了一下，他的视线扫过我，再次看向软绵绵挂在树上的那个人。两只乌鸦沿着树枝跳动着，很明显是在跟彼此说话，我猜它们是在谈论这个飞行员。

吉兰多尔先生叹息道："我想你是对的，M。"他皱着眉头，吸了一口气，摆弄着其中一只袖口。他很多次准备说点什么但又没有说出来——他经常把眼光投射到我的身上。

祖母把手放在手杖上，头靠在她的手腕上，闭上眼睛，慵懒地拍着脚。

"好吧，"吉兰多尔先生说，"你看……那是，呃……"他蹲在我的旁边，举起一只纤细的手指，像是找到了他的重点。我忍不住上下打量着他，试着找出他蹲的方式让他感到不舒适的原因。

我很难把目光从他那棕色发亮的眼睛上移开，"年轻人，"他下定决心说，"你听过灰姑娘辛德瑞拉的童话吧？"

祖母愉快地哼了下鼻子——我不确定她为了什么——她继续打瞌睡。

我点点头。

吉兰多尔先生审视着他那动来动去的手指，似乎在那里找到他想说的话了。就像我的指甲一样，他的指甲沾满了泥土，手上沾满了泥巴。

"一只丢失的鞋子，"他说，"就像故事里说的，一只水晶鞋或皮鞋。但是细节改变了。事实是……事实是在故事后面……就是除了她，没有一个女孩儿的脚可以穿上鞋子，你认为这是为什么？"

我眨着眼睛，想着这个故事。"她……有一双精致的小脚。"

"你真这样认为吗？"吉兰多尔先生热切地向前靠，我退缩了，心神不宁。

"王子到处寻找！"他说，"来自四面八方的少女们强迫她们的脚穿进那双鞋。你真的相信灰姑娘辛德瑞拉在这王国里有着一双最小的脚吗？不论谁说，这个故事总是让我们相信她是漂亮的……相信王子会不惜一切代价找到她。"吉兰多尔先生果断地伸出了他的手，好像这样我就能明白他的意思。"当然高个子和矮个子都可能非常漂亮。可是比她高那就太高了，比她矮那就像一个小孩子一样。辛德瑞拉的个子肯定是不高不矮，刚好合适。如果王子寻找着如此身高的人，为什么要让所有特定的少女试穿鞋呢？你知道吗？"

我没有回答。他说到重点上了。

在我们头顶的那个飞行员低声呻吟了几声。

吉兰多尔先生往下看了看自己穿破的靴子。"灰姑娘的脚跟大多数的人比起来不是很大，也不是很小，但她的脚的大小是与众不同的。"

祖母抬起头来，语气平淡地说："那是真的。当我第一次听这个故事时，听说姐妹们毁伤自己的脚，想让脚变成适合的大小。其中一个切掉了她的脚趾头，另一个切掉了她的脚后跟。"

"两人的努力都白费了！"吉兰多尔先生说，"如果鞋子适合灰姑娘的脚，这能说明什么呢？"

我试着想象她的脚，那双脚在我脑海里并不漂亮。

"为什么，她肯定都没有，"吉兰多尔先生明快地说，"没有脚趾和脚后跟。"

"谁给了她这双鞋？"吉兰多尔先生说，"谁改变了她的命运？"

"仙女，"我赶紧说，"圣母的仙女。"我脸上和衬衫的汗水变得凉飕飕的。

"你不能只知其一。"他压低声音，靠得更近，"出于善良或恶毒的原因，这个传给我们的故事已经被修改得模糊了灰姑娘的出身。事实是因为她不一样，她被她的继母及女儿们虐待。"他神秘地看向一边，然后又直直地看着我，"灰姑娘不是原始人的女儿，也不是现代人的女儿，她的家族非常古老。"

在他说完前，祖母松开他右靴子的鞋带，用双手抓着，然后把它脱了下来。在那里，在朦胧的晨光下，我看到他裤腿里那被褐色粗毛所覆盖的骨关节凸出——那不是一只脚，而是一只分裂开的山羊蹄子。

我腾的一下从地上站起来，差点儿叫出声来。"年老的畸形足先生，"我记得 D 太太说过，"女巫般的黄鼠狼和镰刀般的风。"我向后退去，心脏怦怦直跳。

"坐下，"祖母轻声地但又坚定地对我说，"不要不懂礼貌。"

"我猜它是一只皮毛鞋，"吉兰多尔先生说，"蹄子会把水晶鞋踩碎的。"他苦涩又不自然地笑着看我。

我的意识完全麻木了，我的身体木然地、下意识地只顾逃跑。我转过身冲进森林里，祖母喊我我也停不下来。地面开始倾斜，树丛变得更浓密了。灌木刮着我的膝盖，树枝拍打着我的脸庞。我摔了一跤，胳膊着地，再次爬起来，在树干间左右闪躲。我冲进一个宽阔的峡谷，感觉我的脉搏在我耳边跳动着。

没过多久我就恢复了意识。很明显，吉兰多尔先生并不想伤害我。本来我没想跑多远，但我穿过了茂密的荆棘和低矮的灌木丛，我进入了怪兽的森林里。

在我正前面的灌木丛里隐约出现一只巨大的黑色头颅的怪兽。

我突然停了下来，双脚无力，害怕得瘫坐在地上。这个有着宽下巴的怪兽也呆住了，它圆圆的眼睛全神贯注地看着我。在它的头顶上有圆圆的耳朵，一簇长长的毛发在耳朵和嘴巴之间飘动，既不像马也不像狮子。它的口鼻和颈部像是层层叠叠的装甲，它的背上有两只翅膀在树林的暗光下若隐若现。

我确定这是我生命的最后一刻——这只怪兽会冲向我，折断树枝，一口咬掉我的上半身。于是，我下意识地伸出手来护住我的头。

但是过了很久，当我再次睁开眼睛时，我看到眼前这只怪兽并没有动。它仍然瞪大眼睛，张大嘴巴看着我。我没有听到呼吸声和移动声，只有鸟叽叽喳喳叫着，微风摇动着树枝。

最后，我发现这只怪兽的灰色皮肤并不如大象一般，而是风化石的灰色。它一边的深黑色斑点像地衣，它的背上还沾着掉落的树叶。这只怪兽原来是一座雕像——工匠的雕塑作品。

我坐在那里喘着气，抓着我衬衫的前襟，脖子上的汗也慢慢风干了。我站起来，环顾四周，我看到四周都有半埋在矮树丛里的奇怪雕像。长着胡须的雕像透过葡萄藤凝视着，还有一座比树还高的巨人雕像，一条海蛇趴在灌丛绿叶上，一位庄严的国王或神坐在宝座上。在远处，隔着三棵树，有一座清晰可见的高塔。在我研究高塔的时候，头歪向一边，又歪向另一边。我看到这座建筑以独特的角度倾斜着，即将倒塌一般。

那么，这些就是怪兽，这就是闹鬼的森林，可怕的森林，这不过是一座杂草丛生、被遗弃的花园，被藏匿在曙光下的灰暗阴影中。这是多么奇怪啊！我心里暗自嘀咕。每一座被藤蔓遮盖下的雕像都使我好奇——每一处隐蔽的地方都驱使我向前，我想去寻找花园里的每一座雕像。但是我突然想起我是为何离开祖母和吉兰多尔先生的。看了很久之后，我赶紧回去找他们。

吉兰多尔先生看起来比祖母更担心我，当我重新出现在他们面前时，他叹了一口气。他继续看着我，好像在寻找某种安心。他穿上了鞋子，我对我看到他羊蹄形脚时做出的震惊反应感到抱歉。毕竟他是祖母的朋友。

祖母严肃地看着我，等待着。

吉兰多尔先生已经脱掉了他的外套，把它折好搭在手臂上。他在里面穿了一件灰白色的旧式尖领衬衫，当他把外套整齐地放在石头上时，我发现他行动奇怪的原因了。他那灰土色裤子里的腿，和其他人不一样地弯曲着。他的膝盖完全向后，从后面凸出来。我不由自主地感觉到另一种恐惧，但是我强迫自己不要去看它。我向他羞涩地笑了笑，这让他又松了一口气。

祖母问："你到花园里去了吗？"

她拿出刷刀准备回去工作了，我点点头，在她旁边坐下。

"很壮观，是吧？"她问道。

我只能再一次点头。花园对我来说太壮观了，我都无法形容了。

祖母铲着落叶："我比你还小的时候，第一次发现了那个地方。很明显，那是很久之前的事了。"

我注意到吉兰多尔先生正在劳作的手停住了。有那么一会儿，他一动不动地看着地面，在听着什么，仿佛想起了某些东西。

我问祖母："你先看到哪一个怪兽？"

"美人鱼。我从后面走近她，尽管她有两条尾巴，而不是一条，但我很快就知道她是一条美人鱼。我疑惑她会不会转过头来看我。我想她会像我妈妈那样，对我感到生气。你看，这就是我怎样找到这个地方的：我因为家里的责骂而跑了出来。"

我笑了。这是祖母告诉我的关于她的故事，我听了很享受。

"你做了什么惹上麻烦的？"

她赶走帆布上的甲壳虫说："我现在不记得了。"

吉兰多尔先生在他倒土的时候说："你穿着新鞋子出去玩，然后在树篱下掉了一只，你还在栅栏上刮破了你的裙子。"他突然看向别的地方，"我记得你不止一次这么告诉我。"

祖母笑了笑："如果你说是这样，那就是这样。"她对我补充道："吉兰多尔记得所有事情。"

这之后，我们都开始安静地工作。我一直想着吉兰多尔先生山羊一样的腿和他的灰姑娘的故事……以及在昏暗花园里的怪兽们。最后，我问祖母："就是那些雕像让所有人害怕吗？"

"这是我所知道的他们愚蠢的想法，"她说，"从森林里这些古老的雕像开始。"

吉兰多尔先生不时地走向飞行员，摇晃他的手臂以赶走在树枝间越跳越近的乌鸦。

"他的眼睛在护目镜的保护下应该是安全的。"祖母说。

"我也这么认为。"吉兰多尔先生说。

过了一会儿，祖母看着我说："然而，花园里的雕像似乎是个谜。你看它越久，就有越多问题。尽管我不能保证它有什么结果，但它是个需要解决的大谜团和大困惑。"

我等待着她跟我说更多，但跟往常一样，她没有。

我有太多东西想知道了，但是询问似乎显得很唐突。吉兰多尔先生的脚是因为先天缺陷而畸形的吗？就像我在学校里认识的一个男孩儿，他的右手苍白瘦小。或者他就像灰姑娘，跟人类完全不是一个种类？

★ ★ ★ ★

"好了，"我们将最后一包土倒到没过膝盖的土堆上时，祖母说道，"看看你可不可以把他叫醒。如果不行的话，我们得从头再来了。"

她用裙子擦了擦手，看着我和吉兰多尔先生。我们去找来棍子和卵石，一次次地掷向悬挂在树上的男人。

"嘿！"祖母冲他喊道，"你！醒醒！"

我们掷到他的夹克上，但没有太大效果。一开始我们扔了很久，我以为他已经死了。直到投掷了一两分钟后，他再次抬起头来。他的面部变得更加苍白，似乎很难集中注意力。又一次，他把护目镜推到前额。我们第一次看清楚他的眼睛，看起来比海报上敌人的脸温和多了，也比我想象的年轻多了。

祖母在她的帆布包里翻来翻去，现在她举着一团我曾经在厨房看到过的细绳——那是她一段一段地攒在一起留着捆绑东西用的。她一只手拿着绳结，然后把绳球递给吉兰多尔先生，由他扔向飞行员。

"抓住它！"她命令那个飞行员。

吉兰多尔先生第一次抛得很好，绳球击中飞行员胸部正中间，但是飞行员似乎没看到它。他举不起他的胳膊，球又掉落到地面上，绳子散开了。

我把它找了回来，赶紧收集松散的绳，重新绕成一个更紧更小的球。第二次我换了种方式，把球扔到靠近这个人手臂的地方。他轻轻地看了一眼，没有抓住，球再次掉了下来。

祖母突然想到一个办法，她叫吉兰多尔先生把球扔过这个人的头，就在他的降落伞两条带子的中间。

吉兰多尔先生成功做到了，现在松散的绳从祖母的手上连着飞行员的肩膀，一半的绳垂到了地上，在空中飘动着。

祖母告诉飞行员紧紧抓住绳子，他照做了。当祖母在绳子后面绑上刀具时，我才明白她的计划。

"把这个拉上去，"她命令他，"割断带子。"

飞行员明白了，似乎在寻找新的力量。他嘴巴一使劲儿，把镰刀似的工具吊了上去。祖母绑住月形刀片颈部，刀具垂着手柄晃动着吊在那里。

"不要让它掉了。"祖母说。

他抓住刀柄,仰头向后看着降落伞的带子。

祖母喊道:"你掉下来的时候,就把刀具扔到那里。"她指了指离我们很远的空地,"不要带着它。"

"我不蠢,老婆婆。"飞行员说,他看向其中一条绳带。

"我怎么知道?"祖母说道,交叉着双臂注视着。

两只乌鸦叫着,飞走了。

我不知道这个人是否有力气松开自己,但是祖母把刀具磨得很锋利了。没多久,第一条绳带割开了。飞行员停下来对我们咧嘴微笑。当他开始割第二条绳带时,他脸上的汗水闪闪发光。

在他连割带锯的努力下,最后一条绳带割开了,这个人终于从悬挂的树枝上坠落下来。他并没有把刀具扔得很远,但已经够了。他一屁股坐在土堆上,弄得尘土和树叶飞扬。

我认为是因为他的腿受伤过重,他咬紧牙关坚持了一会儿后再次晕了过去,张开四肢躺在地上。"做得好,M!"吉兰多尔先生拍着祖母的肩膀夸赞道。

祖母把帆布包放在这个人旁边,卷起袖子说道:"现在,让我们来看看他还有没有救,我们需要火。"

"我已经准备好木柴了。"吉兰多尔先生指着他很早就放在树那边的木柴说,"只需要点火了。"

"记得在小溪里把桶洗干净,在锅里烧点水。我们需要很多水,去,再去把水桶装满吧。"祖母给他两块抹布,吩咐道,"水烧好了就搬过来。”

吉兰多尔先生点点头，他一路急匆匆地小跑而去，挂在他胳膊上的桶晃晃悠悠。我看着他跑路的样子，特别想知道他那奇怪的腿是如何使他跑起来如此灵活的。

祖母让我抓着帆布的一边，我们使劲地拍打着，尽可能把它拍打干净。然后我们把帆布铺在飞行员身旁的地上做一个临时手术台，祖母拿起剪刀，剪开飞行员的裤腿，从脚踝处剪到髋部处。

“这会是很可怕的画面。”祖母提醒我说。画面确实很可怕。当她揭开浸湿的衣服时，浓稠的血液仍然从他大腿上至少两个锯齿形的伤口中涌出。我原本以为我有思想准备，但面对这样的场面我还是不得不避开，我受不了，几乎都要呕吐了。

“看来有时候不吃早餐也有好处。”祖母轻轻地说着，重重地拍了拍我的背。

“飞机被击中都是这样的吗？”我说得出话时问道。

“不一定，”祖母说，“因为他的腿还在。有时候是爆炸——也许是被炮击，可能有金属或者玻璃在里面。只有把它清洗干净，我们才可以看见。”

祖母剪开他的防弹背心的带子，拉开下面的夹克，把她那被太阳晒黑的手伸进他的衬衫里，沿着身体伸到腋下。她叫我帮忙解开他的帽带，摘下他的皮帽，我很顺利地做完了。这个人最多三十岁，好像过早就秃顶了，只有额前有一点儿头发。

祖母的手指探到他身上有多处伤口在流血。总体来说，这个飞行员的右腿右侧、右肩膀和左耳下的颈部都有伤口，最后的这个伤口跟擦伤差不多。

祖母把他的头抬起来，把一个没有标签的黑棕色瓶子里装的水倒进他的嘴里。这水的气味呛得我直流泪，飞行员也被呛得咳嗽了起来。

"你能听到我说话吗？"祖母用跟听力不好的 O 太太说话的语调问道，"你叫什么名字？"

"R。"他答道，嘴里喘着粗气，明亮的眼睛看着还悬挂着降落伞的树枝，以及还在树枝上摆动的绳子。飞行员微笑着，举起一根手指头，指着前方说，"伞，降落伞。"

"是的，好吧，R，"祖母说，"你必须做个决定。你想要我们去找我们的乡村医生吗？如果我们去请他来，他会过来的。但他是个有职位的重要人物——他会把你报告给军队的。"

"不！"飞行员摇着头说，"我不需要医生。"

我担心地看着祖母。

"另一个选择是，我可以试着给你缝合伤口。我曾经接生过婴儿，在农场里也缝合过我表哥的伤口，但我不是医生。如果我们不带你去村庄里，你可能会死去。"

R 似乎在寻找着祖母的手，祖母并没有让他找到她的手。"给我缝合吧，"他说，"拜托你了。求求你，不要医生，不要军队。"

祖母叹息着把瓶口靠近他的嘴唇说："现在你最好多喝点水。"

我们等待着吉兰多尔先生。太阳越升越高，已经是中午了，战斗机在远处发出嗡嗡声。我们听到过也看到过很多战斗机，所以通过听它的声音就能认出它的类别。

正在发生的事使我害怕，如果军队和警察发现祖母在帮助一个敌军飞行员——或者没有向他们报告——她会被逮捕的。我毫不怀疑，任何一个处在我们这种情况下的邻居都会马上跑去警局，坦白事情。

我看到祖母在注视着我："你认为这做错了吗？"

我无言地摇摇头。

"我并不在打仗，"她说，"现在这个人也没有，这些森林也不是战场。"

我点头表示同意。

"吉兰多尔先生去哪了？"她咕哝着，"我希望他没有坐在那里盯着锅看。如果你什么都没做的话，水是不会烧开的。"

"为什么他不在附近生火呢？"我问道。

"我想他是害怕这个人醒来后会看到他。"

我咬了咬嘴唇，最后问了一个我一直想问的问题："吉兰多尔先生是谁？"但就在那时，他用厚布端着热气腾腾的锅走过来了，手臂上挂着装满了水的水桶。

"棒极了。"祖母靠近她的伤员，"R，你还好吗，喝醉了没有？"祖母扒开他的手指看看瓶子里还剩下多少酒。R呻吟着，"他应该还好。"祖母说。

R的眼睛闭上了，他的呼吸看起来更平稳了。

"噢，我的天！"当吉兰多尔先生看到飞行员受伤的腿时说道，他吓得往后退了几步。

祖母拿出一个金属的肥皂盒子，我们用冷水彻底地洗了手，两只手轮流从桶里盛出水来清洗另外一只手。接着，我们又用肥皂洗了一遍手。最后，我们还在手上涂抹烈酒以消毒。

祖母拿出一块儿干净的布巾，我惊讶地发现她竟然把所需要的东西都放进了她的包里。以前我看到过她剪开无法修补的旧衣服，做成抹布，然后把衬衫上的纽扣保存在一个装饰的锡盒里。祖母对锅里的水温很满意，她把布巾浸湿，拧干后敷在飞行员的腿伤上，将伤口擦洗干净。见到这个画面，我赶紧移开视线。

吉兰多尔先生后退到一块岩石边，面朝大树坐了下来。

伤情很严重，伤口看起来很深。在我看来，有些肉已经没了，在阳光下还露出不该裸露的一层白花花的——是肌肉或脂肪或深层组织。

"也许这对你来说太有意义了。"祖母对我说。她让我过去拿着布巾，告诉我不要掉到地上，可那布巾烫得我快叫出声来了。我很难想象祖母是怎样把它从锅中拿出，然后拧干它。我两只手来回换着拿，直到它的温度变低一些。

祖母又从包里掏出几把好像是我妈妈用来开罐头的钳子，把它们丢进热水里。"你想和吉兰多尔先生坐到那边去吗？"她问我。

"我很好。"我说。

"那就把布巾放在锅里，脱掉他的夹克，我们必须在水变冷之前处理好肩膀。"她拿出一根针和一团线。当我脱掉 R 的防弹背心、手枪皮套和夹克时，她穿完了针，然后把针和线都放进水里，留下线的末端挂在边上，方便她取回针。

R 并没有完全醒来，在我翻动他的身体时，他呻吟着，头无力地耷拉着。血从他颈部的伤口滴了下来，衬衫的右袖口都湿透了。我把他的夹克脱下来，我的手上沾满了黏稠的血液，看着这些血液我有种眩晕的恶心感。

祖母扔给我一块干布，对我说："把他的身体擦干净，然后把干布铺在他的肩膀下，这样他才不会躺在污垢中，然后再把他的袖子扯下来。"

我没有说话，点了点头，开始工作。

"如果没有我的事，"吉兰多尔先生说，"我最好去把火灭了。"

祖母忙得没空回答他。过了一会儿，他站了起来——在祖母叫他回来之前，他只走了两步远。"这个伤口流血太多，光是缝针不管用，"她说，"带这把刀去，把刀刃烧红，马上拿回来。"

"噢，亲爱的。"吉兰多尔先生看上去很想吐。他捡起这把长柄刀，匆忙去了。

祖母用钳子探寻着可能残存在飞行员伤口里的碎片，我不敢看。即使我转过头去，每当听到钳子碰到金属碎片时发出的声音我仍会冷汗直流。

"拧干布巾放到这里，"祖母命令我说，"我看不太清楚。"

我尽量不去看她如何把手伸进伤口拉出几块锯齿形金属片，然后再擦干净伤口的过程。

"如果我们没有让他流血而死，这将是个奇迹，"她自言自语道，"用这水擦洗，血液就不会凝固。"处理好腿后，我们接着处理肩膀，祖母在他的肩膀上发现了更多的弹片，在她处理肩膀时清理出许多金属弹片。

飞行员侧边的伤口不是很深，只是划伤。祖母检查了他颈部的伤口，那里没什么大碍。接着祖母紧紧地抓住他两条腿上严重的伤口，握着它，直到吉兰多尔先生拿着尖端被烧成鲜红色而发亮的弯刀片奔跑回来。我看到他已经脱掉了他的靴子，也许这样他可以跑得更快，而且不容易被绊倒。很明显，他的左脚和右脚一样，都有山羊一样的尖蹄子。

我同样不能目睹接下来所进行的手术。祖母一只手拿着布巾，一只手拿着烧红的刀。我把手放在肚子上，站起来赶紧离开。在我后面，我听到流水声，听起来就像我妈妈熨烫衣服的声音。飞行员先是呻吟，后来变成两次尖叫。当我闻到一股可怕的烧焦肌肉的味道时，我跪着开始呕吐。坐在岩石上的吉兰多尔先生用同情的眼神看着我。

祖母完成了可怕的手术，她烧焦了 R 的一些皮肉，然后用 R 其他地方的皮肤把伤口缝合起来。R 的脸色惨白，但他的血已经不再往地上滴了，至少他现在还能呼吸。祖母用剪刀把洁净的干布割成绷带，包裹在 R 的腿上、肩膀上和颈部。最后我们清洗了自己的手，吉兰多尔先生把火扑灭了，在溪水里清洗着另一块布巾和帆布。

我们整理着工具等他回来。我继续问我的问题。

"他是一个半人半羊的农牧神，"祖母说道，"他的年纪很大了——比我老得多。"

我疑惑地盯着她："但他看起来——"

"他和我在七岁时遇到的他一样。"

"你在这里遇到他的，是吗？——在这片神圣的森林里？"

祖母点点头。"他是他们同类中的最后一个，至少是这附近的最后一个。"

"如果他们不会变老，他怎么会长成这样呢？"

"我所知道的是，其他的农牧神离开了，而吉兰多尔爱上了一个人类的女子，他离开森林，和她住在一起。但等到女子年老逝世，他重新回到这片森林时，他的同类已经走了。"

我看见飞行员在呼吸着，他的胸口起伏波动着。更多的战斗机从头顶嗡嗡地飞过——尽管它们飞得很远了，但我认为其中一架是我们的侦察机，"所以吉兰多尔先生独自一人生活在这片森林里？"

"是的，他的家在很高的山顶上，在一个没有人会去的陡峭的地方，一个山洞里。因为他在人类的世界没有地方可去了，他只好待在这里。他常常希望他的同类能够回来，或者找到一个可以重新回到同类身边的办法。他来自仙界，那是另一个世界，他想念那里。"

这个故事很悲伤。祖母说的这些事带给我的感觉，让我暂时不去想那些缝针、烧灼和消毒的事，但使我现在想起在树林里的雕像——飞龙雕像和巨人雕像。我经常希望这些东西不仅仅存在于童话故事里，某种程度上我总是相信他们肯定在某个地方，哪怕在人类无法到达的地方，他们确实存在。如果真的有农牧神，他们就生活在我自己的家乡……"那么其他的都是真的吗？"我问道，殷切的希望撞击着我的胸口，"这都是故事里的人物吗？"

祖母看着我，她看起来很疲惫地把下巴搁在手杖头上。"我看到的你都看到了，也许他们曾经都在这里。故事是从某个地方传来的，我想吉兰多尔是最后一个了。"

悲伤感让我感觉沉甸甸的，"他们都回仙界去了？为什么？"

祖母耸了耸肩："我想是因为我们人类太多了，这个世界对他们来说太嘈杂了。"

但愿她是错的，我多么希望这里也住着其他人啊。

"不要太消极，"祖母说，"你想想：昨天的你还不会想到自己会遇到农牧神吧。"

"既然这里有一个，"我说，"肯定还有很多个！"

"那是蟒蛇雕像的传闻。"她说。

吉兰多尔先生回来了，我看到他重新穿上了靴子，愉快地摇晃着身体走过来。我想靴子里肯定在脚趾和脚后跟的地方垫了布——因为一般的脚不适合穿灰姑娘的鞋子。反之亦然。

"我把洗干净的东西铺在阳光下晒干。"他说道，"今晚天黑后，我会把这些物件和工具给你送回去。"

我明白了他的意思：如果没有人看见祖母和我从森林中带着一大堆奇怪的工具走出去，那最好不过了，我们都知道村民喜欢讲闲话。分隔开祖母的后花园与森林边缘的只有一片狭窄的草地和乔木。

祖母拉起他的手："谢谢你的帮助，吉兰多尔，你总是如此善良。"

他以一个优雅的姿势低下了头，他瘦削的脸上露出担忧的神色："你应该现在离开，走路要小心，如果有人发现这个男人还活着或者其他什么的，事情就会暴露，很显然他是没办法自己给自己缝合伤口的。"

"我们会小心的，"祖母说，她皱起了眉头，"这个降落伞怎么办呢？"

吉兰多尔先生第一次摘下他的帽子，他那长而黝黑的手指穿梭在他的发丝之间。当我看到他隐藏在头发之下凸起的两个小角时，感到眼前一亮。"我想用绳子绑上石头，"他说，"如果我能找到一些这样的绳子，我可以一条又一条地拉，直到把降落伞全部拉下来。"

祖母点了点头："我有一些应该足够长的晾衣绳，我今晚就拿来给你，就看他能否撑到明天了……这里……别的我们也没有办法了。"

吉兰多尔先生赞成地说道："我会带一条毯子给他盖，我觉得不会下雨。"

祖母正准备拄着她的手杖离开，吉兰多尔先生清了清嗓子说道："有……还有他的武器的问题。"

我将视线转移到藏在石块下的枪支上。

"我可以把它带到我的山洞去，"吉兰多尔先生提议道，"或者我可以将它掩埋在高山上。"

"不，如果 R 死了，他将不再需要它。如果他活着，他会想拿回它，你将永远看不到它。我们要带着它，不让它被搜到。我知道一个好办法。"祖母说着把那支枪放进她的包里，我们带着枪离开了。

我回头看了看吉兰多尔先生，他将外套搭在手臂上，在我们的伤员身边慢慢地踱着步。

★★★★

　　中午我们刚刚回到家，鱼罐头厂响起了警报声。如果你仔细听它结束时的声音，你可以听到它从悬崖那边传来的回声。首先，我们从厨房的井中抽水，彻底把我们的手和脸洗干净。然后祖母准备了一顿有蜂蜜面包、沙丁鱼、奶酪、水果和茶水的午餐。看到她那双有力的削着梨子的手，我不禁想起了那双手在缝合伤口时的样子，顿时不寒而栗。我们洗完盘子后，祖母就到她的房间里午休去了。

　　我看到冰箱下的平底锅已经装满了融化了的冰水，便将它端到外面去浇灌花草植物。今天该给第三棵梨树浇水了，鲜花和蔬菜不应该在炎热的天气里浇水。我将平底锅放回去之后，就坐在阳光下的长凳上，看着蝴蝶在石蚕植物间飞来飞去。我感觉累瘫了。

　　三个月前，祖母还只是一个名字，还只是一张挂在壁炉上的圆形相片。她是我父亲的母亲，我并不认为她和我的母亲会彼此喜欢，至少父母没有带着我一起去拜访过祖母。在我小时候，我知道她会不时地给爸爸写信，爸爸会回信给她。爸爸会不时地要我寄一些我的画给她。爸爸过去常常给我讲他在村里长大的故事，似乎那段时光一点儿也没有流逝，每一棵乔木、每一座花园的门，都可能是通往魔法世界的大门。当我来到这里亲眼看到这一切时，我也有同感。父亲住在这里的时候，那时我的祖父还活着。

　　我渴望好好看看那座神圣的森林。现在，我的眼皮十分沉重，疲倦袭击了我的全身，我蜷缩在长凳上，很快就睡着了。

第四章

/

驻兵来袭

我被飞机的轰鸣声惊醒了。

我直起腰来，在傍晚温和的光线下眨着眼睛。金色的阳光斜照着穿过花园，乔木和灌木丛投下了黑色的阴影。还没有睡醒，我的脑袋有一种迟钝的感觉。我的一边脸在长凳上被压得酸痛，另一边脸被太阳晒疼了。

不是一架而是两架飞机，它们棱角分明，闪闪发亮，从机场往北飞，飞得很低，在村庄上空反复盘旋着，转了一圈又一圈，轰隆隆地经过了山口。

祖母头发凌乱地从小屋中走出来，说道："他们看见那顶降落伞了。"

一阵寒意侵袭了我的全身，"我跑得很快，"我说，"我这就去告诉吉兰多尔先生。"

"不用。"祖母看着飞机，机翼和机身被太阳照得闪闪发光，

"他们已经用警报声警告过他了，如果你返回那里，会碰到很多士兵的，这是最困难的事情。我们能做的只有等待，等着看究竟会发生什么。"

我实在不能呆呆地站着："但是他们会抓到 R！吉兰多尔先生也会害怕的，他不知道该怎么做。"

祖母笑了笑："别那么想，有胆大的人在他身旁时他会表现得胆小。只剩下他自己的时候，他会做得很好的。"

我的心依旧怦怦直跳："我们得做点儿什么吧。"

"我们去园子里看看有没有成熟的西红柿吧。"祖母说道。

★ ★ ★ ★

那是我人生中度过的最漫长的夜晚。我不仅竖着耳朵专注于倾听战斗机的声音，还听到街道上的汽车和大卡车的声音，以及过往行人断断续续的脚步声。我们听到两辆大卡车轰隆隆驶过来，但我们还没走到窗户边大卡车就开走了。

在日落前一个小时左右，一辆军用卡车缓缓穿过街道，士兵们肩上扛着枪，坐在敞开的车板上，他们的指挥官紧紧地抓住驾驶室后方的护栏，用扩音器一遍又一遍重复着公告：

"有一名跳伞的飞行员，疑似敌军士兵，藏匿在我们附近，如果你们见到任何陌生人请立即向警方举报。宵禁时间为下午六点到八点，直到另行通知为止。晚上注意锁紧门窗。"

我忧郁地望着祖母，但这公告好像使她很兴奋。"你知道吗？"

她说，"他们已经去过森林了，在那里找到了降落伞，却没有找到跳伞的飞行员。农牧神在他自己的森林里和他们周旋。"

晚饭过后，我还是很担心。晚霞出现又消散了，月亮缓缓升起来，但是吉兰多尔先生还没有出现，我想象着他站在黑暗中紧握着双手的样子。R 可能已经死了，而吉兰多尔先生不知道如何委婉地告诉我们。也许，士兵已经抓住了吉兰多尔先生？也许，他们已经击毙了吉兰多尔先生？但是我们没有听到任何枪声，如果远处寂静的森林里有枪声传来，我们是可以听见的。

黄昏临近，不再有飞机轰鸣声了，只是每隔一个小时左右就有一辆卡车经过。祖母在缝补被子，"他今晚不会来了，"她说，"在明亮的月光下，士兵有可能整夜监视着田野。"

我把脚跷到台灯旁的靠背椅上，试着阅读《天方夜谭》，但我不能集中注意力，我的目光在同一行文字上看了一遍又一遍。

"当你心里焦躁得无法思考时，"祖母说，"试着动动手。"

我拿出我的素描册、铅笔和橡皮擦，按照我的记忆画了一幅森林里的雕像，带翼怪兽在灌木丛中嚎叫，透过葡萄藤凝视着或近或远的地方。

"你最好不要画出或写出任何有关吉兰多尔或 R 的东西，"祖母叮嘱说，"书里和你的信里都不要有。"

我点点头："我只是在画怪兽。"

但是我发现自己没办法记得细节，我的画不如我用文字描述幽暗森林中的秘密来得好。我在沉寂中画着，擦拭和拂扫掉橡皮的灰屑时，手上沾到了铅墨印。

突然，祖母开始说话了，就像我们正午的谈话一样，她告诉我的事情都是私密的，我惊讶于她如此信任我，她用跟大人说话的语气和我说话。事后我回想起来才明白，那天她是在考验我，也许就是在那天，也许是在很多天之后，我最终通过了她的考验。

"吉兰多尔是我最好的朋友。"祖母放下手中的被子，叹了口气，"你应该知道，因为某一天你会想知道这些，而那时我却不能在你身边告诉你这些了。首先，他对我来说就像是舅舅或父亲。在我成长时，他就像个兄长，甚至不止这样……当我长大了，他坚持让我去找个人嫁了——找一个我的同类，一个会跟我一起变老的人。你知道的，他不想重犯过去的错误了。所以，当我和你祖父在一起时，我没有去过森林，吉兰多尔也没有出来过，我已经三十多年没见过他了，可是我知道他偶尔会躲在花园边的篱笆后面看着我。他想要我过上正常人的生活，但这又让他很伤心——你知道的，即使他试着不去爱，他也会不由自主地爱着我。心是无法控制的。"

我不知道说什么好。最后我试着问："你也爱他吗？"

她微微笑着，眼神似乎转移到屋外遥远的地方去了。"是的，过去是，现在也是。"她的目光再次回到我身上，"但是我已经是个老太婆了，而他是一位农牧神，我们之间只能意味着友情。越不平凡的故事蕴含着越多的东西……超越世界之外，超越时间之外的更多东西。"

我不确定她指的是什么东西，但她似乎在不断地给出回答。我问道："是农牧神雕刻了这些雕像吗？"

"不是。花园里的怪兽是将近四百年前的一位公爵贵族雕刻的，他雇用了这片土地上最好的雕刻家，这些雕刻家还做过大教堂里的雕刻活。公爵花了很多年，一砖一瓦地建造了这座花园——这几乎是他一生的工程。"

"为什么他要这样做呢？"

水壶烧开了，祖母放下被子去沏了一壶茶。"尽管这个故事不止一个版本，但没有人知道确切的答案。有人说这个花园是公爵送给最深爱的妻子做礼物的，她的名字叫 G。也有人说她只看了一眼花园的雕像，就吓得晕倒在地上死掉了。在她死后不久，公爵也消失了，没有人知道他去了哪里。后来，这座花园被遗弃，很快就长满了树木，甚至连公爵在山上的城堡也消失了，连一个地基遗迹都没留下来。很多年前，去首都时，我在国家图书馆查阅了关于它的所有书籍。在这里，你反而很难听到相关事实。"

我对我画的画一点儿也不满意：带翼的动物嘴巴画得不对。我擦掉它，尝试着再画一次。

"人们说起这些怪兽来好像它们是真的，"我说，"他们知道怪兽只是雕像吗？"

"一些勇敢的人去过那里，亲眼看到过它们——这足以让人们相信那些确实是怪兽。关于这座花园，充满着疑问——公爵消失后，他会不会依然守护在那里呢？关于这座花园，也充满了各种邪恶的谣言。"祖母叹了口气，听着一辆卡车轰隆隆开过去。

"现在——"她把头茫然地转向卡车声音传来的方向，"这些日子，整个世界都颠倒了。现在的政府禁止我们在艺术、音乐和著作方面欣赏我们光辉的历史，不让我们有灵魂，要我们变成乖孩子和顺民。对大多数人来说，让他们害怕那些森林里的怪兽，告诫他们远离那里就会安全是很容易做到的。"她冷笑道，"一座闹鬼的森林。"

"他们说是闹鬼的森林，而你说是神圣的森林。"

祖母轻轻笑了笑，把一杯茶放在我旁边的茶托上。"当你的父亲带你去大教堂的时候，你是什么感觉？害怕，还是神圣的敬畏？"

我想起装饰在教堂里那些面目狰狞的魔界使者，高耸的彩色玻璃窗以及透射进来的五颜六色的光线……空旷的空间，昏暗的高处……从高处到低处，从光明到昏暗中感受到的害怕与敬畏，"两者都有。"我回答。

"这就对了，是闹鬼的也是神圣的。也许它们指的是同一种东西，但没有一个词足够涵盖它。"

我将怪兽的眼睛加深，开始给它画牙齿。"爸爸去过那座森林吗？"

"当然，尽管他从没在你祖父面前说起过。即便是这样，那座森林还是变成了禁区。有趣的是……我经常感觉到那个地方好像在召唤我。"

我点点头，用笔头轻轻敲打着我的嘴唇，思考着该如何问爸爸在花园里的日子——他是如何看待这个花园的，他在花园里做了些什么……我把素描本放在一旁，拿出信纸准备写信，但是祖母皱了皱眉头。

"你应该再等几天，等到一切风波都过去了，"她说，"除非你想要你的信在邮局里被军队打开来看。"

我并不想这样，所以我把信纸放回盒子里。

夜色渐晚，祖母说她打算在沙发上睡觉，以防吉兰多尔先生敲门敲得太轻，卧室里听不到声音。我把床垫和被褥从我的房间里拖出来，放在柴炉前的地板上，陪她一起守夜。

"不用担心，"祖母在吹灭油灯的时候告诉我，"现在，我们已经做了我们可以做的。"她好像对自己的想法很自信，过了几分钟，她就轻轻地打起了呼噜。

我在炉火架后余烬的光辉中失眠了很久，听着青蛙和蟋蟀的声音，听着风吹树叶的沙沙声。

最后我总算睡着了，在梦境里重复着这天的情景：沾满血渍的破布，低空飞行的飞机，装满士兵的卡车……以及有怪物的树林。在我的梦里，当我没有盯着它们看时，它们眨着眼睛，走动着。我可以听到它们在我看不见的树叶后面，在花园的远处窃窃私语。

第五章

/

被遗忘的世界

一大早，祖母就不停地在厨房和侧门之间咔嗒咔嗒地踱着步，口中抱怨着昨晚的床板使她的背又酸又痛。

"今早天气不错，"她说，"我们在花园的桌子上吃早饭吧。吃完饭我们就去集市上探探情况，看看能听到什么消息。"

说起早饭和集市，我想起来了。"如果 R 醒来时肚子饿了怎么办？"于是，我说，"他得吃东西和喝水。"

"如果 R 还活着，吉兰多尔先生会照顾好他的。不过你可别抱太大希望，就算他活下来了，恐怕也还吃不下什么东西。"

祖母尽量把在村子里所有她认识的人的名字都告诉我，而她认识几乎整个村子的人。她总是忙着向大家介绍我，每次走在路上，我们很少撞上一个不想停下来聊天的人。

今天，村子里充斥着紧张的气氛，每个人似乎都能感受到一种狂热的兴奋。一个潜伏在村庄某处并且有可能继续隐藏下去的受伤的敌兵，危险得刚好让人害怕却又不至于触发真正的警报。在面包店里，P太太说她发现她家花园的门莫名其妙地开了，洋葱地里还有一个男人的鞋子踩出的大脚印；C太太在凌晨三点听到有人蹑手蹑脚路过卧室的窗子，但因为最近的电话设在远处街角的杂货店，所以她没法去报警；D太太今天一反常态，愉快地瞥了我一眼，没做任何斥责。她急着向我们所有人展示在她家小路上找到的烟头，这种细长的外国烟绝对不可能是从附近带过来的。她把香烟包在纸帕里，准备交给警察。

"你那里情况如何呢，M？"她问祖母，"那片森林可是挨着你家屋后栅栏的，你有听到或看到什么吗？"

几双瞪大的眼睛望着祖母，祖母正举着面包店的银钳子，刚往篮子里装了一条无花果面包。"既然你提到了，确实发生了一些事，"她说，"不过刚开始我以为那是我的错觉。"

我和其他人一样兴致勃勃地望着她。

"大概在午夜时分，我醒了。"祖母低声说道，"我不清楚为什么会醒，通常我睡起觉来就像死猪一样，连雷都惊不醒。可能是太安静了吧，我听到一阵细微的声响，以为是屋子在塌陷——你知道的，屋子太老了就会塌陷的。但是现在想起来，这只可能是有人试着打开前门的声音。"

一时惊起一片唏嘘声和惊叹声。

接下来，祖母接受了C太太对她锁门习惯的表扬和P太太要她特别小心的关切恳求，并对D太太嫉妒的眼神回以友好的微笑。

当祖母从面包店里挤出来的时候，确定了没人能听见我们说话时，我问她："撒谎不是罪过吗？"

"是的。"她严肃道，"但刚才的不是撒谎，是掩饰。"

一辆军用卡车停在警局外面，四个士兵正站在楼前吸烟闲聊着。看到军服的第一瞬间，我会情不自禁地希望能在这些士兵中看到父亲的身影，可他不在这儿，这些人我都不认识。士兵中有两人在我们经过的时候脱帽向祖母示意。

我们买完东西后就去交了电费。祖母不喜欢电，她觉得电不像成箱的灯油或成块的冰，也没人开车送货上门，祖母总觉得什么也没得到就这样把电费交出去很冤枉。之前之所以让工人给家里通电，她说是因为只有这样才能听收音机。

早晨从各处收集的只言片语证实了我们之前的猜想：巡逻队搜查过森林了，显然只找到降落伞——若是他们找到了人，现在就不会继续大肆搜寻了。

我们从政务楼里出来的时候，在路边碰到了正要去杂货店的D太太，我看见她手里还攥着包了可疑香烟的纸帕。她刚刚经过警局，显然她还没有进去。

祖母在一旁看着我说："无知比酵母更能繁殖。要是流言能做面包的话，世界上就没人会挨饿了。"

在接下来回家的途中，我们很少说话，而是睁大了眼睛观察着周围的状况。理发店门前，一名士兵正冲着挂在另一名士兵背上的便携对讲机讲话，他说了许多我们听不懂的代码，但从语调能听出他的疲惫和气恼。轰隆隆的军事发射器响彻港口，三层小楼的小旅馆前停了一辆军事指挥车。祖母故意绕到街对面，以便路过旅馆餐厅的大玻璃窗时可以窥视一番，我只在灯光昏暗的旅馆餐厅门前瞥见一片模糊的影子。在转过街角爬上人行天桥时，祖母低声道："那位是少校，没错。"

"旅馆里的那位吗？"

"嗯，是从驻地那边过来的。"

"你认识他吗？"我问。

"没打过交道，但我认得他的样子。"祖母警惕地看着左边那个荒草丛生的草药园，"他不是你祖父喜欢的那种人。"

我正好奇为何突然提到祖父，期待着她继续往下说时，祖母却停下脚步，路旁藤蔓架旁走过来的一支五人士兵小队引起了她的注意。

显然，他们是刚从森林里出来的，衬衫已被汗水浸出深色的痕迹，裤腿上也挂满了芒刺和荆棘子。不紧不慢地，这支小队刚要走到大路上的时候却突然改变了主意，转而在阴凉处坐了下来。

"没有情况。"祖母压低声音，又迈开了脚步。

我多停了一会儿，看着那些人将来复枪靠着栅栏，摘下帽子把水浇在头上。其中有个人的发际线靠后，除了发色，很像我们的伤员 R，但他和 R 却是水火不容的敌人。还有个人与这两人样貌也都有些相似，R 的飞机就是被他们击落的。陆地上载满军人的卡车、海上搬运士兵的轮船，加上天上运载了更多军人的成队飞机，这一切，就组成了战争。而我的父亲在某处也是其中一员。

这是爸爸参加的第二场战争：在他的年纪还很小的时候就已经

被迫卷入过一场战争，而现在他又不得不去参加这场战争。大概四年前他应召入伍，那段时间他只回过两次家，我已经快记不清他的声音了。我常望着照片，一遍一遍读他的来信，努力尝试着从信中捕捉他笑声的回音。我好奇他今天是不是也在巡逻，跟战友们说笑着摘下裤腿上的芒刺，喝着从军队餐厅带来的温水。我祈祷他不要像 R 那样受伤。上帝啊，请你保佑他平安。我期盼着他的音信。

祖母家靠村子这边的邻居 F 太太是一位可怕的老太婆，祖母就是这么叫她的，从来不称呼她的名字。F 太太头发雪白，身材高挑僵直，活像一棵被太阳晒得发白的枯树。她的园子里藤蔓缠绕，种的净是杜松、月桂、桃金娘，好像一处黑漆漆的洞穴，她似乎一点儿也不喜欢花草。祖母第一次介绍我们认识时，F 太太只是从满是褶皱的脸上瞪眼看了看我，从那以后再也没有和我说过话，我每次从她家门前单独经过时都要加快脚步。待在后花园时，我庆幸两家之间有一堵石墙，将 F 太太那高高的树篱隔在另外一边。不过有一次，下午稍晚些时候，我躲在倒挂金钟树下看书，突然感觉不安，像是头皮被人刺了一下。我抬头一看，F 太太正站在她家山墙下的窗边向下俯视着我，我怯怯地挥了挥手以示礼貌，但她没有回应，一动不动地继续看着我。我只好合上书进了屋子。

快要到家了，祖母和我经过 F 太太家的大门时，我看到 F 太太蹲在一棵柏树底下修剪藤条，祖母和她大声打了个招呼。

"有什么新闻吗？"F 太太问她，看也没看我一眼。

"人人都有新闻，"祖母答道，"但没人真知道些什么。"

F 太太发出了一个类似笑声的回应，继续做她的修剪。

进了屋关上门，我问祖母："她为什么不喜欢我？"

"她不是不喜欢你，"祖母宽慰我，"只是她的儿子都是些捣蛋鬼，我想她觉得其他孩子也一样。"

一周两次的送冰工人已经来过了：一块新的冰正躺在冰盒顶层，为牛奶和奶酪带来福音。祖母让我取下挂在前窗的钻石形冰卡——这是一种非常让我着迷的器具，看起来就像魔术师在表演中会用到的东西。它的每一端都有一个数字，你将哪端数字朝上就表示要送冰工人送多少重量的冰块。我两手转着冰卡，看着数字随之而动，但总有一个数字正面朝上。

我们早早就用过了简便的午饭。饭后祖母提议："稍作休息以后，咱们最好再去森林里找一找。"

我从椅子上跳了起来："我们可以这么做吗？"

"下午没有宵禁，并且现在还没听说限制大家外出活动……嗯，"她想了一会儿，补充道，"不过好像新出了些禁止擅自进入森林废墟的愚蠢规定。废墟同树和石头一样，都是我们土地的一部分，说不准哪天还不准我们用脚走路了呢！"

"要是士兵发现了我们该怎么办？"

"我们一会儿装成拾柴火的样子，带着斧子去。"

于是我们做了些准备：祖母打了个小盹儿，我又去花园里的长凳上休息，樟脑树下的长凳可以避开 F 太太家的窗户，在那里我也小睡了一觉。下午，我把斧头从钉子上取下来，祖母从木箱里拿出绳带，天色还尚早。她往带塞子的壶里倒了点牛奶，同一罐饼干、一些水果以及一块楔形奶酪一起装进了她用地毯边角料做成的地毯包。

我瞥了一眼她的包，问道："他的枪被你藏起来了？"

祖母点点头："枪藏在我的房间里。看明天的天气情况，要是天气有利，我们就去把枪处理了。"

在斜坡的边缘，我们停顿下来细细打量。青青绿草在微风中摇摆起伏，森林边缘如同绿色的悬崖向两边舒展开，树木摇动着正午朦胧的柔光和深紫色的阴影。我喜欢这里，这个明亮世界与神秘世界交汇的边缘。

"你住在世界上最好的地方。"我对祖母感叹道。

祖母笑了笑，毫不否认。她用手杖仔细地丈量距离，一只啄木鸟笃笃地在某处啄树，在我们右手边不远处，用藤蔓伪装起来的卡车发出一声鸣叫。

"如果这里有士兵看守的话，"祖母悄声分析道，"他们应该躲在某棵树下用望远镜窥察情况。"她在长椅上休息了一会儿，一面检查着我们头顶架子上的葡萄。现在的果子还很小，又硬又青，但祖母说今年的葡萄能长得很好。

"我来背包吧。"我说。

祖母看着我，嘴角略带微笑，露出一副赞赏的神色。"你是个好孩子。"她说着，把包给了我。

我开心地笑了，知道祖母的表扬来之不易。"爸爸在我这个年纪的时候跟我像吗？"

"像得出奇。"

我们离开葡萄藤架，穿过草地。即便有士兵看到我们，他们也不会过来盘问我们。为了增加拾柴这一战略的可信度，我们在开始出现树木的地方捡了几根枯枝。

"这里有一种古老的信仰，"祖母说，"一年中死去的灵魂不是一个一个去到天堂的，而是要等到夏至前的这天晚上，排成队列一起升上天堂。"

"天堂是在那边吗？是在山峰之上还是在山的另外一边？"

"如果我一直在寻找什么，那天堂就是我的方向。"

我没有再问下去，因为此刻我们二人都要四面观察情况，倾听动静。鸟儿歌唱着，昆虫低鸣着，我们也没有遇上巡逻的士兵。野花在斑驳的阳光中闪耀得像一滴滴奶油和蜂蜜，也有些成片成片地盛开在凉爽幽暗的树林深处。木匠的锤子声、车辆的马达声，还有掸地毯的拍击声，那些从村子里传来的喧嚣声渐渐远去了。接下来，我们又一次进入了巨树参天、黑暗昏沉的寂静中心。在这里，厚厚的树冠遮住了天空的太阳，峡谷也变成了由树叶、枝干、石头和长满苔藓的土地所组成的洞穴。

祖母用手杖指着靴子在苔藓上践踏出的痕迹和被踩碎的白蘑菇，沉重地摇了摇头。

最终我们来到了降落伞落下的地方。R早已不见了，现在这片空地上只有我们两人。士兵没有费力气去够那顶降落伞，它还乱糟糟地缠成一团挂在树上，伞下松软的土地布满了交叉的鞋印。我们为了让R从树上安全落下所搭起的土堆已经被夷平，大概是吉兰多尔为了隐藏救助证据而做了些处理。虽然我没有看到血滴的痕迹，不过要是仔细查看的话，我们在落叶间挖掘的痕迹却容易被发现。

我捡起两根被踩碎的香烟，祖母轻声笑道："你是要把它们带回去给 D 太太吗？"当然不是，我把它们埋了。

在空地上没有什么发现。没多久，祖母便领着我朝怪兽丛林的方向走去。无须问，我也知道是要去那里，我们走下长长的斜坡，坡上不时落下金色的光束。

视线落到其中一束光线照耀的地方，我不禁停下脚步凝视起来。太阳照亮了一棵大树盘根错节的根系，有一刹那，我觉得自己好像看到了一座村庄。光晕之中，隐在蕨类植物之间的一切都显得那么微小而精致：石子堆砌、苔藓做顶的房屋，树皮搭成的小桥，重重叠叠的塔楼和花瓣形状的旗帜，还有延伸到树根下通往昏暗地窖的门廊。当我再一次仔细查看时，眼前只有色彩斑斓、结构复杂的森林地表。一只蜻蜓如同一根绿色的长针，嗡嗡叫着慵懒地飞过林间的光斑。

我眨眨眼睛，赶紧追上祖母的脚步。

"我在森林的另外一边第一次发现花园的时候，我还只是个小女孩儿，"祖母低声说，"所以这里对我来说总像是后门。不过真正的大门就隐藏在那边的灌木丛里，"祖母说着指向南边，那是村子的方向，"最底部应该有个山洞。"

我一边穿过灌木丛一边踮起脚尖，试图再次看到飞龙雕像。很快，我看见了，它依旧高耸着身子，张大嘴巴咆哮着。我的心立即快速跳动起来，一如父母要带我去嘉年华或者电影院时那般兴奋。

朝南可以看到一扇宏伟拱门的顶端，那定是祖母刚才说到的大门入口了。四处的大树犹如巨柱一般，用它们密不透风的树冠覆盖着花园上方。祖母停下脚步，双手搭在手杖上，仔细聆听着。我也站住不动，好让她听清林子可能告诉她的一切，但又忍不住靠到近前去打量那飞龙雕像。

茂密的灌木丛已经长得与飞龙雕像一样高，一直向两边延伸，整个沟壑几乎塞满了荆棘枝条。透过荆棘和一张蜘蛛网，我仔细查看着飞龙雕像的双爪及它抓着的基座。我发现了这只怪兽为何要咆哮着展开翅膀了：掩盖在其周边的灌木丛中，至少有三只猎狗雕像在攻击它。同样精妙绝伦的雕刻技术让这些猎狗裸露着獠牙，围绕在飞龙四周，其中有一只还呈现出正要猛扑的姿态。这让我感到激动不已，难以控制地想知道在灌木丛里看不见的地方还可能藏着些什么。

在我们左边立着一扇小一点的拱门，一个高个儿不用屈身就能钻过去。藤蔓遮住了门的表面，但在拱门的周围可以看见一张张生动的雕刻面孔，有些胡须满颊，有些美丽迷人，有些畸形丑陋。他们仿佛是这片森林的灵魂，从花叶之间窥探着外面的世界。

这扇拱门挡住了灌木的侵蚀，祖母便领着我从拱门下穿过，我们来到一处空地，好似一个绿光笼罩的宽阔洞穴。空地被绿树肆意包围着，它的范围从一侧沟壑的陡壁伸展到另外一侧。往右边看，我又看到了那条蟒蛇雕像，它长长的脖子从吞没了飞龙雕像的同一片灌木丛中升起。而在左边，几乎触手可及的地方，一张宝座上端坐着一位头戴王冠面生虬髯的男子，他手握巨型长戟，长戟既是武器又是节杖。"那是尼普顿海神[1]，"祖母说道，"大海之神。这位我想应该是赫拉克勒斯大力神[2]。"说着，她指向山谷东面一座高耸于灌木之上的人物雕像，那是一个短发弯曲、携带巨棒的肌肉壮男。"我知道我把希腊神话和罗马神话弄混淆了，"她补充道，"但这位看上去更像是尼普顿海神而不是波塞冬海神[3]，不是吗？'海格力斯[4]'看上去也不太符合那位的形象。"

"赫拉克勒斯真有这么高大吗？"我试着回忆我所听说的关于赫拉克勒斯——某位很久以前的英雄或战士——的故事。

"很可能没有吧，"祖母答道，"那座石头雕像可能只是某个巨人，不过我觉得他看上去很像赫拉克勒斯大力神。要是他做出双手举天的姿势，我会说他是阿特拉斯[5]……"

在这座隐秘花园的暗光之下，苔藓深厚，更多的陌生雕像在或远或近处隐约可见。没有一丝风，加上这些历经悠久岁月的雕像，令我生出一种时间在这里没有流逝的错觉。

在我们前方偏右的位置，穿过一片毫无遮拦的空地，有一座高塔以令人不安的角度倾斜着。稍近处，是一座野猪雕像，它的背上已经长出了真正的藤蔓。一口巨大的方形水池过去应该是游泳池或者喷泉，现在却只盛着落叶、枯枝和积水。水池四周边角处各有一座模样相似的石雕美女，保持着优雅的姿势，静止不动。每个美女

1　Neptune，尼普顿，罗马神话中的海神。
2　Heracles，赫拉克勒斯，希腊神话中的大力神。
3　Poseidon，波塞冬，希腊神话中的海神。
4　Hercules，海格力斯，罗马神话中对希腊神话中大力神"赫拉克勒斯"的称呼。
5　Atlas，阿特拉斯，希腊神话中受罚以双肩掮天的巨人。

的臀部都放了一个水罐，单手抱着，身上一丝不挂。我很快就移开了视线，但在祖母走过去后我又回头多看了一眼。

"真是糟糕。"她突然说道，把我吓了一跳，脸羞得要烧起来了。

祖母是在说那座塔。"终其一生，我也没办法理解为什么有人要把它建成这个样子，看着它就让我头晕，如果走进去，我会感到更难受。"

"这简直就是个谜！"一个声音传来，我差点儿被吓得尖叫起来。

只见吉兰多尔先生从塔楼上层的窄窗里露出脸，手肘扶着窗台，探出身子咧嘴笑着。他还戴着那顶松松垮垮的棕色帽子，但换上了一件暗蓝色的衬衫。"无论老公爵当初建造这座塔楼是为了什么样的恶作剧，"吉兰多尔先生说，"它总有一天能派上用场。"

"所以，你就用它来藏人了？"祖母抬头向上看去，带着她一贯克制的微笑。祖母的微笑似乎超越了微笑本身的意义，而是一种能超越痛苦、悲伤，甚至是能看穿未来的微笑。"你还好吗？"她问。

"谢谢，虽然有些让人焦心的事，我很好。"

"那人怎样了？"祖母将声音压得更低了。

"活着呢。"吉兰多尔先生回头看了看塔内，说道，"不过还没醒过来。他喝过了茶水，也喝了一两口肉汤，但现在仍在发烧。我想他大概在做梦吧。"

祖母笑了笑："可不是，待在那种可怕的屋子里，人会疯掉的。要是他活了下来，只怕要用四肢爬行，开始吃草了。"

从祖母所表现的直率中听得出来，她很高兴。研究过这栋建筑后，我判定这根本不是一座塔，尽管它的高度给人以塔楼的感觉。根据窗户的位置判断，建筑的结构似乎只有两层，不过它平坦的屋顶上筑有雉堞护墙，宛如城堡一般，可以想象建筑内的房间只有两间，大小应该和祖母小屋中我的卧室差不多，不过它们的天花板一定非常高。

"他在这里面。"吉兰多尔先生说，他早料到我们会来，"你们要上来看看他吗？"

"不，你出来吧，"祖母回答道，"我知道神志昏迷的人是什么样子。"

吉兰多尔先生的身影消失在窗前，同时祖母也迈上了一段通向房子底部露台的历经沧桑的石阶。露台本身还是平的，没有倾斜，在露台的另外一端的楼梯却倾斜了。因为想冒冒险，我选择了走那条路。爬梯之前，我停步看向空地那头的大象雕像，只见象鼻子卷着一名装甲战士，动作定格在要将那人猛摔在地的一瞬间，画面之激烈暴力，让我感到一阵寒栗。而在大象雕像之外，一只与桌子同宽的乌龟雕像好像正从灌木丛中爬出来。

我飞步走上露台，台上有杂草从石板的间隙里生长出来。祖母气喘吁吁地费力爬着楼梯，从另外一边上来了。平台每侧各有一排石凳，祖母坐在背向建筑的一侧，以便可以靠着墙壁，面朝外边。露台上装有生了苔藓的扶手，装饰性的壁柱和七个花盆间隔性地随之排开。每个花盆如今都长出了一堆野生植物，它们的藤叶沿着扶手在花盆边缘溢出——就像森林的锅煮沸了。

吉兰多尔先生在塔楼那端的一道门廊处出现了，朝我们走来。

他没有穿鞋，他的蹄子踩踏在石板上发出哒哒声。当他在祖母登上的楼梯口西侧的石凳处歇下时，越过他的肩膀，我可以看见四个裸体石雕美女围绕的荒凉的喷水池。

我靠近祖母坐着。在我们的脚与吉兰多尔先生的蹄子之间，一只褐色的小蜥蜴飞掠而过。我站起身跟在它后面，想要看看它会去哪儿。抵达露台后侧，又经过房子开着门廊的角落，蜥蜴快速爬上护墙边缘，顺着砖墙向地面爬去，毫不在乎它那纤弱的爪下呈垂直角而立的石砖，之后它的身影就从我的视线中消失了。

接下来，我又看到了一片深影中起初没有注意到的一座雕像，在潮气或霉菌的侵蚀下变得有些发黑。这是一座天使雕像，但不同于我在教堂中看见过的那种，这个天使的长发和衣袍似乎被狂风吹向身后，它的嘴唇是一条坚毅的线，它的眼睛看上去比雕刻它的石头更黑更冷，整张面孔让我心有余悸地深吸了一口气。天使雕像一只手握着一串钥匙，另一只手攀着一条锁链。锁链把雕像基座层层环住，天使好像要把基座拉离地面一般。

我缩回脚步，转身疾步回到石凳处。

"想必，你听到了那些飞机的轰隆声，"祖母说，"知道他们已经发现了降落伞。"

吉兰多尔先生点点头，回道："我的洞穴太远了，我没办法把那人带回去，即便我能带得动，估计他也吃不消，所以我就把他拖到这儿来了。我用外套垫着几乎拖了他一路，之后还得清除掉那些麻烦的痕迹。"

"你真机智，"祖母夸赞道，"我确信这是非常聪明的做法。

不过对于把他拖上这些台阶对他是否有好处我就不好说了。"

吉兰多尔先生悔恨地点头道："我拖他的时候已经尽可能手脚放轻了。"

"可是，士兵没来过这儿吗？"我问道。

"当然，他们来了。"他回答，"他们目瞪口呆地看了看这些雕像，检查了灌木丛，也检查了这座斜屋子，但是……正如我所料想的一样。"

祖母的眼里闪过了然一切的目光。

"料想的是什么？"我不解，仰头看着没有任何颜色的墙壁，上面开着两扇没装玻璃也没安挡板的窗子。

吉兰多尔先生弯身把头掩在双手间，说道："他们没有找到那个人和我藏身的隐秘之地。"

在听到隐秘之地时，我知道自己两眼都在放光。"我能看看那个地方吗？"

"行，"祖母说着把我拉回到位子上，"他一会儿就带你去看。"她等着吉兰多尔先生接着往下说。

"后来我收拾好工具，清洗了帆布。我知道士兵找到这儿得费点儿工夫，于是就不慌不忙地收拾着。我把我们堆的土堆铲平了，用桶提了水回来洗掉台阶上的血迹。"

"他那时候还在流血吗？"祖母问。

"不，不流血了。血迹应该是他的衣服和我的破外套原来留下来的，我恐怕应该换件新外套了。"

"是该换一件了，"祖母说，"等把这件事处理完。"

"嗯，是的，不急。"

我突然想到吉兰多尔先生在衣服这类事情上必然非常依赖祖母，他不可能用那双后折的双脚走进村子给自己买东西。而祖母，我想，是可以买些二手男装来为他"量体缝衣"的。

吉兰多尔先生的生活一定非常寂寞。除了祖母，他没有任何可以交谈的对象，而在祖母结婚的那三十多年时间里，他连一个说话的人都没有。或许，对于不老的农牧神来说，时间是以不同于人类的方式流逝的；或许，在神圣的森林里，时间本身就像一个未经证实的梦想，因此等待也没有那么糟糕。

我想到了家乡的两个好伙伴，幻想着我们一起在这座花园里探险可能获得的乐趣。这些日子，我们之间的信件往来已经逐渐减少了，我曾试着向他们描述这个村子，他们可从来没有见过这样的地方。如今我们的生活截然不同，他们的生活中充斥着各种杂务和忧虑，一切东西都要定量供应。他们没有时间写信，而我又有许多不能写的秘密。我感觉自己就像这里的雕像一样，越来越深地陷入到一个昏暗寂静、与世隔绝的世界当中。我希望爸爸妈妈的来信不要中断。

接下来有一段长长的时间可以感受舒心的安静，我们坐在石凳上，向外凝视着这被遗忘的世界。不需要起身，我就可以看到方形水池，看到宝座上的尼普顿海神雕像，看到我们经过的第一道拱门、野猪雕像、飞龙雕像的脑袋、蟒蛇雕像、大象雕像，当然还有赫拉克勒斯的雕像，宛如立在绿色海洋边沿，跋涉在灌木之间。

"没什么变化，"祖母说，开始我并不知道她指的是什么，"只是现在灌木长得更密了。小路变得更加荒草丛生，被植物遮掩覆盖的东西也越来越多了。"

吉兰多尔先生点点头，若有所思地打量着四周。我终于明白了他们是在追忆很多很多年以前，祖母在我这个年纪时看到的花园的样子。

"被毁坏和被侵蚀的雕像也越来越多了，"吉兰多尔先生接着祖母的话说道，"美人鱼雕像是破损最严重的，藤蔓疯长也很糟糕。阻止这样一个生机勃勃、来势汹汹的森林扩张实非易事，但我已经做了能做的一切，尽量保持主要通道畅通。"

现在我知道为什么拱门处没有植被了：原来是有吉兰多尔先生照看着花园，他在必要时会修剪灌木丛。而另一方面，他一直非常小心，让灌木丛适当地生长，从而不会有不速之客怀疑这里有看守者的存在。于是，那些枯败的枝叶就任其在地上自由腐烂着，森林就该是这样子。

"美人鱼雕像？"我问道，想起祖母说过在见到所有这些怪兽之前，她最先看到的是一条美人鱼。

"花园还有一半，"吉兰多尔先生说，"在你身后，穿过第二道拱门就是上半部分了，这里只是下半部分。"

祖母还在回忆过去："这是我们第一次见面的地方，是吧，吉兰多尔？就是这个露台。当时你正在读一本书。"

他轻声笑了笑："是我造访人间时带回来的书。我还记得是哪一本，还记得抬起头看见你时我正在读哪一页哪一段。我差点儿没跳下栏杆，要知道还没有哪个人可以悄悄地靠近我——这之前或之后都没出现过。我特别好奇，究竟是谁能把路走得如此悄无声息！"

"现在办不到啦，"祖母感叹道，"你会在楼梯底就听到我气喘吁吁，膝盖咔咔作响。"

"你那时候个头很小，却着实吓了我一跳。"

祖母懒洋洋地眨着眼："可我不怕你，即使你长着羊蹄子。"

"你从来就没有害怕过什么，M，不管是在你的世界还是在这个世界。"

"害怕又能有什么好处呢？"

他们已经把我忘得一干二净，不过对此我并不介意。听他们这样说着话真好，他们的声音温暖、温柔，像旧皮革一样苍老。我走到栏杆前朝花园的底部方向张望，试图在脑海中把祖母想象成一个小女孩儿，正悄无声息地穿过树叶铺成的地毯。

森林深处的空地没有被完全笼罩在黑暗中，纤细的阳光不时地穿透下来，在苔藓上留下比硬币还小的鲜亮光斑。

又经过一段长长的寂静，祖母提议我和吉兰多尔先生去看看 R 的情况如何了："我们至少得把修剪灌木的刀具带回去，得磨磨了。"

没人提到吉兰多尔先生昨晚为何未曾现身，我们都知道他的拜访只会让我们所有人都陷入危险，再说他还要忙着照看伤员。

"别忘了我们带来的食物，"祖母说着指向地毯包，"吉兰多尔，要是 R 吃不了的话，你就自己吃吧。"

吉兰多尔先生谢过祖母后站起身，我就跟着他来到没有设门、一直敞开着的门廊处。

古老石板的凉意侵入我全身。而在入口后面，正是我料想中的那种房间：房间里什么也没有，地板上散落着枯萎的叶子。一如祖母所言，房屋内部的倾斜确实让人很不安。刚踏入房间时因为需要依靠弯曲脚踝来保持直立，所以我立刻就感受到了脚踝的疲惫。湿气在墙上留下了纹路。就在我们的左手边，一段台阶向下通入到低处一间像祖母的厨房那样的隔间。在我们正面前的房间里，在那昏暗而封闭的角落里也藏着一段台阶，吉兰多尔先生领着我走上台阶，上下透进的一点儿光线刚刚让我能够看清落脚之处。

在如此大的空间里放置的台阶步数似乎太少了，为了弥补数量的不足，每级台阶都比前一级高出许多。高高的台阶使前行变得困难。"小心，不要掉下去，"吉兰多尔先生温柔地说，"这些陡峭的台阶更像是楼梯。"

"是的，像正在下沉的船上的楼梯。"我附和道。

随即，我还注意到了每一个台阶之间的立板上都刻有数字，每个垂直面上都有一个数字。不过这些数字没有按照顺序排列，我看不出它们有什么特殊的意义。4 和 9 被 2、11 和 14 所替代：另外，其中有些数字还是倒过来刻的。"这些是什么意思呢？"我低声问道。

走在我前面的吉兰多尔先生摇摇头："这是花园的又一份神秘。"

祖母曾经说过这个地方有一个谜，我意识到她所指的不仅仅是奇异的雕塑群和古老的建筑物。

台阶顶端的房间是我到目前为止见过的最为奇特的构造，虽然屋顶和墙壁的设计像极了楼下的房间，但这里的地板有两层。前半层位于露台上方的屋子一侧，甚至延伸到我们现在站着的门口。而在我们脚下与远处的地板之间是凹陷下去的另外半层，有一段台阶伸进里面，让我想起排干了水的游泳池，一段宽度刚好可以容人通过的窄道从我们脚下经由两边向地板上层汇合。在我们对面的是吉兰多尔先生之前向外眺望的窗户，我还注意到正对着房门的后角墙壁嵌入了一段石梯，梯子上端关闭的天窗大概就是通向屋顶的出口。

飞行员 R 就藏在凹陷的暗井里，他的身体下垫着由祖母的帆布改成的床垫，平躺在草叶和树枝做成的床铺上，我能看到这些枝叶的末端在他身下露出头来。一只粗瓷杯，一把茶壶，还有一些破旧衣服，以及我们的水桶、盆子、刀具以及没有点着的提灯，秩序井然地排列在他周围。此外还有一堆皱巴巴的毯子，想必是从吉兰多尔先生家里拿来的。而吉兰多尔先生的那件长外套则放在一个角落里，现在已是血迹斑斑，破烂不堪。

R 的脸色看上去很糟糕，如死人般惨白，还微微有些发蓝，脸上的汗水闪着微光。他嘶嘶出着气，呼吸声虚弱得有如呻吟。

"你瞧，他的身体状况相当不好。"吉兰多尔先生说，小跑着下到底层，放了这些器具和毯子之后，伤员身边几乎都没有落脚的空间了。"我不知道是不是该给他盖上，他一直在踢毯子。"他抬起头，目光忧郁地望着我。"不可逆转的死亡过程是非常痛苦的，"他说，"悲痛的死亡构成了人类世界的一部分。"

我点点头，他说的话我能够明白，我表示赞同。

"可这个房间有什么秘密呢？"我问，"为什么那些士兵找不到你？"

"啊，你看这个。"吉兰多尔先生似乎很高兴能分散注意力。

他站起身，伸手摸索着低处空间的墙壁，也就是较高的那半层地板下的墙壁。

我现在才发现墙壁的表面凹凸不平，规则地按行排列着数百个细小的圆孔，每个孔大概有指尖大小，孔与孔之间有不明显的沟纹。

找到他要找的那个位置时，吉兰多尔先生便将他的拇指伸进一个小圆孔，中指伸进另一个小圆孔。发出一阵机械运动的巨响后，上层地板猝然震动起来，一部分地板开始滑动。原来，这一半地板是活动的平板！

吉兰多尔先生咧嘴笑着，伸手把平板拉到自己身边。紧接着，地板隆隆作响地穿过房间，将吉兰多尔先生和 R 关进了一个本就隐蔽且现在完全消失在外面视线的隔间里。活动地板起初是位于同第一个暗井相似的姊妹暗井上，这暗井也有楼梯伸到里面。第二个暗井开启后，若有人想从窗口眺望露台，就得站在剩下的带状窗沿上了。

吉兰多尔先生低沉的声音穿过石板："你可以在我们上面走动，它依旧是坚固的地板。"

我试着走了走，惊讶于这块地板和它的新位置高度契合，完美地隐匿在第一个暗井里。通向屋顶的石梯现在看起来位置自然了些，不再是悬在一个大坑之上，而是有地板做底了。

"你那里一定是一片漆黑吧。"我说。

"没错，但凭感觉我还能找到那个机关的。"

我忍不住笑了起来。这个机关，跟整栋斜屋子一样，虽然没有多大的意义，却是一个有趣的设置。那么，整栋屋子是不是一个魔术盒呢？凹下去的暗井倒是很好地解释了这种奇怪高度的构造：第一层和第二层地板之间需要额外的空间。

在新开暗井的地板上，我看到了一件令人吃惊的雕像。这是一张刻在光滑石板上的巨大的脸，大致有人脸的样子，有一双圆睁的眼睛和宽大的嘴巴，仿佛正在尖叫。在额头上刻着一段铭文，呈长弧状分布，我认出是我们自己的语言，但语法过于古老，我读不懂这些文字。

"这上面说了些什么？"我大声问道，以便吉兰多尔先生能够听清。

"离因。"他微弱的声音传了出来。

我暗自重复了一遍，思考着其中的意义。"你那边的石板上是不是也有一张类似的脸？"

"是的，就在 R 的床下，一模一样。"

我回到门口，吉兰多尔先生问我是不是明白了，然后他还原了活动地板。

"你是怎么发现这处秘密之地的呢？"我问。

"那是很久以前的事了。"他说，"我知道这里一定有个隔间，不然为什么要把地板建得这么古怪？于是我猜测这些小孔可能有什么含义，接下来就只需一个一个去试这些小孔的作用了。不过触发器有两个分开的装置，这让我花费了不少时间。"

就在这时，我听到身后的台阶上传来祖母手杖轻叩的声音和她爬台阶时的喘息声，她终于决定进来了。

"这地方搞得我晕头转向。"她抱怨道。我立刻让出路来，好让她能下到暗井里去亲眼看看 R。

她把吉兰多尔先生的布置几乎全部推翻了。她先是把地上的每个物件挪到了不同的位置，接着又让我们搬动伤员，重新摆设床垫。她解开伤员衬衫的衣扣，用湿抹布给他擦拭身体，一面抱怨着桶里的水平面跟倾斜的地面不平行，一面又拒绝了吉兰多尔先生帮她去溪边重新打一桶水的提议。

我知道她真正不喜欢的是倾斜的地板，这种倾斜让我也感到眩晕。水滴似乎正从拧着的布巾上倾斜地落下，桶里的水有一边快要从桶沿上溢出来了。

祖母松开了所有绷带，小心地擦拭完伤口后，在伤口上涂抹着从口袋里掏出的一瓶深色油状液体。接下来，她又用更多的碎布做成新绷带缠到合适的地方，并将另一个瓶子的液体倒进 R 的嘴里。

R 呛出了一点儿液体，一副要呕吐的样子。接着又用他的语言嘟囔了些什么，但还是没有清醒过来。我觉得他被祖母擦洗过后看上去稍微好了一些，但祖母并不满意。

"他应该待在医院里。"祖母说。

"毫无疑问。"吉兰多尔先生附和道。

"但我们做了他所希望的事，"我提醒祖母，"因为他不想去看医生。"

祖母叹了口气，拧干手中的布巾道："顺其自然吧。"她将其中一瓶液体留给吉兰多尔先生，然后把我们带来的食物和牛奶摆开，又给吉兰多尔先生说了许多我听不过来更记不下来的指示。吉兰多尔先生非常认真地聆听着，在她说完话时不时地点头。

"现在我们要回家了。"她对我说。对于吉兰多尔先生，她又补充道："我们会带着布巾过来做些好点儿的绷带，如果他需要帮助或建议的话，就去小屋找我们。"最后，祖母关切地望着吉兰多尔先生，问他是否还记得要按时吃饭和睡觉。

"一如既往地记着呢。"他告诉她。

"这话听着可不怎么让人安心啊，你没吃好也没有睡好。"祖母双手攥住他的手，如同我之前看她做过的那样，"你真好，吉兰多尔。你做的工作是最辛苦的。"

"还有什么我该做的吗，M？尽管吩咐吧。"说着他眼角弯起，无限深情的神情相继出现在他和祖母的脸上。

祖母留下提灯和一些火柴，然后将之前留下的刀具跟砍柴用的斧头一起带走了。

下楼对祖母来说是件非常困难的事，费了好大劲儿我们总算安全抵达平地，又在露台上坐了会儿，直到脑袋恢复清醒。"如果那个发着高烧的可怜人能活到明天，"她说，"那只会是由于这栋倾斜的屋子让死神太不舒服了，不愿意到这里来带走他。"

我们往回撤出怪兽丛林，留下上层的空地等着我下次来探索。我的视线情不自禁地打量着沿途的雕像，以及那些抱着水罐的裸体美女。

"你喜欢她们？"祖母向石雕美女勾勾拇指，问道。

我的脸庞又一次羞红起来。我装出不太在乎的样子耸耸肩，漫不经心地回答道："算是吧。"

"男孩儿就是男孩儿！"祖母说着，咯咯笑了。

为了转换话题，我问她吉兰多尔先生一般都吃些什么。

"他是个超级园丁和超级猎手，靠森林里的猎物来填满食橱。"

"那他需要吃食物吗？"

"或许他不用为了生存而吃食物，但吃了食物他会感觉更加舒服。他要是累了或者饿了就容易变得郁闷。"

我们捡了足够多的柴火，装作确实是上山来捡柴的，但是一路上都没有遇到一个人。最后，当我们蹒跚地进入后门，祖母径直回她的房里睡觉去了，而我则在闷热的夕阳下，昏昏欲睡地瘫倒在花园的长凳上。

我发现自己总是情不自禁地想起那座神秘的花园，那里现在应该正是夜幕降临，最后一道霞光穿透叶子，树荫渐渐深沉，萤火虫提着精灵的灯盏飞翔。我记得我梦见过怪兽们在我转过脸时开始移动，它们若是真的活了过来，应该也是在黄昏。我想到吉兰多尔先生在那里守夜，独自照顾着一个挣扎在生死边缘的人。

自 R 从天空坠落的两天时间里，仅仅只有两天，我却见识了如此多的东西。世界对我而言变得更加宽广，更加古老，也更加疯狂。就像神秘的森林一样，它将秘密藏在自身的混乱中。

第六章

/

羊毛岛行动

翌日清晨，祖母早早就叫醒了我，宣布说我们要去羊毛岛。当然了，出门的理由有很多：比如祖母编织用的毛线快用完了。小岛一日之行将会是开心的短途旅行，况且我还没有去过那里。还有一个重要的理由，祖母认为在羊毛岛可以彻底处理掉 R 的手枪。但我不太理解，我也知道，在思考问题上，祖母总是至少领先我十步。

早饭之后，她小心地把枪放在餐桌上，谨慎地避开扳机，将枪口转过去避开我们，直到弄清楚如何取出弹匣才去碰它。她将弹匣和枪分别放进一个束口布包里，勒紧布包，再用一块布缠着，将裹好的东西藏在她那个地毯包的底部。接下来，我们往包里装了咸饼干、沙丁鱼，还有瓶盖拧得很紧的银制水壶、喝水的小杯子，以及八九个色泽鲜艳的橘子。最后，我们各自塞了一本最近在读的书：她的那本是小说，我的是《一千零一夜》。就要出发的时候，我想到我可能会用到素描本，就把它也塞了进去，包里还有足够的空间来装祖母要买的毛线。装了这么多东西，包已经很沉重了，这次也是由我来背包。

我们沿着主街道往前走，一路上祖母不时地在她喜欢的地方停下来歇脚，这些地方一般都是在精心照料的花园旁边，祖母喜欢欣赏里面的风景。她会在铁艺长椅上或者矮墙上坐几分钟，研究一下那些果树，那一排排甘蓝和蔷薇丛。不过在我看来，这些花园没有一个像祖母家的花园那样完美，那样令人满意，祖母家的花园色彩协调，明暗和谐，壮丽而神秘。

士兵们仍在巡逻，镇上继续流传着关于敌军逃兵的谣言。正在门外给西红柿浇水的 O 太太发表了她的观点（非常大声，因为她的听力不太好），她觉得失踪的飞行员已经翻过大山往内陆去了；另一位浓眉大眼的女士则推测，失踪的飞行员应该偷偷乘坐着罐头卡车，或许现在正藏在金枪鱼和鲑鱼罐头后面沿着海岸线前进呢；D 太太加深了紧张的气氛，她认为失踪的飞行员可能藏在地窖里或者海边的某个洞穴里，并且到了晚上会潜行在村子里，从垃圾堆里寻找食物。

"躲避巡逻可不容易。"祖母提醒道。

"对他来说非常容易！"D 太太坚持道，"在他那个国家，他们都靠诱捕射杀野物为生。他们就像狼一样！"

我不认为狼会诱捕或射杀它们的猎物，可是 D 太太把敌人假想成在黑暗中能够夜视，躲避起我军就像一团深夜的迷雾的人。对于这样的假想，D 太太非常满意。

祖母尽可能加紧步伐，加快我们前行的速度。

海港的军舰已经开走了。透过士兵餐厅的玻璃窗，我们看见三个士兵正坐在餐桌前喝着咖啡。当然，其中没有一个是我父亲——尽管我知道他不在这个国家，但在确定前我没法移动脚步。

"再给他们一两天时间，"祖母说，"他们会发现最好还是去别处找点事情做会更好。"

早班渡轮在六点已经开往羊毛岛了，我们要乘的是第二班，计划十点钟出发。我们离开家时预留出了充足的时间，尽管一路上多次休息和拜访停留，但也刚好赶上发船时间。我们飞快地走在沙石小路上，匆匆赶向售票处。售票处是一栋沿着地基种了一排装饰性甘蓝，屋顶飘扬着一面旗帜的白色建筑。

祖母专心于赶向入口——渡轮的引擎已经隆隆响起，船上的喇叭发出长长的笛音。似乎有什么吸引了我的视线，我在门口转过身来。在与第一条街道以锐角汇合的第二条窄街上，一辆军用卡车停在路边，车上的帆布在微风中飘动着，紧随其后的是我们在旅馆外见过的那辆军事指挥车。我很好奇，想看看这些士兵究竟会到哪间商店或者哪间船屋里去。我跟在祖母身后冲进售票处，正要开口告诉她关于军事指挥车的事——但是，在看见候船室挤满士兵后，我立刻停了下来。

士兵们聊着天，抽着香烟，肩上挎着来复枪，陆续走出候船室。他们也要去羊毛岛。

我敢肯定，当时我的脸色一定变苍白了。一种本能的反应，我想退出门口。当时我所能想到的一切，都是我的肩膀上挂着的地毯包里面藏着的那把手枪。当我惊恐地转身寻找祖母时，我看到一名军官正冲她微笑着，还抬了抬帽子。

对这位肥胖的军官，我立刻生出了一种厌恶感。他微笑时嘴巴张得大大的，露出牙齿。他光滑的头发像他的靴子一样油光闪亮，装饰性的别针在他的胸前和衣领上闪闪发光。"不要着急，太太，"他对祖母说，"我会尽力把你们一起带上船的。"

祖母客气地道了声谢谢，然后在我肩上安慰性地拍了一下，便领我去了售票窗口。

对于我们还得买票这件事，我正要表示出难以置信时，祖母用一句大声的招呼把我的话挡了回去："现在，赶紧过来！"

祖母非常沉稳，带着一种轻松的表情，从钱包里拿出早就备好的零钱，递给窗口那边头发花白的男人，那人便从售票机上扯出两张票递了过来。"返程时间在一点和五点。"他透过一大撮胡须告诉祖母，从他脸上的表情和说话的语调看得出来他把我们当成了那种经常误船的人。

我惊慌地望着祖母，她目光犀利地看着我，嘴里却平静地说道："安静点，表现自然点。"她让我走在她前面，跟着最后一个士兵出了候船室。

我们左转后爬上三级台阶，沿着被士兵的靴子踩得咯吱作响的木板码头前行。在离码头尽头不远处，有几个人唱着歌互相推搡着，其中几句歌词我觉得是违反教义的，我不由自主地抬起头来，想听到更多——但是有个士兵猛推了那几个人一把，指了指我们，大喊着要他们闭嘴。从始至终，祖母一直只盯着自己的脚下，丝毫没有理会这些。海水的咸味和引擎排出的废气向我们涌来，我看到一条粗细有如胳膊的绳子，它看起来像一条巨蛇，这个想法让我紧张的神经放松了一点。一个男人下来收走了我们的船票，帮扶着祖母从金属短梯下到船舱里。

我翻过船舱的时候，有个士兵伸出一只晒得黝黑结着老茧的手对我笑道。"这个包都跟你一样大了。"我咧嘴朝他笑笑，希望自己躲得离他越远越好。

渡轮的喇叭声再次响起，喇叭恰好就在我头顶上方，我不禁退后了两步。抬头仰望，恰好看见一架飞机轰鸣着飞过，越飞越低——这是我军的飞机。

"飞行小子。"其中一个士兵轻蔑地说道，引起他的朋友一阵大笑。

渡轮有上下两层，内部构造像公交车和火车，中间设有过道，两边是长椅座位，座位全部朝前，驾驶员在底层前部单独占有一间封闭的船舱。我们乘坐的是较小的渡轮，祖母告诉过我还有一艘能载汽车和卡车的大渡轮，不过它每天只发一个班次。

我们身边至少有十个士兵在转悠，他们在寻找各自喜欢的座位。有的坐在过道边，胳臂搁在椅背上，身子斜倚着，高跷着二郎腿，在高速运转的引擎噪声下大呼小叫；有的则吵吵嚷嚷，争先恐后地爬楼梯到上层甲板上去了。船上所有的窗户都是敞开的，带着咸味的新鲜空气吹进舱内，船上大约有一半是村民，他们分散在船舱各处。

离我最近的那个士兵的瞳仁是灰色的，他剃着光头，正用一根手指转着他的帽子，不露笑容地盯着我看。我被吓得僵住了，不敢挪动一步。我朝祖母望了望，看见祖母正目不转睛地盯着前方的楼梯井，那位士兵始终专注地望着我。我想他看敌军囚犯时应该就是用这种眼神吧。

随后，他弯下身子靠近我，他的脸离我不足一英尺。我能清楚地看见他下巴上新增的刮胡刀伤口和右边眉毛间的一道旧疤。我僵着身子一动不动。

他的伙伴推了他一把。

两人都大笑起来，然后灰色瞳仁的士兵轻轻拍了拍我的手臂道："小孩儿，没事的！"

祖母费力地回到我身边，问道："要去楼上吗？从那里你可以看到更多东西。"

我想去没有士兵的地方待着，但到处都是他们的身影，我不知道去哪里找这样的地方，我只好对祖母点点头。祖母吩咐我走在她前面，而她不紧不慢地抓着扶手和手杖跟在后面。客舱外，检票员从系缆墩上解开两条粗蛇般的绳子，将它们扔在甲板上，船上再次响起汽笛声。

轰鸣的引擎声让船身震动起来，渡轮在翻腾的浪花中离开了码头。到目前为止顶层甲板上只有三个士兵，还有几个村民，这些村民中没有一个是祖母认识的。我朝港口放眼望去，映入眼帘的是码头、一艘艘船、岩石和岸上的房屋。阳光在海面上闪闪发光，两个渔夫从另一只船的甲板上冲这边挥手，渡轮上的大部分村民和士兵也朝他们挥了挥手。一只海鸥停在渡轮的栏杆上，身子保持平衡，很享受地搭着它的顺风车。

我们刚在过道右边靠前的长椅上坐下，一群士兵就爬楼梯到上层来了。走在前面的那个士兵双手交替地扶着椅背，跌跌撞撞走了过来。这些士兵都盯着我们看，有的向我们问好，有的向祖母抬帽示意，也有几个神情严肃，祖母也严肃地点头回礼。我很高兴那个灰色瞳仁总盯着我看的士兵没有上来。

　　我忍不住从我坐的椅子上转过身去看这些士兵，他们中有没有人认识我的父亲呢？是否会有人和他一起训练过或者一起行军过？他们是否曾一起与敌人交战过？这些士兵大多看上去很年轻，即便对那个年龄段的我来说他们也是很年轻的，他们更像我好友的兄长而不像我们的父辈。过去他们可能也是学校里四处捣蛋的男孩，吵吵闹闹无忧无虑。一个士兵用梳子整理了一下光滑的头发，随即有两个士兵就把它弄乱了，接下来他们之间便是嬉笑打闹。我的视线瞟向靠在每个士兵身边的步枪，枪身上金属部分颜色很深，在明亮的光线下闪着冷光。

　　一个士兵独自坐在长椅上读书。那是一本套着软皮封面的书，小巧得能装进他的口袋。我盯着他巨大的鹰钩鼻和长在十几岁脸上的青春痘，他会读什么书呢？我特别好奇。

　　当头发油光闪亮的指挥官出现在我们面前时，我心头为之一沉。"你赶上船了，太太？"他向祖母打招呼。在我们身后，嬉笑打闹的士兵们很快就平息下去了。

　　"多亏了你的帮助，少校。"祖母感谢道。

　　我想起来了：这就是祖母透过旅馆窗户看到的少校，祖父不喜欢的那位少校。我能肯定父亲一定也不喜欢他。

那人脱下平顶帽，惊讶地扬着眉毛。"你怎么知道我是少校？"

"即便你不佩戴少校徽章，村子里的人都知道我们有位 P 少校啊。"

他非常愉悦地大笑起来。祖母的谈吐和大多村民不一样，这一点无论她走到哪儿都非常突出。

"我可以坐这里吗？"他征求道，指着我们过道对面的座位。

"当然。"祖母无视我的沮丧满口答应了。不过，她还能有什么别的可说呢？

"你对军队不陌生啊。"少校说，他的助手提着一只笨重的黑色箱子，在他前面那张椅子坐下了。

"是的。"祖母承认道。接着她讲述了她的儿子——也就是我的爸爸——最近正在担任陆军上尉，并说出了他的名字和他带领的团。此外，她还继续讲述她丈夫年轻的时候在一战之前参加过六年的志愿军。

"啊，这样啊！"P 少校惊呼道，"那你可真是一个爱国者！T 太太，我没叫错吧？"（他从她关于我父亲的叙述中猜出了我祖母的名字。）

祖母从容地介绍了自己，又说我是她的孙子，我是来这里过暑假的。

我不喜欢被少校盯着看。"你将来也要当个战士吗？像你父亲和祖父一样？"他两肘撑膝，靠近我问道。

"我不知道。"我小声回答。我的意思是"不希望"，我不想再像父亲一样去当兵。但这显然不是该说的话。

"你要继承你们的家族传统啊！"他说，"难道你不想光耀门庭吗？"

"是的，长官。"

他大笑着露出了牙齿，拍了拍我的肩膀。"好吧，你还有很长的时间来做决定，报效祖国的方式也有很多种。"

他将注意力转移到祖母身上，这让我稍微好受了些。我肩上还挎着地毯包，包被我压在手肘下，对着船舱壁。我忍不住想象 R 的手枪在地毯包的表面凸起手枪的外形——虽然这想法很荒唐。

少校重复着祖母的姓氏，他的眼里突然闪过一道光。"实际上，我听说过你，太太。这两天你的名字不止一次在我面前出现，我本来还记了张便条提醒自己去看你的——然后，命运就让我们在这儿相遇了！"

"是吗？"祖母问道，似乎被逗乐了，"是什么机缘巧合，让我的名字出现在你的面前的呢？"

"我保证，提到你的都是些好事。特别是……"一副好奇的表情闪过他的面孔，他漫不经心地摆弄着自己的帽子，那帽檐和他的靴子一样漆黑发亮。"特别是，我听说你在当地是森林里那些稀奇古怪的雕像的专家。"

我感觉像有人将冰冷的金属抵到了我的脖颈上。

祖母淡然一笑："怪兽森林吗？我可算不上一个专家。"

"但是，你显然是受过教育的女士。"

可能是为了转换话题，祖母解释起她是怎样离家上学，她的丈夫在退伍后又是怎样变成一个小有名气的木匠。她陪着他一起到处旅行，销售他做的书架和橱柜，甚至还去过一些邻近的国家。他们一起参加了许多音乐会，与不少诗人、音乐家还有艺术家结成了朋友。他们在作家 T·L 的沙滩小屋里度过假，祖父曾为他做过一张精美的大床。祖父祖母辗转在古老的大城市。往往，当祖父在给许多漂亮房子安装他制作的精美壁炉时，祖母就去博物馆或者图书馆打发时间（我想这也就解释了在后来的岁月里，为何祖母不需要像她的许多朋友那样要去罐头厂工作或者学习洗衣缝补；也解释了她为何可以用舒适的方式度过自己漫长的孀居生活）。

少校用诧异的眼神望着祖母："我是否可以这么理解，T 太太，你本可以住在任何一个地方，但你却选择了这个村子？"

"我出生在这儿。"祖母解释说，"这一辈子我都住在我父亲建造的小屋里。我爱这里的人，我爱我的花园，还有这儿的大海、山川和天空。你知道，你居住的地方不同，头上的天空也不尽相同。"

P 少校把帽子扔到他背后的椅子上，拍拍助手的肩膀道："跟如此杰出的女士会面值得举酒庆祝。"

祖母拒绝了，但少校根本听不进去。那助手从黑色带扣的箱子里取出了一瓶红酒和一套陶瓷杯。少校以夸张的姿势拉开木塞后，便往杯里斟酒。"请原谅餐具的简陋，"他说道，"红酒杯不便携带。"

他将一杯酒递到祖母手中，又往我手里递了一杯，如慈父般地向我眨了眨眼睛。接着他给助手和自己各倒了一杯酒。我回头瞥见一些士兵好奇地望着我们，村民们则在一旁漠然地观望着。由于我们坐在上层靠前的位置，一举一动难免如表演般映入后座每个人的眼中。

"为了胜利，"少校说，"为了我们拥有辉煌历史的祖国和我们不屈不挠艰苦卓绝奋斗的民族干杯。"

"为了祖国。"祖母赞同道。

这酒非常醇厚，比我习惯喝的要苦一点。我两手捧着杯子，生怕摔碎了它。

"不过森林里那些奇异的怪兽，"少校突然继续刚才的话题，"那些巨人还有飞龙以及其他类似的东西，你并不害怕它们，是吗？"

"为什么我要怕呢？"祖母反问道，"在人类可设计的所有东西中，艺术是相当无害的。"

少校轻声笑了笑："恐怕有人对此持有异议。"

"毫无疑问。但是，我想我们在山冈上熟睡着的那些怪兽在本质上更像是守护者，它们象征着我们曾经创造美的一个时代，象征着神秘、故事和梦。"

"象征着我们有空闲做这些的时代。"少校补充道。他转着杯里的红酒，品了口美酒。"那样的时代会再次降临，到时候我们就可以回归本源，可以创造更加精美的东西。但现在，我们必须要实际，尽管实用主义是一场乏味的盛宴。我理解现在有关禁止擅自进入任何这类废墟的法令，我们的国土上有许多这样的地方。"

祖母选择性地应和了他说的最后一句话："我们是艺术的民族。"

"我们始终是！"少校啜着酒，我注意到他盯着祖母的脸时极少眨眼。"那些雕像是了不起的作品，它们应该被保护起来。"

"我想它们会被保护的，"祖母说，"当……我们可以回到创造更精美的东西的时候。"

"也许这一天很快就会来临了。前两天我和朋友，一个艺术家，一起聊天……"

我看到祖母眯着眼睛瞥了他一眼。

"我似乎说得太多了。"少校不太自然地笑着，降低他的声音，"你看，他是一个非常有名望的艺术家，但他并不希望自己广为人知，他一直在这个国家四处旅行，他对和平与宁静充满了希望。"

"我们何尝不是。"祖母非常坚定地说道，"每个人都在祈祷和平。但是少校，你和你的那个艺术家朋友一起聊了些什么呢？"

"雕像。村庄上面神秘花园里的那些雕像，其实他早就听说了。我希望他不久之后能亲自到那里去参观一番，当然，必须在相应的许可条件下。"

我很警惕地克制着自己没有惊恐地看向祖母，但我想到有个陌生人要来窥探我们的神秘花园时我的心里很不愉快。我担忧 R 被发现只是其中一个原因，更重要的原因是我已经开始把神秘花园看成是我们自己的私人空间了。我甚至不想让 P 少校想到或提到它。

少校饮尽杯中酒，"我真羡慕那位艺术家朋友，他可以在自己脑海中想象的风景里待上几天，而我却必须时刻关注着世俗琐事。希望战争结束后，像我这样的军人可以自己主宰自己的精神世界。不过这段时间，我们还必须做我们职责所规定的事。"他高举起酒瓶以示他对精美文化的热爱。他一边斟酒，一边要祖母跟他说说她所知道的怪兽历史，祖母便对他讲述起曾经告诉过我的故事：公爵，他对建造花园的痴迷，还有他悲剧的爱情。不过她省略了公爵的离奇失踪。

讲完这些，祖母在少校继续斟酒之前，敏捷地把我们的空杯还给了助手。

"所以，我们这是要前往——"少校指着印在地图上的地名问道。

"羊毛岛，是的。"祖母回应道，"我们要去那里买毛线。不过我很吃惊你们竟然也要去那里，而且去了这么多人。是不是敌军已经到了那里？"

"我想不会，除非他们是鱼。实际上，我们此行是去视察……我的意思是这几乎算是消遣。我的士兵们早已疲于在森林中行军了，那边的沙滩很漂亮。"

"的确如此，"祖母肯定道，"但是你们在找的那个人……"

P少校摇摇头："我猜他已经因为受伤死在某个沟壑里了，再过个五年，某个伐木工就会碰巧发现他的尸骨。或者再过几天，他自己就会饿着肚子游荡到某个村子里，放弃继续躲藏。不管怎么说，我认为我们已经做了能做的一切，太太，我敢肯定他现在已经没有威胁了。"

祖母抿紧嘴唇，皱着眉头点了点头。

少校塞紧瓶塞，把它还给助手。"我恐怕还为此冒犯了修道院里的修女们，因为我们对她们的房间进行了相当彻底的搜查。"他又不自然地笑起来，擦拭着袖子上的什么东西，"教堂总是对伤员和无家可归的人大开方便之门——这种道德在和平年代是很高尚的。"

祖母叹了口气："可我们何时有过和平年代啊？"

"唉，我记忆中就不曾有过。"

"我记忆中也没有过。"祖母越过我打开了地毯包。我仿佛看见了她掏出枪交给P少校的景象，但她只是拿了些橘子分给少校和他的助手，一人给了两个。"非常感谢你的好意，"她说，"不介意的话，我这老胳膊老腿需要伸展伸展，在船上坐着晃动不利于血液循环。"

"这是我的荣幸。"少校客气道，他的视线落在地毯包上，"多么迷人的艺术品啊！这一定不是在地方市场上买到的吧？"

"不是，"祖母回答道，"是我亲手做的。事实上，我用了些我小时候保存下来的地毯边角料做的。"

少校伸出手想要拿过去仔细看一番。令我震惊的是，祖母竟然真的把包从我胳膊上拽下来递给了他。

对于这个沉重的包，他非常夸张地问道："你是装了砖块吗？还好有这个小战士帮你背着它。"

在他抚摸着毛绒面，用手指追寻着旋转的花纹时，祖母解释道："这是多年来铺在书柜下的地毯的一部分，没有像其余部分那样褪色和破损。"

"而你发现了它的用途。"少校称赞道。

"就像你的那位艺术家朋友，我常常更喜欢待在'自己想象的风景'中，那是我发现事物妙用的地方。"

扶稳膝盖上的包，他困惑地笑着摇摇头："T太太，你可真是一位不同寻常的人。"

"P少校，你过奖了。"祖母谦虚地鞠躬道。

好像过了很长一段时间，他还回了那只地毯包。

祖母把它递给我，我将它挎在肩上。起身离开时我们又再次谢过少校，他对我们挥了挥手。

"我真希望你的丈夫还在做他的木匠活儿，"他在我们身后说道，"我最近得了一套古董椅子，正想要张匹配的桌子。"

祖母停下脚步回过头看着他："要是他还活着的话倒可以帮你做一张，长官。"

我们穿行在长椅之间。途中船身晃动时，一位卷发士兵向祖母伸出一只有力的手，向 R 那样礼貌地称呼她为"奶奶"，关切地提醒她要小心看路。

船尾有一扇开着的门，通向不太宽敞的后甲板上，甲板上盖着遮阴顶，两边及后侧都是开放的。我们左手边有一段陡峭的金属楼梯通向下层船舱，我从栏杆上俯视着下面那块与我们这层相似的却略微向外突的甲板的边沿。再向外看，渡轮的引擎搅动水面，拉伸出长长的一条痕迹。陆地已经变得遥远，山峰在远处若隐若现，现在我们周围只有蓝色的天空和耀眼的海洋。

海鸥突然从后方追上渡轮，俯冲到我们身旁，绕船一周后又赶上了轮船。它们尖叫着彼此穿行着，时而高飞时而低行，时而停息时而翱翔。

祖母将她的手杖放在甲板上的安全角落里，伸手在包里翻找着什么，一会儿拿出了那罐咸饼干。她弄碎了一块饼干，向我示范如何喂海鸥：首先要让海鸥看到她手里拿着什么，然后将碎饼干抛向空中，一次扔一点儿。只见海鸥纷纷在落水前调整方向抢夺着饼干碎片。下面的甲板上一定也有人在透过窗户喂它们，因为有些海鸥在向那边俯冲，并且我不时地能看到海浪上浮着面包屑，直到有海鸥将它们匆匆吞下，不留一丝痕迹。

扔了四五块饼干的时候，我正玩得不亦乐乎，祖母接下来的话吓了我一跳。

"现在看我们身后，"她悄声说，"有人在盯着我们看吗？"

我立刻明白过来她打算做什么了，随即感觉血管里的血液像被冰水取代了一般。嘴唇一下子干燥起来，我转过身瞄向门内，我的视线里几乎全是后脑勺。坐在过道边的士兵们似乎正在谈话，有几个在打瞌睡，但没人在盯着我们看。

"没有人在看，"我低声向她汇报，"不过可能有人用眼角的余光看着我们。"

"现在大概距离出发地和目的地一样远，"祖母说着，又扔下一块饼干，"一会儿我来挡住视线，最好由你把它扔了，你扔得远些。"她把包从我肩上取下，"枪应该没有上膛，不过也说不准可能有一颗子弹落在弹膛或者随便怎么叫的那个地方。不要触碰扳机，拿在手里时离枪管远一点。"

我咽了口唾沫，点了点头。

祖母从包里摸出弹匣，那个装着子弹的金属容器，然后以最快的速度将它扔到水里。一只海鸥飞近了，不喜欢它的样子，便任由弹匣打着旋儿沉入海里。

祖母满意地点了点头，她递给我一大块饼干，吩咐道："再去察看一次。"

我又晃荡到门口，看见一个坐在过道边的士兵刚好在这个时候看向我。他两指轻碰额头表示敬礼，接着又将手比画成手枪状假装朝我开枪，我冲他咧嘴微微一笑，实际上我看上去就像要呕吐的样子。

回到祖母身边，我把饼干扔给一只海鸥。

"他们在看吗？"

"嗯。有一个人在看。"

"但没有人过来？"

"没有。"

"好，现在站到我前面来。"

我便面向她站着。

她已经从小布包里拿出了枪。我们两个人的身体几乎要贴在一起，她把武器交到了我的手上，这是我第一次碰它。尽管之前也拿过父亲的手枪，此时我再次对这武器的重量感到诧异。

"要迅速，"她吩咐道，"毫不犹豫。"

我转身面向大海，将手放在膝盖间，缩起身子预备投掷。

正当此时，我们身旁的金属楼梯上传来一阵响亮的靴子声。

"快扔！"祖母轻声命令。

梯子上的人一直面朝前方，直到走到中间的平台上，才会看向整个船尾。我有大概两秒钟的时间扔掉枪。

我将枪投进一片阳光之中，它以折磨人的速度缓慢地飞行着，在光线下显得漆黑而清晰。我想它被卡在半空中了，仿佛世界变成一幅画，画中我将双臂举向遮挡住太阳的巨大枪支。一只海鸥猛冲向枪，但又偏离开方向。第二只海鸥撞上了它——我确定在轰隆的引擎声中听到了撞击声——不过海鸥还飞在空中，枪支则再度往下坠落着。自那之后的很长一段时间，我近乎相信是那只闪着光的海鸥将枪从天空的束缚中松开，解救了我们。

祖母拍拍我的肩膀。我们看着渡轮的尾迹，仿佛它是通向另一片天地，穿越大海带我们去往一片神奇的土地，在时间之外，我们那遥远的村庄和山峰变成了绿色世界。太阳灼烧着海水，将一切变成了融化的金子和银子，海鸥们尖叫着，飞驰在蓝天和烈焰中。

眼睛正对着太阳，我几乎看不见手枪最终落入尾迹某处时溅起的水花。

紧接着，有两名士兵爬上梯子，他们背上背着步枪。第一个上来的士兵向下看着我，他剃光头，眼睛大大的。

我在祖母身边缩了缩身子，试图往肺里吸进足够的空气。

经过我身边时，那人弯下腰用食指戳了戳我的胸口。他停下脚步盯着我，用沙哑的声音低语道："一切都会在大火中结束。"

随即便跟在另一个人的身后俯身进了舱门。

"他说了什么？"祖母问。

我摇摇头，害怕得无法回答。他的话让我模糊地想起了什么，某种古老的恐惧或者某个梦。我不明白他的意思，但感觉就像在燃烧的灌木之中听到了一个声音，而重复这个声音可能会带来非常可怕的消息。我望着那两个士兵手扶长椅，加入到他们的队伍中去了。没有人盯着我们看。

祖母表情温和，然而我看到她的手紧紧攥着手杖和栏杆。在环视四周确认是否有人在听力范围内之后，她长松一口气。"我应该提醒你不要把它扔得那么远的。不过，总之做得不错。我们将一把敌人的枪永远从战争中解放了，如果这对平息战争都没有什么好处的话，那我真不知道还有什么能有好处。"

★ ★ ★ ★

在羊毛岛上，我们可以轻松地度过一整天。洁白的沙滩由渡轮停靠的码头向两边蔓延，木板道旁，商店里在售卖水果、帽子、平底锅、盘子、人物肖像、画作、木雕、粗陶、纸风车、喇叭，还有面条、炸面包以及其他许多散发着诱人香味儿的食物——但卖得最多的还是得数羊毛织品：比如染成各种颜色的羊毛线，以及羊毛线织成的帽子、披肩、毛衣、袜子和毛毯。在这里，即便是盛夏人们也买这些暖和的东西。

青翠的山坡上散布着洁白的绵羊群，看上去就像是长在山上的无处不在的羊绒灌木。

为了充分利用我们的时间，祖母让我去踏浪玩耍，她自己则在货摊间浏览挑选毛纱。我和海浪玩起了捉人游戏，在一波海浪撤退时跟进，然后在又一波海浪援军到来时转变路线，匆忙跑到安全地带。虽然我把鞋袜搁在了沙滩上，但我的裤子很快就湿到了膝盖。

我的脚下踩着柔软潮湿的细沙。我拾起奇形怪状五颜六色的贝壳，在浪潮里冲洗后，拿到阳光下反复欣赏着，留下最好的几个装进口袋。

海岸较远处，我看见一群士兵丢下了靴子和枪在水边嬉闹。他们笑着，叫着，互相推搡着溅起水花。水面上，海鸥在一边滑翔一边捕鱼。

我不时跑回去检查祖母的购物进度。她买的羊毛线塞满了地毯包和两个购物袋。然后我们买来面条，坐到木板道遮阳伞下的一张桌子旁。

到这个时候我已经能够平心静气地去复述那个士兵对我的耳语了。

祖母似乎并没有被那些话吓到，这让我放下心来。

"你觉得他指的是什么？"我问。

祖母耸耸肩，弯下身让海浪撞击双手。"世界末日吧，也许，士兵会想些这样的事。"

"世界会终结于大火之中吗？"

"是的，下一次。第一次是终结于水，接下来是火。"

在大海永恒的咆哮声中，我看着海水的泡沫翻卷着泥沙涌向脚边的土地，接着又退去。防波堤之外，海水是深蓝色的，海浪上分散的白色浪尖仿佛是云的碎片。

我们两人都不想离开，但我们觉得最好还是搭一点钟的渡轮回去。一则是那些士兵和 P 少校很可能要乘坐五点钟那班船；二则，我想祖母和我想的一样，此时 R 正奄奄一息躺在斜屋里，吉兰多尔先生承担了全部的看护责任，我们在沙滩上游玩会感到愧疚。最起码我们也要回到家中，这样也方便吉兰多尔先生找到我们。

在售票处和船上没有遇到一个士兵这让我们松了口气。我们乘坐的渡轮和来时那艘不同，但设计却是一样的：这一定是一大早出发的那艘船。唯一美中不足的是 C 太太在船舱中间向我们挥手，我们无处可逃。她喋喋不休地向我们展示她买到的每样东西，又解释了她是怎样搭上六点钟的渡轮过来的——严格来说这违反了宵禁，但她的住处距离渡轮码头非常近，所以她决定勇敢地趁着昏暗天色跨越街道的一小段路。这是一段紧张的旅程：她听到有脚步在 A 先生家的花园树篱后嘎吱响起，这响声在她沿着街道赶路时与她一起平行移动。她知道 A 夫妇都不是早起的人，所以这声音让她非常惊恐，特别是当她回头看向角落时，发现蔷薇丛间有一个男人的黑影正看着她。她跑完了通向渡轮的最后几步，觉得能活下来是她的幸运。接着她的谈话集中在她听过的一档电台节目以及与 D 太太一起做客的经历。

后来，祖母礼貌性的应答变成纯粹的咕哝声，C 太太喋喋不休时祖母闭目养神的时间也越来越长。甚至我也扔下她，去楼上甲板和船尾平台转了一圈，看海鸥和浪花。我好奇那些住在蓝色宁静的大海深处的人鱼是否发现了 R 的枪，他们会怎样处理它呢？我想象着他们的国王会把它喂给最大的巨蚌，然后有一天，这把枪就会躺在一颗巨型珍珠中间。

回到村子里时三点刚过几分，我们注意到有两个士兵在主街上巡逻，还有两个在看守空地。他们并非所有人都去了羊毛岛，这让我觉得不公平。

到家后，我把贝壳放进床头柜的抽屉里，然后拿起相框中的照片看着父母的脸庞。祖母说士兵们会去思考世界末日，那么爸爸坐在军帐里或看着波涛和夜空时是否也会思考这些呢。我用指尖触碰着相片里的四个人，期盼着我们一家能早日团聚。

祖母筋疲力尽，径直回到她的房间里。不过她提议，如果我有精力的话，可以去神秘花园看看事情进展如何。想到祖母让我代替她去做重要的事情，我激动万分。"你还记得那条路吗？"她问。

我点头表示记得。

"也是，你不可能真的迷路，"她说，"往上走是通向大山，往下就是回村的路。"她让我什么也不要带，"要是有人问起，你就说你只是在森林里探险。去看看吉兰多尔是否需要什么，天黑之前回来。"她又想了想，确认道，"你不害怕一个人去那儿，是吧？"

"不怕。"但我赞同天黑前早早离开神秘花园的提醒。

她点点头："你知道，其实你没必要去的。即便你不去，我想吉兰多尔今晚也会过来。"

但我告诉她我想再去一次神秘花园。

"一定要小心。"她叮嘱道。

第七章

/

森林苏醒

跟昨天一样，我在藤架的遮蔽下先小心翼翼地环视四周，但仍旧没看到一个巡逻或看守的士兵。现在正是一天中最热的时候，太阳以盛夏特有的那种愉快、放纵的方式炙烤着热气腾腾的青草。草地上，除了嗡嗡作响的小虫和星星点点的白蝴蝶，一切都是静止的。罐头厂的烟囱里飘出一阵轻烟，好似白色水桶里打着旋儿飞溅出来的肥皂水，满溢后向空中喷涌。

我疾步走进森林的绿光里，树荫里凉快多了。尽管如此，在我走到降落伞那之前，衬衫早已湿透粘在身上了，我毫不费力就找到了方向。矮灌木丛东倒西歪的，显然被人踩踏过。几分钟之后，我再次来到飞龙雕像前，飞龙雕像还是那样对袭击它的猎狗雕像咆哮着。

我匆忙地从拱门下钻进去，经过尼普顿雕像和野猪雕像，接着又穿过四个裸体石雕美女守护的方形水池和大象雕像之间的开阔草地。这个时候我开始小心翼翼地移动，边倾听周围的动静边靠近斜屋。

当我踏上通向露台的左边楼梯时，吉兰多尔先生从上方露出脸来。他的表情看上去如此忧虑，我不禁吓得呆住了。抬头望着他，不敢问他我心里的那个可怕的猜测。

吉兰多尔先生一定看出了我的心事。他立刻露出一丝微笑，说道："哦，不。对不起。他还活着，可是 M 呢？她还好吗？"

我又可以自由呼吸了，向他点了点头，一路小跑着上了露台。我向他讲述了此次羊毛岛之行，但没有说我们刚刚赶回家，祖母正在睡觉。当我离他近到可以说耳语时，我补充道："我们把枪扔进海里了。实际上，这就是我们去那儿的目的。"

他心烦意乱地应着，仿佛不太确定我在说什么，又好像心里有更加担忧的事："我很高兴你能过来，我们几个必须尽快共同商讨一番。"

"怎么啦？"我问，"出了什么事？"

吉兰多尔先生今天没有戴帽子，头发肆意散乱着。他一边引导我在他前面爬上石屋里陡峭的台阶，一边说道："那人偶尔会醒过来……之后又继续做梦。他的那些梦，它们……咱们必须要一起讨论。"

我当即明白他有很重要的事情要告诉我们，但他最想告知的人还是祖母，我很好奇但并没有生气。不管他要说的问题是什么，我都无法在任何方面给出建议。

R 躺在床垫上动弹不得，但他的头正因承受精神错乱的痛苦而左右摇摆。裹在绷带里的他看上去非常可怜，衣服破烂得其中一只袖子和裤腿都没有了。他像瘫在救生艇上的落水者，也像躺在地牢里被锁着的囚犯。他脸上的肌肉夸张地抽搐着，让我想起演奏时的音乐大师。偶尔能在他的呼吸声中，听到他反复嘟囔的一个词。

"他在说什么？"我问。

"红星，"吉兰多尔先生说，"红色的星星。"

我皱着眉，从发烧的伤员看向吉兰多尔先生。

"我不知道这是什么意思，"吉兰多尔先生说着，将散到脸上的头发捋回脑后，"R 的口袋里有一本笔记本和一个铅笔头。他让我帮他拿出来，然后用它们写了些奇怪的东西。"

在隔间杂乱的地板上，吉兰多尔先生捡起一小本带着旧皮套的笔记本。本子的书脊上订有一根松紧绑带绑着笔记本，吉兰多尔先生解开它，迅速翻到接近中间的地方展示给我看。

我认出来上面写着 R 国家的语言，简短规律的句子似乎组成了一首诗。几乎就在这一刻，我注意到文字在纸上排列得不可思议的整齐。虽然一个字也看不懂，但我发现每一行都是先向前写，再倒过来从后面反向书写——而反向书写的部分完美得简直就像从镜子里倒映出来的。可是，一个发烧到颤抖的人如何写出这样工整的字，又为何要这么做，让我非常困惑。

我再次疑惑地望着吉兰多尔先生。

"我把它译在了下一页。"他说着，翻到下一页。

吉兰多尔先生的字，圈、点和叉叉写得到处都是，仿佛是从荒芜的花园里长出来的野草，肆意蔓生。不过在细节上，他极其仔细地模仿了每一行的反向文字。第一部分写道：

公爵晓秘密

藏谜于此间

数字数两番

跟随金牛眼

水天舞姊妹

留意石上言

虚实当自判

指路返家园

浏览了几遍之后，我把本子还给吉兰多尔先生："我想可能连祖母也弄不明白这是什么意思。"

"或许吧。"他长叹一口气，担忧地看着 R。

"你知道多少种语言呢？"我问，想着一个永远不会老去的人应当有许多时间学习。

他笑了笑："我想我应该是什么语言都懂，又什么都不懂吧。我们这些古老的种族——农牧神、精灵、所有密林深海幽谷处的种族——不像你们人类，你们是巴比尔人¹的后代。我们的语言不是学习得来的，对于我们而言，文字的含义就是我们能听见和能看见的事物，比如犬吠、苔藓或鸟鸣。"

1　Babel，巴比尔人，《圣经•旧约•创世记》记载，诺亚的子孙拟在那里建一座通天塔，上帝怒其狂妄，乃乱其语言，使建塔人操不同的语言而四散，塔因此终未建成。

"可……你写的——"我指着笔记本，"是我们的语言，而那边的是 R 的语言。你把他的话翻译成了我们的话。'翻译'可是你自己说的。"

他耸耸肩又点点头。"正如我知道你祖母所说的'再看吧'，一般是表示'是啊，终于'。这就是翻译，不是吗？"

我忍不住大笑起来。"所以……还有其他人？"我看着他，小心地问道。如果按照祖母的推测，所有古老的种族都已从世界上消失了，我不想让他觉得难过。

"其他古老的种族吗？"他的脸上再次露出那种既悲伤又开心的表情。"啊，有的，还有许多古老的种族，多得都数不过来。"

我感到很欣慰："祖母还说留下的不多了呢。"

吉兰多尔先生沉重地点点头，望向远方。"这也不假，他们有许多回到了我们的家乡。但是他们不会都离去，只要人间尚有四季——有黎明与黄昏，星辰、皓月与大海，有森林、洞穴、鲜花与青山——只要还有这些古老的幽深之地，有无人涉足之地和边缘地界，就会有古老的种族留下。"

"所有那些地方和你们的家乡相像吗？"

"那些地方就是我们的发源地。它并不是什么特殊的地方——既不在这儿也不在那儿。"他一副歉疚的样子，"我想我表述得很难以理解吧。"

我耸耸肩道："我能理解。"这是我用心而非大脑去深层领悟的一件事，随着生命的逐渐逝去它听起来愈加真实：仙界就在我们身边，每一片树叶上有它的存在。

他听我这样说时惊奇地看着我，看上去高兴了不少。

我想起我的使命，便开口问起吉兰多尔先生是否有什么需要。

他似乎强迫自己的思绪回到了眼下的境地。"我已经打来了干净的水，所以目前没什么需要的。我想 M 必然会提到干净的绷带，如果可以的话，你明天和她尽早过来一趟。本来我也可以今晚冒险去小屋找你们的，但那样我就得把 R 关在这个秘密的隔间里。果真那样的话，要是他醒过来，恐怕会以为他是被活埋在棺材里了。"

"我们会早些来的。"我想为吉兰多尔先生照顾 R 所做的伟大工作称赞他一番，但最终只挤出了一个羞涩的微笑和一句轻声的"谢谢"。

吉兰多尔先生的亲切和他对亲近之人所流露出来的那种温暖和善意让我想起了父亲，我突然好奇地想知道他和我父亲会不会是朋友——在爸爸小时候探索林子时他们一定见过面。我希望父亲能再次来这个村子，带着妈妈和妹妹。我不禁想象着战争结束后的光景，到那时我们可以全家一起来拜访祖母，在静谧的绿光下坐在神秘花园的雕像旁。

★ ★ ★ ★

因天色尚早，我决定去探索花园，塔楼后面浓密的灌木里还有很多地方我还没有去过。我说出我的打算以后，吉兰多尔先生不放心地问我是否要他陪同。

我耸耸肩："你想去的话请随便。"我不想显得怯懦或无礼。

他笑了笑，双手叉在胸前："最好还是你独自去体验花园。我就在这儿，要是有需要便喊我，能听得到。"他席地而坐背靠在墙上，又对我说，"我想，你明白的，你今天的礼物会是什么样的呢？"

我不明白他指的是什么。

"能够第一次探索花园的另一半就是一份礼物了。接下来的时光你一生只有一次，好好去享受吧。"

我缓缓地点点头。说实话，我常常在其他事情上有类似的想法。坐在某棵树的树顶，或在某个夏日的黄昏看着萤火虫，我就会变得悲伤，想到这些美好的瞬间不会重来：即便次日爬上同一棵树或者再次站在黄昏中，可我长大了些，世界也会与原来不同。

"不要带着沉重的心情去，"吉兰多尔先生在我身后关切地说道，"总有些美好会在瞬间出现。"

我回头笑了笑，若是不相信有更多美好在瞬间到来，我们便永远享受不了任何事物。

从奇怪的台阶下来，我在露台上松了口气，开始向森林深处进发。脚下的土地被绿草覆盖，踩上去松软舒适，午后充足的阳光虽然不是直射但也充满了花园。小鸟叽叽喳喳叫着——有时候虽然森林一点儿也不安静，但这种喧闹却是另一种神圣的宁静，令人莫名感觉安心。

某处又传来飞机的轰鸣声，隔得太远我分辨不出是敌军的飞机还是我军的飞机。当然，正如祖母所说，这些区别在这里失去了它们的意义。我在遥远的引擎声中听到的不过是来自另一个世界的谎言，并不比我们从紧贴在耳边的海螺中听到的世界真实。

我先经过右边那可怕的天使雕像，之前在露台上看到过它。它仍旧笼罩在一片深色中，雕刻它的石料比其他的雕像更黑，它的头发和衣袍仍旧被一股莫名的大风吹得狂乱，它依旧提着一串钥匙和一条巨大的锁链。

天使的雕像出现在这里有何意义呢，我感到好奇。教堂里有天使和圣人，这座花园里则有天使、怪兽、神明、美人鱼……所有古老传说中的种族。我知道天使是真实的，他们出现在《圣经》里。现在我知道农牧神也是真实的，因为有一位是我们的朋友，如此合理而明显的结论让我兴奋不已。如此，怪兽和精灵便与天使一样了，也是这世界的一部分，所有这些都是真实存在的。

在天使展开的羽翼之后是大片的树林，一片古老的大树从茂密的灌木丛中拔地而起。越来越多的树木和灌木丛延伸到我左边，攀上沟壑的夹壁，攀向远方挂着降落伞的上层森林。这道绿色壁垒中唯一的通道是由披着藤蔓的拱门撑起，笔直地伸往前方。

我屏住呼吸，轻手轻脚地迅速穿过天使雕像和大门。门后地势变高，交错裸露的树根在地表形成一段天然的阶梯。

我来到第二片空地上，这片空地的顶部也覆盖着枝叶——俨然是又一个大厅堂。西面是一道缓坡，从那里我似乎可以回到森林里。向前，沟壑在峭壁处陡然而止。向左，在我刚爬过的茂密的树林中，边缘接连着一片开阔的空地。

而在我的身后，在树根形成的阶梯顶端的左方，打眼一看似乎摆着一副石棺：在一块矩形的厚板上，平躺着一个熟睡的或死去的女人雕像。她穿着一身长裙，只有脸和手足露在外面，她的头发垂到腰间，双臂交叉搁在胸前。

我绕着她走了一圈，更加倾向于她是熟睡了，没有死去。她比真人的比例稍大一些，差不多跟一个高个子男人一样长。我在石板一角发现一枚烟头，一定是某个士兵在此捻灭香烟时留下的。我想起少校说起过雕像，想起他还向村外的人谈过这些雕像，这就是其他人对待这座花园的方式。我把刺鼻的烟头塞进口袋里，打算扔到森林外远远的地方去。

我弯下身去研究石板，发现在垂直的边缘处铭刻着文字。这是我们国家的语言，但是年代久远，因此难以读懂。其中有一部分，我猜想是"像雨"（like the rain[1]）。现在我希望当初让吉兰多尔先生陪我一起来就好了。不过心里笑着，我提醒自己以后有足够的时间来提问：毕竟它是刻在石头上的一行铭文，不会跑到别的地方去。

在睡美人北面，有一座高贵的半人半马雕像挺立在树下，看上去正是对半人半马雕像最美的刻画。它外表睿智灵巧，正演奏着一把类似竖琴的乐器。因为刻意搜集铭文，我果然在它的基座上找到了一处铭文，我可以将这则铭文解读得比另一条稍清楚些："现在赶快找到我……（Hurry now to find me）"接下来的字被苔藓遮住了，再后面是："但不在里面（but not inside）。"

---

1 刻在雕像基座上的每一条铭文都是破解神秘花园里的谜团之关键线索，为了便于读者理解和推理，译者在翻译时将每一条铭文的原文摘录，翻译成汉语的意思仅供参考（因为每一条铭文隐藏着一定的词语数目规律，翻译成汉语时要遵循原文所对应的字词数）。另外，在本书后面的内容中，作者详细列出了十四条铭文，读者可到那里去查阅。——译者注

我退后两步，沉思着，然后转了一圈。所以，这个花园充满了铭文和各种神奇的东西，像梦和谜语……尽管我想要疾步向前，但我还是强迫自己慢下脚步，四处打量着，注意着光线是如何落下来的，毕竟这些瞬间只有一次。

距离半人半马雕像不远处，第二座天使雕像赫然立在接近沟壑尽头的地方，这次这位天堂的信使一点儿也没有吓着我。他双手举到肩前，掌心向外，就像加百利在向玛丽通报情况似的。但他的铭文不连贯地写着："我确实是真的（I am it is very true）。"

我探索了基座的各个角落，思考着是否有所遗漏，我觉得这句话一定还有其他的部分。那么，我究竟是"什么"呢？然而没有再多的痕迹了，有的只是光滑的石块。我用手指拂过天使的衣袖。即便经过风吹雨打，其中精湛的雕刻技艺还是显而易见的。我想象着，刚雕刻出来时，这些石头看上去一定像布匹一样柔软，甚至还有布匹一样的皱痕。"我是（I am）"，天使宣称："确实是真实的（it is very true）。"我发觉这个天使的存在让人欣慰，正如我对这句话的想象一样。"你们全是，"我向整个花园的雕像低语道，"确实是真实的。"

转过身，我往回走向另一片灌木丛，一开始我只看到茂盛的树叶。当我靠近灌木丛的时候，感觉头皮好像被蜇了一下，我立刻停下脚步，发现一只巨兽就藏在那儿，仿佛正要猛扑向我——是的，不过是又一个雕像而已。但这次这个雕的是一只大熊的形象——现在我可以清楚地看见它被掩埋在荆棘中，爪下的基座已被完全覆盖，它的石眼从树叶的阴影中向外探望着，他的头很大，

113

比我的头大很多。

吉兰多尔先生一直保持着主要的大门和通道不被植物湮没，我猜测同时他也会清理雕塑上的藤蔓。难道他被这只大熊雕像吓到了，所以他任由藤蔓将它覆盖？

当我战栗地站在大熊雕像之前，一段记忆涌上我的心头，这记忆黑暗而寒冷，像一团不受欢迎的乌云。

★ ★ ★ ★

大熊在我的梦境里徘徊。它可以进入我的任何一个梦，而梦则总是发生在最意想不到的时候。大熊无需森林，也不需要黑暗来隐藏自己。我可能是坐在阳光充足的房间里，玩着木偶士兵或搭着积木，但我能听见大熊的呼吸声。我能听见它的爪子在窗帘遮挡住的窗外抓挠，能听见爪子在走廊里沉重地拍击，使木板发出咯吱咯吱的声音。我能听见在车辆或人群的喧嚣声后，大熊低沉的咕噜声。在梦里，没有其他人能听见它，只有我。

我尖叫着，吓得跳起来，床单都裹到脖子上了。

大熊停住了，在附近某处。

然后母亲打开了灯。母亲会摇醒我，坐到我身旁轻抚着我的头发，温柔地哼着歌。大熊便悄声离去，但它只是在等待时机。

父亲说梦境里会有好警察的——他们非常沉默和警惕，所以我永远不会看见或听到他们，但是他们都带着枪，一旦有大熊靠近我他们就会开枪射击。我喜欢这种想法，可我知道他这么说只是安慰我罢了。大熊总是会靠近，但从来没有隐藏的好警察射击过它。

五岁的某一天，我发现大熊不仅仅出现在梦里。那一次我很清醒，在一个昏暗的狂风天里我从后窗望出去，不知怎的——通过这奇怪的光线，突然狂风大作——我知道那只大熊来了。它在外面，在我们城里狭窄院子的围墙后面，在钉着生锈铁钉的木桩后面，在堆砌的砖墙后面。它在漆得全白的窗框边缘那头，它藏身于母亲缝制的窗帘后面，窗帘上印着葡萄、苹果和香梨。我的身子动不了，没法从窗边调转视线，也不能叫母亲过来，因为大熊就在屋里，在大镜子旁边的厨房拱门那里，它巨大的身躯会塞满过道。我可以闻到它的气味。在这种刺激的气味对感官的冲击下，我的视线变得模糊起来，似乎一切都是电光闪闪的。我记得印在窗帘上的水果褪成了灰色。

我在自己的床上醒来，母亲正用一块冰凉的湿毛巾擦拭我的额头和脸颊。我感觉脑袋隐隐作痛，胃里一阵翻腾。我患上了流感，在床上连续躺了两天两夜，连水也喝不了。每次特别想喝水时，勉强喝上几口水，过不了几分钟就会全部吐出来，妈妈一边用一个盆子接着呕吐物一边轻拍着我的背。我的鼻腔干燥得难受，痛苦得哭了起来。妈妈就给我读了许许多多童话故事，对我有求必应，我很感激有妈妈在我身边。爸爸工作结束回到家时，也会坐过来陪着我。

自那以后，我只梦到过大熊两次。上一次的梦里出现了火，如熔炉中心燃着的烈焰般摧毁了我周围的一切。熊就站在大火之中，毛发冒着烟，散发出刺鼻的气味，毛发下的血肉也被炙烤着。它冲我咆哮，脸上布满了划痕，流血不止，似乎之前有人用刀攻击过它。

也许像父亲说的那样，是某个好警察想保护我吧。

★ ★ ★ ★

在这片神圣的森林里，我的心里不由得想起这一切。我努力驱散这些心事，眼看太阳开始西沉，我加快步伐继续前行。我已经很久没有梦到或感受到大熊的存在了，所以现在我不想去思考它，我不希望它再回来。

走过天使雕像，我发现在沟壑陡峭的北壁的树木之间有一条狭窄的缝隙，里面有一段向上延伸最终伸出花园的阶梯。我看见阶梯通向高处的山丘上，那山丘在阳光中高高隆起，长满了青草。

留下这阶梯改天再来攀登吧，我转而向东行进。

渐渐地，在暮色笼罩下，前方出现了一座黑色的悬崖。我谨慎地又前行了两步，停下脚步小心观察。

岩壁上，有一张硕大的脸瞪着眼睛。在皱起的怒眉之下，它的眼眶只是两个空空的大坑。它宽阔的鼻子上有两个大鼻孔，尖叫般的大嘴巴是一个通往黑暗的洞穴，这个洞穴只有顶部有一排牙齿。

这张脸看上去比人脸更加狰狞，头顶上长着类似耳朵或犄角的东西，还有类似胡子或狮子鬃毛的毛发。一株小桦树从它的下颌旁冒起，长到它的一只眼睛旁边，仿佛一缕固执的头发。整副恐怖的面孔经历过数个世纪的风霜，生出了黑灰交杂的斑纹。

我慢慢地靠近，被它深深吸引住了。之前我从未看到过如此可怕而又如此可爱的东西。我几乎不敢呼吸，踮着脚踏上杂草丛生的道路，迈向张开的大嘴巴——突然有一只鸟猛地拍着翅膀从其中一只眼睛里飞出来，吓得我差点儿大叫起来。

这巨大的嘴巴确实是一个房间的入口。粗糙潮湿的房间里到处都是树叶，里面摆着一张连着长椅的石质野餐桌，看上去就像是被安在了一颗尖叫着的头颅里。我在后墙壁上瞥见了一群石刻天使，并没有仔细去看，我想是时候往回走了。

我从洞穴一路返回到台阶底部，然后检查四周以确保我是独自一人而没被跟踪。在西北方向，大片的中央灌木充满了整个视野。有那么一刹那，我以为在巨树之间又看到了一座雕像——那是一根被藤蔓包裹的高耸石柱。其实它只是一株干枯的大树，颜色发白而颇似石头。

空地经过洞穴继续蜿蜒，直至中央灌木丛的另一端，接着便沿斜坡向下通到另一处拱门，这道拱门跟我来时经过的那道拱门相似。在那道拱门之外，远远地能看见耸立在灌木丛中的赫拉克勒斯雕像，于是我知道这条路将会带我再次回到下面的花园。

沿着前进的方向，一排圆石堆砌的石墙在左边展开，高度大概到我的手肘。越过墙的顶端，在脱离沟壑的又一隆起处，我终于看到了她——美人鱼雕像。许多年前，祖母闲逛着走下我现在面对的斜坡时，坡上铺满枯枝败叶，金色的阳光在上面洒下一片斑驳的影子，在雕像背后，祖母与美人鱼相遇了。但我现在是面对着美人鱼雕像的，我看到美人鱼卷起的发辫下她那平静的表情。美人鱼腰部以上是女人的模样，从腰部往下，两条带鳞的鱼尾沿着地面向不同方向伸展，特别像两条末端带着优雅新月形的修长的长腿。

我加快步伐，穿过拱门进入到底层的花园，我发现自己回到了石龟和大象所在的地方，便又走向西边的斜屋。

在行进途中，我在灌木丛边缘的阴影里又发现了一个基座。这只是个基座，上面站立的雕像在过去某个时候被敲碎了，如今已经消失，只有脚留了下来——那是一双精雕细刻穿着便鞋的脚。我猜想那倒下去的雕像会不会掩藏在基座后面的灌木丛中，我好奇地向那边看去，什么也发现，我想好好探索一番却又没有时间了。这个基座刻着铭文：注视我（Behold in me）。

我失望地叹了口气，想到基座上的雕像已经不见了，或许这个神秘花园的某个重要谜底也随之消失了。

我正打算告诉吉兰多尔先生我要离开了，看到他从上面的窗户在向外张望。我有好多问题要问他和祖母，但还是再等等吧。

"你全都看过啦？"吉兰多尔先生问。

"没有，"我站在露台下回答，"我还没爬上通向山坡的阶梯。"

"啊。那你还有的看。"

"我现在得走了，"我说，"你确定不要任何东西吗？"

他笑了笑，把胳膊搁在窗台上："只要 M 来，她什么都能想到。"

走在返回祖母小屋的路上，我决定要写一本关于神圣森林的记录。依照祖母的建议，我不会记录任何关于吉兰多尔先生或 R 的事情，但我会写下每个雕像的每一条铭文，让祖母和吉兰多尔先生帮我一起来解读，或许我还会尝试画下更多的雕像。要是这一切有意义的话，我想试试。

我还记得挂在吉兰多尔先生脸上的焦虑，事实上，他还有很多事情要告诉我们。

★ ★ ★ ★

我冲进后花园，迫不及待地想告诉祖母我的新发现，但我的话还没说出口就看到了祖母的邻居 F 太太来了。F 太太不苟言笑，她和祖母坐在桃金娘和倒挂金钟的花架下，像是油画里的女士。茶壶、茶杯和饼干摆在了一张小巧的折叠桌上。

F 太太银色的直发被剪得像一顶头盔，她上下打量着我，问我是否去森林里玩耍了。我肯定祖母已经告诉过她了，但显然 F 太太想要听我亲口承认。

"是的，太太。"我回答道。

F 太太撇了撇嘴，责备地看看我又看看我的祖母，仿佛我刚承认了一项罪行。

"他不会走远的。"祖母解释道。

"这不是远不远的问题，"F 太太说，"淹死人的不一定非要是大海。"

显而易见，F 太太不喜欢森林也不喜欢大海。

"什么都害怕是不好的。"祖母的声音里带着笑意，温和地说道。

"鱼落进网里并不是取决于它们怕不怕游泳。"F 太太说。我怀疑这是不是一句谚语，类似于 D 太太的一句谚语。在这个村子，人们交谈时总是喜欢用太多谚语。

祖母没说什么，只是给 F 太太又添了一杯茶。

F太太终于抛开了这个话题。她在祖母家旁边生活了很长时间，清楚地知道她是在浪费口舌。"好吧，我们在抚养孩子的问题上观念不同。你的观念是想让他们安全地长大、离开巢穴，而我的观念也是这样啊。"

祖母微笑着表示赞同。

★ ★ ★ ★

F太太终于离开了，我问祖母为什么她会过来。

"只是为了表示邻里间的好意，"她解释道，"当别人家的花园里的花儿盛开时，你应该前去参观拜访。她对我们窗台花篮子里的花印象特别深刻。"

"我们也要去拜访她吗？"

"最近不会，因为她刚来过。但很快还会有其他人过来，我也得亲自去拜访一些邻居。这倒提醒了我——我们该去面包店了。"我知道她的意思是我们需要很多曲奇和咸饼干来配茶。

她满怀期待地看着我，让我把情况告诉她。当我把情况汇报完，祖母感到很欣慰。我们的伤员还活着，吉兰多尔先生也做得很好。在帮祖母准备晚饭的时候，我问她是否知道刻在雕像基座上的文字。

"知道，"她一边搅拌汤一边说，"我早就告诉过你，那座花园就是一个谜。在过去某个时候，所有这些文字我都读过——至少是绝大部分我都读过吧。"

"这些文字有什么意义吗？"

她摇了摇头，抿起下嘴唇。"你越是努力思考，它们看上去就越让人费解。很可能它们根本就没有意义。"

"没有意义？"我停下正在洗莴苣的手，抬起头问，"那为什么要把它们刻在那儿？"

祖母将冒着热气的锅子端到桌上，说道："老公爵是个相当喜欢恶作剧的人。为什么要建一座倾斜成那样的房子？为什么要在尖叫的大嘴巴里放一张野餐桌？我猜他可能只是想看着那些在花园里乱逛的人抓耳挠腮百思不得其解的样子吧，而他自己则在那儿笑得肚子痛。"

我思索着祖母的说法。斜屋里的铭文是：离因（Reason departs），我不得不承认一切可能都是无稽之谈，但对我来说这听起来并不真实。我觉得我是想要相信这里面有一些意义……或者更确切地说，整个花园有某种意义——至少是一个谜团、一种解释。如果是我建造了这样一园子的怪兽，我就会在里面赋予意义，并对任何能发现它的人给予奖励。

"到处都是恶作剧。"祖母继续说，"拿美人鱼雕像来说——你注意到了她自身就是一个完美的对称吗？如果你想象有一条线将她一分为二，你就会发现左边有的东西右边也都有，而且正好相反——她的每一卷头发，每一片尾鳞，包括手臂的位置，无不如此。"

我告诉祖母我想做一本花园记录簿，她同意了。"我有一个空白笔记本你可以拿去用，只是不要把任何证据放进去。你知道的，要保护好伤员。"然后，她以一种平淡的语调，又说了一件事，几乎让我惊得掉下手里的银餐具，"真可惜，我们没有你父亲小时候保存的记录了，我不知道他还有没有……"

"他也记录过关于花园的事情？"

"噢，是的。我记得他是多么兴奋地向我展示他抄录下来的新发现。有的时候，他也会要我帮他念那些文字。他有许多大理论来解释那一切意味着什么，比如埋藏的宝藏啦、魔法宝剑啦……"她轻声笑着，视线转向窗户，久久地望着窗外。

我皱起眉头，看着她僵硬的背影。

她再度开口说话时，声音听起来像要哭了——这种声音是我此前从未在她身上听过的，把我吓了一跳。

"他很想让我跟他一起去，这样他就能把那些怪兽展示给我看了。我告诉他我看过了，那个时候正是他最想看它们的时候，这座花园是属于他的私密处所——属于一个孩子的地方。这跟 F 太太对森林的说法完全相反，不是吗？"

我点了点头，尽管祖母看不到我的动作。在爸爸小的时候，她不能陪他一起去花园，因为神圣森林是吉兰多尔先生的家，而祖母已经离开那里嫁作他人妇了。为了吉兰多尔先生，也为了她自己，她不能涉足那个地方。

我之前还对另外一件事好奇过，现在看来事情的真相让我感到惊讶。"所以，爸爸从来没有见过吉兰多尔先生——甚至是在花园里？"

"是的。这让我知道了吉兰多尔有多么坚定和高尚。如果吉兰多尔跟我的儿子成为朋友，他就能了解我的情况，他甚至可以源源不断地给我传递信息。但那不是正确的做法，比起宽慰，这会给别人带来更多的伤害，毁掉他所希望我能拥有的一切。他能选择的，仅仅是遥远地守望着我。"

我内心涌起一小部分兴奋感和自豪感，因为我认识吉兰多尔先生而父亲却不认识——父亲甚至还不能证明农牧神的存在。但是，更多的是，我对此感到遗憾，我愈发地想要爸爸来到这里，我想介绍他们彼此认识。

祖母交叉起手臂，我似乎看到她擦了擦眼睛。"你父亲去森林里玩耍时，我从来不会担心。有吉兰多尔看着，我知道他在那里比在世界上其他任何地方都要安全。"

又过了片刻她转回身，恢复成她那一贯坚强的样子，告诉我说汤要凉了。

"我希望我们能一辈子都住在花园里。"我说道，我心里怀揣着对生活这样的憧憬走向我的椅子。我在想，森林里没有学校，没有周一，没有闹钟，当然也没有战争——只有古老的绿光和刻在石头与木块上的故事。

"可我们做不到，"祖母说，"但记住这个——"她用汤匙指着我，又摇晃汤勺加重语气说道，"人生中有痛苦，也有苦难。我们不能避免痛苦，但可以避开苦难。"

我们吃过晚饭，洗过碗碟以后，祖母找出她收藏在书桌里的空白笔记本，把它给了我。笔记本有着漂亮的暗蓝色布艺封面，中间还夹着一根长丝带用来当书签。奶油色的页面尺寸刚刚合适：大到足以让我在上面记录许多东西，但又小到刚好便于携带。

"封面上有我的名字和地址，"祖母说，"希望你不会介意。"

"我不介意。它太棒了——你真的把它送给我了？"

她点点头，"它很乐意归你所有。我听到它在夜里乞求，当时我很好奇这噪声是什么。现在，它变成一本高兴的笔记本了。你知道的，它的意思是愿意为你所用。曾经有一次我起了写日记的念头，便买下了它，但是——"她挥着一只手做出罢了的手势，"比起写生活，我更愿意过生活。"

"谢谢。"我说道。

"不用客气。我还可以帮你正确地启用它。"她打开一张纸，帮我展开在桌子上。纸张陈旧而泛黄，我猜这张纸也是她从书桌里翻出来的。

现在天已经黑到需要点灯了。我看见纸上只有在靠近顶端的地方写着一句话，是祖母的字迹。那是 4 世纪前的语言——花园里的语言。我可以理解其中大部分的意思，但非全部。

"这是从花园里抄下来的，"祖母说，"记得我跟你说过的主要入口吗，飞龙雕像的南面现在已被掩埋在灌木藤蔓里的那个？也可以再到那里看看。而这些铭文就是刻在那座拱门上的，它藏在树叶与藤根之下。铭文写道：进入这里的人，须四处仔细观察，然后告诉我，这么多的奇迹是为了恶作剧还是为了纯粹的艺术。"

黑影拂过祖母的面孔，她看上去就像一只小鬼。她眯着眼睛，重复道："告诉我，是恶作剧还是艺术？"

我双手托着下巴："他甚至都没有给我们其他选项。"

"不？那意思可能就藏在'恶作剧'之中，不是吗？如果我们不放弃探索，所有无意义的线索可能被安排来戏弄我们，误导我们远离真相。不然……也可能公爵只是想躲在袖子后面窃笑罢了。但是我告诉你一个秘密：'恶作剧'这个词除了如今留下的含义，还有过另外一个意思，它也曾表示'魔法'之类的事物——表示那种创造神奇的能力。"

我赶紧拿出铅笔，问祖母是否还有其他记下的铭文。

"没了，"她回答，"我甚至都记不得我为什么要抄下这一条。"

为了让自己有事情做，那天晚上我给父母写了一封长信，告诉他们有关花园的所有事情。祖母同意那个时候去邮局会很安全，可以不引起旁人注意。我在信封上写下母亲的地址，让她读过后再寄给父亲。当然，我在信里没有提到吉兰多尔先生或我们的伤员R。在我快写完的时候又仔细阅读了妈妈的最新来信，这样我可以在这封信里回答妈妈的问题。像往常一样，妈妈问了些近期的热点问题："你吃得好吗？你和祖母相处得来吗？你找到什么事情做了吗？"她还写道，在我的积木城堡里人们正在举办马背上的长矛比武，但是有些骑士仍在远征的途中，大家都很想念他们。

我用铅笔敲着下巴，思考着该怎么回答。妈妈希望我安好，过得舒服，可我知道如果我听起来比在家里还要开心，她会难过的。我写道："祖母人很好，我希望不久以后我们可以一起来拜访她。我想你和爸爸。我吃得很好，但怀念你做的西红柿汤和黄酱。这儿一切都很干净，但我们这里洗衣服的方式会让所有洗出来的东西都变得更僵硬。"我回顾了一遍内容，满意地点点头。我补充道："还有一点儿扎人。"这样写我很满意。

★ ★ ★ ★

清晨到来，明亮而又晴朗，带着海边吹来的柔风。我们比平常起得早，装好地毯包后，带上斧头和绳子以便在情况需要的时候再"捡些柴火"。我们没有看到士兵，也没有巡视一下村子就直接前往森林了。

我们在第一道拱门口碰到了吉兰多尔先生，他告诉我们 R 已经醒来但还很虚弱的消息。看来他的伤口和我们的手术没有害死他，但祖母说现在就看他能否扛得过伤口感染了。他真该去医院的，祖母说。

吉兰多尔先生没有去石屋里，而是把我们领到石雕美女旁，他示意我们坐在布满青苔的方形水池边。水池里的水倒映着上方枝叶组成的绿色树冠，昆虫掠过水面，留下一圈圈涟漪。

我和祖母尴尬地坐在两个与真人一般大小且一丝不挂的石雕美女中间，身后还有两个裸体石雕美女隐约可见，我一直想转过头去看看。这个时候空地上非常凉爽，白天的太阳还没有将它晒热。雾气的痕迹还未消散，幽暗处一片蓝紫色。斜屋子、大象雕像、蟒蛇雕像、野猪雕像、尼普顿雕像都在我们的视线之内，沟壑东边是拔地而起的赫拉克勒斯雕像。在左边更远处靠近第二道拱门的地方，则是可怕的提着锁链的天使。

吉兰多尔先生把一只穿靴的蹄子架到水池边沿时向天使那边点了点头。

"那是什么？"我小声问。他顺着我的视线扭头看过去，"恶魔亚玻伦，"他说，"掌管无底深坑的天使。"

我不由得哆嗦了一下，不仅是因为清晨的寒意。不管这个名字意味着什么，它恰到好处。

"我们在这里说话不会被屋里的人听到。"吉兰多尔先生解释道。我发现他带来了 R 的笔记本，他将笔记本打开并交给了祖母。当祖母读着 R 在精神错乱时写下的诗词译文时，我也在膝上摊开自己的笔记本，把它抄了下来——现在先只抄下顺写的版本：之后我可以再补上倒映的文字。

公爵晓秘密

藏谜于此间

数字数两番

跟随金牛眼

水天舞姊妹

留意石上言

虚实当自判

指路返家园

"金牛座……"祖母摸着下巴最后说道，"金牛座是指公牛。"

"这里没有任何公牛雕像吧，"我反问道，"不是吗？"

吉兰多尔先生摇摇头。

"'指路返家园'……"祖母说着，看向吉兰多尔先生，眼里闪过一丝古怪的光芒。

"'留意石上言'只可能是指雕像上的铭文，"吉兰多尔先生说道，"整首诗显然写的是这个花园——里面提到了公爵和其他东西。"

祖母点头赞同道："看上去似乎如此……可是怎么会呢？一个发烧的人怎么可能写出这样一首诗，和他从未听过的地方相关？"

吉兰多尔先生把他的帽子又向后推了推，抬头看向斜屋的方向。"这就是我想要告诉你的事，他在生死边缘挣扎的时候一直在做梦。他还说梦话……经常说。"吉兰多尔先生压低了声音，俯身靠近我们，"他说了许多名字——他不可能知道的名字，因为书里没有记载过，也没有凡人听说过他们。"

"名字？"祖母轻声反问。

"精灵和农牧神们的名字。都是我认识的，来自我的那片土地上的山川与河流的名字。"

"你还不明白吗？"他问，"死去的灵魂飘往的方向……天堂、地狱还有仙境，我的家乡——这都是你要通过黎明之门时经过的同一个地方——它们是相同的。R在生死的边缘到达了那里——他在迷雾里徘徊——但他没有继续前进，他回来了。"

"你的意思是？"祖母不解。

"不管是什么原因，他到达了那里，却没能够在那里留下。我猜这意味着在这里，在这个世界，他还有事情没有完成。这首诗和他一起回来了。诗是和他一起被派送过来的。"

"莫非是神谕？"

吉兰多尔先生点了点头："寻找这里和仙境之间的通道变得困难了，虽然它们曾经到处都是。即便是我还在那边的时候，两个世界也在渐行渐远，通道正在消失。"

"我想起你和我说过这事儿，"祖母应着，"这就是为什么你不能回到家乡族人身边的原因。"

"但是你看，有时候通道还能被发现。"吉兰多尔先生双手把玩着他的帽子，思忖着。"有时候，这边的凡人在年代久远的书中或是对星星的了解中，偶然发现了古老智慧的碎片。我们知道我们的公爵对炼金术很感兴趣——你这样告诉过我，M，他可能在某本发霉的书或卷轴中发现了一个秘密。"

炼金术，魔法，"恶作剧"……创造奇迹的能力。

祖母在一片沉寂中开口道："一条通向你那个世界的通道？"

"一条现在仍能打开的通道，虽然它在过去通常被隐藏得极好，很可能还上了锁。"

"但那不是你和其他农牧神以前用过的通道吗？"她问，"否则你该记得的。"

"不是，"他回答道，"我们没有用过这样的通道——以前这种情况是有的，就是黎明的薄雾让这个世界与我们的世界相连，我们就从那个世界来到这座花园里。如果这座花园里真有一个通道，我们以前却从不知道它的存在。农牧神们离开时，我确定他们是追随着吹笛人而去的，风笛的乐声是他们归家的小路。"

"吹笛人不会在某一天召唤你吗？"我颤着声问道。

吉兰多尔先生碰了碰还摊在祖母膝盖上的笔记本。"我想，它也许就在这里面。你明白吗？我的族人可能知道这儿有一个通道。他们可能送来这条消息来帮我找到回家的路。"

"可我不懂，"我想着 R 的诗，疑惑道，"如果农牧神们知道这条通道，为什么他们要送出暗示？为什么他们不从那边的世界穿越过来接你回家？"

吉兰多尔先生含糊地笑着："这首诗并非来自农牧神。能将话语和梦境从一个世界传送到另一世界，远超出了农牧神的力量。这一定是统治仙境的碧绿君王和星宿女神所为。"

"好吧，不管是谁发出了它，"我说，"如果他们想要帮忙，为什么不直接告诉我们呢？"

在吉兰多尔先生能够回答之前，祖母哈哈大笑调侃道："一定是不想太直接。"

农牧神微笑着："园丁讨厌笔直的路径。它或许是对我的一个考验，因为是我自己的选择才导致的流放。碧绿君王和星宿女神可能要让我解开公爵的谜题才让我回去。既然我将自己的命运和凡人的命运纠缠在一起，他们就给我出了一个凡人的游戏。"

祖母咽了咽口水："那我们必须要解开花园的谜团了，我们得让你回家。"

"可是——"吉兰多尔先生迟疑道。尽管他肤色黝黑，但此刻他看起来很苍白。

"没有可是，吉兰多尔，我是个老人了。你爱这个地方爱到想要永远留在这里吗？等着埋葬了我以后让其他同类的灵魂来探寻这个花园吗？"

"当然不是。"他说。

"如果你说的是真的，这会是我们俩的礼物——是我们能在一起的方法。"祖母看着我，补充道，"为了我们所有的人，不是短短几年，而是更长的时间。"她转向吉兰多尔先生，抓着他的胳膊："我们人类不需要魔法通道，到了生命结束的时候，无论如何我们都会去那里的。可你就不同了啊，你是不会死的啊，可怜的人儿。"

吉兰多尔先生似乎有些失语。突然转变的对话让我害怕——祖母上了年纪会死去……吉兰多尔先生要从魔法通道离开。解开神秘花园的谜语的吸引力突然就消失了。

祖母拍拍我的背，"没什么好悲伤的，"她说，"如果那条通道真的引向超越此生的地方，所有的路都会在另一头会合。"

我很困惑："天堂、地狱和仙界都一样吗？"这么多不同的事物怎么能是一样的呢？

吉兰多尔先生抓住我的肩膀，表情悲伤而和善："你不可能从凡人的世界去理解天堂和地狱，虽然同样都是要去那里，但通往那里的道路却可以选择——我们现在所走的路是你的祖辈们走过的道路，它们还会一直传承下去。离开这里之后，你还有更远的路要走。所有这一切，确实是个花园。地狱，是真正死亡的事物前往的地方。但你的祖母说得没错，如果万物生机勃勃，我们就能永远在一起。"

我可以从他的眼里感受到光的存在——那是一种惊奇的希望，就仿佛他刚从一场长眠中苏醒，他仿佛看到了东方宏伟而布满霞光的晴空。

"旅途总会结束，"祖母说着，轻轻推了一下他，"不久之后，我们都会去那儿，有何感伤的？"

他点了点头，眼中含着泪水。

★ ★ ★ ★

　　祖母望着倾斜的屋子叹了口气，她让吉兰多尔先生和我紧跟在她身后上楼去，要是她向后摔倒了就扶住她。"你们不要自己跌倒了，"她补充说，"如果我们全都摔作一团，那可就糟了。"

　　我们做好了充分的准备。我挎着地毯包，上到第二级台阶的时候，祖母把她的手杖伸到我手里说："手杖给你。"然后她由吉兰多尔先生推着，手足并用地向上爬行，最后我们终于抵达楼上的房间里。

　　在凹下去的暗井里，R 抬起脑袋，似乎刚刚一直在警觉是什么样的野兽可能会低吼着气喘吁吁地爬上楼梯。

　　"早上好。"祖母拿回手杖，轻快地说道。

　　"早上好。"飞行员嘶哑着声音回应着，头又落回到床垫上。他看起来很憔悴，但皮肤表面的苍白已经消失了。"我……记得你，"他说，"你做的我都听见了……谢谢你。是你救了我，谢谢你。"

　　"你还没有获救，"祖母纠正道，蹲在暗井的边缘打量着他，"你感觉如何？"

　　"浑身是伤，病得像条狗。"

　　祖母示意要我们其中一人下到暗井里，再把她扶下去，我们照做了。因为上下各有一人，这倒并不难办。

　　我们围在 R 身边仔细打量着他，凝固的血迹在绷带上结成血块。祖母拿出她的剪刀剪下它们，然后小心翼翼地将绷带从皮肤上揭下来。床垫上满是污渍，散发出一股汗臭味。

"不管怎样，你把他照料得还挺干净的。"祖母夸赞道，"桶里的水还干净吗？"

"黎明时我才打回来的。"吉兰多尔先生说。

R抬起他那只好胳膊，把手伸进自己蓬乱稀疏的头发里捋了捋。他的脖子和下巴都长出了金色的胡茬儿，就像父亲放假回来时那样。飞行员对我笑了笑："你的名字？"

我告诉了他我的名字，他也做了自我介绍，很显然他不记得之前已经介绍过了。

"你多大了？"

我告诉他我九岁，他点了点头。

"你不是羊族？"

祖母瞥了一眼吉兰多尔先生，他从R清醒以来一直在独自照顾他。"不是，"她说，"我们是人类。"

"你在这儿真好。如果是萨堤尔[1]先生，他会不欢迎我，也不会喜欢我。"

"如果你不把我当作萨堤尔，我会更喜欢你些。"吉兰多尔先生说，"我已经告诉过你我是农牧神。萨堤尔来自粗俗的种族，你可不会看见我狂饮大醉。"

祖母向他竖起眉毛。

"好的，你不会大醉。"R乖乖地说道。

"那么对于女人呢？"R恶作剧地咧嘴一笑，"你好色吗？"

---

1 Satyr，萨堤尔，希腊神话中的森林之神，部分人身和部分马、羊身，好女色。

"管好你自己吧，"吉兰多尔先生说道，"这里还有女士和儿童呢。"

"你呢，R？"祖母问道，浸湿了一块软布给他清理伤口，"你追求女人吗？你有家人吗？"

"父亲还在，母亲不在了。有两个妹妹，兄弟也不在了。妻子跟别人跑了，还带走了孩子。"

"我很抱歉。"祖母说。

我不太明白谁还活着，谁又死了，但听起来好像R没剩下几个家人了。

祖母带来了一张干净的旧床单，从上面裁下布条用来做新绷带。

"我已经死了吗？"R盯着天花板问。

"嗯，你显然不在天堂，"祖母说，"否则你就不会感到痛苦。但如果你在地狱，我们也不会帮助你。所以，恐怕你还困在跟原来一样的世界里。"

R眨了几下眼睛："但这所房子……真是有趣。"

"是的，它的确有趣。它不是你发烧烧出来的幻想。现在你在——村子附近的森林里，这意味着你相当于在敌人的后方。"

R的目光聚焦在祖母身上："但是……你帮助了我。"

"我也不确定我们从始至终对你做的算不算是帮助你。我再说一遍：如果想要活下去，你需要医生和药。"

"祖母夫人。"R的手抓住祖母的手腕央求道，"我不需要医生。活，死——它们之间其实没有距离。"

"没有区别？"祖母纠正道。

"是的。"R 的视线似乎透过石墙看向远方，"长笛。他们跳舞唱歌。那里更好，不回来。不回来……"他的手落向身体一侧，好像他已经精疲力竭了。

"他现在只能这样交流了，"吉兰多尔先生说，"他已经去过仙界的边界，显然他宁愿待在那儿，也不想回到自己的家园，或者是去打仗。"

"嗯。"祖母应着。

我帮忙牵着床单，方便祖母更好地裁剪。

"你写了这个。"吉兰多尔先生说着，将笔记本上的诗展示给 R 看。

R 睁大双眼，用手指摸了摸纸面。

吉兰多尔先生为他举着本子，问道："它对你来说意味着什么呢？"

"许多长着羊脚的人……像你一样。许多男人、女人，脸像太阳，像星星。"

吉兰多尔先生跟祖母交换了一下眼色。"你为什么要反着写这些字呢？"他问 R。

"我写的吗？不记得了。"

很难想象还有什么事是医生能做而祖母没能做的。她让 R 吞下药片和补剂，她用消毒水清洗了他的伤口，重新做了包扎，又让我们帮她将脏帆布从 R 身体下抽出，再重新换上裁剪剩下的干净床单。当所有的树枝和树叶都被塞回床垫时，祖母宣布她必须要离开这个倾斜的地方了。在我们扶她下楼前，她叫我把带来的食物拿出来。

"我们没有牛奶了，"她说，"以后得多买一些。"

R 想要他的笔记本，吉兰多尔先生带着明显的不情愿把它还了回去。他还帮 R 放好了铅笔。祖母认为这是个好主意，也许精灵们会传送来新的消息。

"你有枪？"

祖母摇摇头。"枪不在我们手上，它已经沉到海底去了。"

然后有一天它会出现在一颗大珍珠里，我在内心补充着，想起了人鱼。

飞行员眨巴着眼睛："枪怎么会到那里呢？！"

"我把它扔到那里去了。"祖母回答。

R 满脸痛惜道："曾经，它是一把好枪。"

第八章

仙境之约

我在林子里度过余下的早晨，在雕像之间奔忙着搜寻铭文，把它们抄录到我的笔记本里。有的文字被苔藓覆盖，我就小心翼翼地把苔藓刮掉。

祖母用地毯包当枕头，在石屋外面的长椅上打了个盹儿。我们在那儿看着伤员的时候，吉兰多尔先生回了一趟他在山顶的家。他带回一些草药、树根和炊具，并给 R 带来了一件褐绿色衬衫和一条棕色的裤子。他去林子里转了转，生起一堆篝火，然后用逮住的野兔做了一锅炖菜。他还烧掉了脏兮兮的旧绷带和 R 原来的衬衫、裤子和枪套。

我们很晚才聚集在露台上吃午饭。吉兰多尔先生将炖菜和茶端到 R 身边，亲手给他喂食。之后，吉兰多尔先生和祖母为我解释了我不认识的生僻字，我们都读了我找到的铭文。有那么两次，祖母和吉兰多尔先生记忆中的词语和我写的不一样，我就回到雕像前去核对，一次是他们对了，一次是我对了。让我感到困惑的是，有些铭文甚至没有完整的意义。其中一条给我的印象是雕刻师渐渐变得厌倦了，留下未完成的工作就离开了。而在另一些例子中，雕刻师似乎还没想好就已经开始雕刻了，祖母怀疑这些铭文会不会是从文学作品里抄录下来的词语或段落。

"这就像是公爵为了自己的目的，改写了经典，"吉兰多尔先生说，"因此识别原作会变得更加困难。"

我不太明白什么是"经典"。爸爸常用"经典"这个词来形容我们家书架上那些满是灰尘的书。我喜欢它们庄严的排列和气味，仿佛昏暗中一堵坚实的旧墙，支撑着我们房子的一部分。我从未试过去阅读它们，但吉兰多尔先生似乎非常了解我们这个世界的著作，对此，我一点儿也不感到惊讶。

我已经找到了十条不相同的铭文：

脚步如雨般轻柔（My steps fall softly like the rain）（摘自睡美人雕像）

假如有时间我能吃奶酪千千万（Or a thousand cheeses times a thousand if you give me days enough）（我发现这条铭文藏在大熊基座的灌木下。我可是鼓足了勇气才再次去接近大熊的，而这次是在阳光灿烂的正午，我能做到还是不算难的。跟奶酪相关的铭文看上去没什么意义）

来找我不在里面在附近（Hurry now to find me draw near but not inside）（摘自半人半马雕像）

我确实是真的（I am it is very true）（摘自预言天使雕像的宽慰话语）

舞者一圈一圈转3和7里有答案（Round and round the dancers go and my answer is in three and seven）（摘自那个带着房间的大嘴巴，这些文字刻在浮雕天使上方黯淡的金属镀层上）

美人鱼（The Mermaid）（刻在美人鱼雕像前的一块平板上）

乌龟雕像附近没有看到铭文。

不在台阶不在门廊不在墙（Or walls or ivied garden porch or doorstep have we none）（铭文写在大象雕像的基座上）

注视我（Behold in me）（来自失踪雕像的基座，基座上只留下穿着便鞋的脚）我搜索过后面的灌木丛，但没有找到倒下去的雕像。

野猪雕像没有铭文。也许不是神话里的动物就没有铭文，我起初是这么想的——可不对，大熊雕像有……大象雕像也有。

你我大家都有可是家（You have we have all have though perhaps home）（摘自四个石雕美女的方形水池）

窄（Narrow）（这个单独的字被刻在尼普顿海神宝座的背上）有趣的是，这个"窄"字沿着下面附带插图的顶边呈圆弧状：在尼普顿海神的脑袋上方，高椅背上的椭圆框架里嵌着一块饱经风霜的浮雕，描绘了一艘船航行在两座悬崖之间的场景。其中一座崖顶上有一个多头怪物，它长着好几个像狗的头，还长着一个类似人类女子的头，不过这难以判读——雕刻在过去的岁月里损坏了很多细节。祖母打盹儿醒来后也来和我一起看，她指出船的另一侧有一个漩涡。

她解释说，这画面描绘的是奥德修斯[1]和他的船员在危险的锡拉[2]和卡律布狄斯[3]狭窄海峡上航行的故事。

"今早的工作不错。"吉兰多尔先生夸赞道，用黑乎乎的手指拂过我的书页。

"可我觉得这不是全部的铭文，"祖母说道，"我似乎记得还有更多。"

我突然想起来斜屋里的"**离因**"，把它也记了下来。

"是的，"吉兰多尔先生赞同道，"可能还有几条。毕竟，你还没有爬过最后的台阶。"

说去就去，于是我去爬最后的台阶了。

祖母不愿等我，她要先回家了，家里还有园艺活儿要做。我向她保证，等我去坡顶看过之后尽早回去帮她。

我沿着峡谷北端长满青苔的台阶向上走。几个世纪以来，大自然已将台阶的边沿磨圆了。从灌木丛中伸出来的卷须根须穿过小路，我不时地拨开挡在面前的树枝。我很好奇这台阶会不会一直通向坡顶，会不会有一堵植物组成的绿墙挡住我前行的去路。昆虫在灌木丛中嗡嗡低鸣着。在某处，一簇蓝色的野花覆盖着台阶，我小心翼翼地穿过这些地方，以避免踩坏它们。

起先，台阶向右伸出去很远，在转弯处，我顺着陡坡向下看了看尖叫的大嘴巴雕像。接着沿小道拐向左边，到下一个弯道时，我

1　Odysseus，奥德修斯，《荷马史诗》中《奥德赛》里的主人公伊塞卡国王，特洛伊战中的著名英雄。
2　Scylla，锡拉，希腊神话中吞食船员的女妖。
3　Charybdis，卡律布狄斯，希腊神话中吞没船只的女妖。

已经位于预言天使的上方了。接着又拐回中间，台阶开始掩入灌木丛，我被带到了和煦而明亮的坡顶草地上，这里阳光明媚。

四周的树木间隔而生，树冠甚至比坡顶还要高。鲜艳的蝴蝶飞舞在绿色的草毯上空，草地点缀着金色的草穗和遍地盛开的野花，仿佛艺术家手里的调色板。就在我的正前方，由众多柱子撑起了一座灰色雄伟的石庙。

它让我想起在神话书中看过的帕特农神庙的图片，不过相比而言这座石庙更小、保养得更好，墙壁和屋顶还是完好无损的。我猜测，飞机上的人如果仔细看的话，应该能发现这座石庙，但是由于石头的光彩被岁月和青苔覆盖，颜色大大褪去了，它看起来更像一个被人遗忘许久的破旧屋棚。

在立柱上方的雕刻纹上，我发现了文字：我是道门。我已经比较习惯古代的写作方式，可以确信里面的含义。于是我满怀兴奋抄下这个句子并标注了它的出处。

这里是不是通向另一个世界的大门呢？就在那些柱子的另一边？肯定，它不会就这么简单。我费力地穿过淹没膝盖的草地，小心翼翼地爬上石板，石庙内散发出深深的凉意。我转过头研究起浮雕：衣着飘逸的男男女女……还有农牧神！我数了数，至少有十二个农牧神，他们有些在跳舞，有些则在演奏竖琴或风笛。

我转过身，好奇地从这个高地向四周眺望，想知道能不能看见神秘花园的任何一部分，结果只看到了浩如烟海的树顶，即便是巨大的赫拉克勒斯雕像也消失在浓密的树林里。从我的角度望去，森林遮蔽了整个村庄，但仍能看见远处的大海和点缀在海面的小小船只。

我用手在胸前画了一个十字，就像进入教堂时一直被教导着做的那样，然后慢慢地从一面墙走向另一面墙，从前方走向后方，检查着每一根柱子和角落。我推了推墙，敲了敲地板，寻找任何可能暗示着隐蔽出入口的线索。十字架非常立体，是墙的三维延伸。我没有发现其他的铭文或图像。

我敲敲自己的脑袋。*我是道门。*怎么是门？什么门？在哪里？

我走到阳光下，坐在走廊的边缘。在潮湿的野草地上，两只蜜蜂围着我的鞋头嗡嗡飞舞。这个地方给我的感觉很好，它的光线和空气，它的十字架，都很好，而且它没有任何稀奇古怪、充满想象的设计。就如我对下面的花园非常喜爱一样，穿过树林的小径再到这里让我感觉非常值得。

坡顶的石庙是花园中唯一不在环形线路上的建筑。在下面，任何地方都可以从顺时针或逆时针的方向找到。但是要来这里就必须离开圆圈，沿直线移动。山坡上的台阶尽管蜿蜒曲折，最终只通到这里，我也无法发现任何其他下到森林的途径。

我匆忙地顺着台阶下行，大脑飞速地思考着。我想问问吉兰多尔先生，他会不会认为这座石庙可能藏着魔法通道。我从灌木丛中冲出去，跳下最后的台阶进入到上层花园——突然，我发现自己正和两名士兵面对着面。我感觉脸上的喜悦顿时消失了。

"别动，站在那儿！"一个士兵命令我。

我惊恐地僵住了，想起我把地毯包、斧头和柴捆都留在了斜屋的露台上，原计划是回家时再去取。可现在这些东西都不在士兵手上，所以很可能他们还没有去过那里。两人举起枪——没有瞄准我但做好了准备。他们刚刚一定听到我晃动着灌木从台阶上小跑下来。

我尽量不让自己看起来显得害怕。我手里拿着铅笔，笔记本夹在胳膊下。

士兵们走近了一点儿，表情严肃，两人都很年轻。开口盘问我的那个士兵看上去目光锐利、性情暴戾："你在做什么？"

"玩，"我回答，"去那上面。"

"你那儿藏了什么？给我看看。"

我别无选择地交上笔记本。像个傻瓜一样，我还给他们看了铅笔，但他们对它并不感兴趣。

他们将步枪扛在肩上。当盘问我的那个士兵打开我的笔记本时，另一个士兵一言不发地盯着我。

我抄下了 R 的诗，但没有标注。

"这是什么？"士兵问道，翻了一页，看着眼前的内容皱起眉头。

"花——花园。我从雕像上抄下了这些句子。"

"为什么？"他看着我问道。

"我……我喜欢怪兽。"

"'公爵晓秘密'——这是什么诗？"

我吸了一口气。"我祖母和我写的，我们喜欢写跟森林相关的事。"

"这是你祖母吗，M·T？"他正在看封面的名字和地址。

我告诉他是的并解释了我和她待在一起的原因，他把本子传给了另一个士兵。

第二个士兵翻了翻书页，抬起头来："是你们学校的功课吗？"

"不是，长官，"我说，"学校夏天停课。"按城里目前的状况，它可能要比那停课更久。

当我想到地毯包时，我的胃绞痛起来。包里装满了空罐头和等着带回家清洗的脏盘子。这不算坏——我可以撒谎说我们去野餐了。可它还装着厨房用的剪刀。更糟的是，我记不起来祖母是如何处理那些药瓶的。她是把它们留在了斜屋里，还是……

"你自己一个人在外面吗？"

我点了点头："祖母原来也在这儿，可她先回家了。"

"好吧。现在，听着：你不能待在这里。这很危险。回去转告你的祖母。"

"知道了，长官。"

"我们要把你记在报告上，"士兵说，"这事儿也告诉你祖母。明白了吗？"

我说我明白了。

第二个士兵望着第一个士兵，举起我的笔记本问道："我们要把这个带走吗？"

第一个士兵想了想："不用，他可以留着。"他又向我补充道，"现在就回家，我是认真的，不要再到这里来了。"

我接过笔记本，从两人身边快步走过，跑向拱门。如果我能领先他们足够远的话，我希望在他们有机会找到证据之前把我的东西从露台上拿出来。我边跑边注意听，刚好勉强听到第一个人说："我们上去看看。"

幸好，他们要去石庙。这会给我争取些时间。我跑过大熊和睡美人，穿过拱门，经过无底坑天使。这一次，我留心四处张望。见没人在低处的空地，我飞速爬上通向斜屋的台阶。

刹住脚步，我的眼睛越瞪越大。露台上，我的柴捆、斧头和地毯包都不见了。我看了看长椅下——什么都没有。

恐慌又从心里升起，我瞥向栏杆外四周的绿荫，一定还有其他士兵在附近。我想象着士兵们一定分散开了，他们在树林里搜索，其中两个发现了我。地毯包现在有可能正在送往少校手中的路上。

想到最好还是提醒一下吉兰多尔先生，我正要进屋，这时某个小而坚硬的东西砸到我的脑袋。

一颗橡子——我看着它滚过我脚边的石头。

抬起头，我看见吉兰多尔先生：不是在窗边，而是在屋顶上。能看到他，这给我带来了一丝安慰。"你还好吗？"他小声问我。

我点点头。

"你的地毯包在屋里，藏好了，"他低声道，"士兵在上层花园。"他摆手让我离开，"你最好赶快回去。"

挥了挥手，对吉兰多尔先生敏锐的听觉我满怀感激之情，我跑着离开了。原来，当他刚听到巡逻队过来的时候，就立刻冲到露台取回了我疏忽留在那儿的东西，然后把它们跟 R 一起锁在了秘密的暗井里。

我的膝盖几乎累瘫痪了，从现在起，我得更加小心谨慎了。

★ ★ ★ ★

我不得不坐着陪祖母和 D 太太继续那进行到一半的邻里拜访，渐渐明白 D 太太一直在等着看我能不能回来，好像她不看见我从林子里活着回来就没有离开的打算。她和 F 太太一样不赞成我去森林里探险，但 D 太太对我似乎还有一点儿好感，总是就勇敢和帅气将我跟爸爸做比较。最后，她终于走了，如果祖母因为她通过欺骗的手段找到紫锦草和倒挂金钟而永远无法原谅她，至少她对花园的高度赞赏让祖母说了一句："我真感到奇怪，她居然对天堂里的花园如此热心。"

我们在花园里除草，千足虫和草蜢飞快地逃离我们的手指，我告诉祖母在森林里遇到士兵的事。

"你这是侥幸，"她说，"为吉兰多尔感谢上苍，还好没有造成损害。现在除草正是让你平静心态的最好办法。"

"我们的名字上了报告。"我提醒她。

"我想我们会挺过去的，"祖母说着，拔起一根长草根，从侧面看着我，"你跟他们说我们写了那首诗？"

"是掩饰。"我不好意思地说，把注意力集中在除草上。

在邮局关门之前，我带着写给父母的信跑到邮局里，把信寄了出去。一路上我没有看见任何士兵。刚开始，因为邮局前窗上盖着胶合板，我还担心那栋楼被封了。邮政局局长看上去十分疲惫，但他见到我很高兴，并询问了祖母的近况。

"你最近还好吗？"我问他，他看起来真是憔悴极了。

"好着呢，老板。"他说，他用我的旧绰号称呼我。奇怪的是，我觉得我好像失去了他的信任，仿佛我们不再像以前那么亲近了。我无法解释这种感觉，从头到尾我们只说了这么几句话。

我还是跟祖母说了邮政局局长的行为有多么古怪。

"我相信现在对 V 先生来说是一段艰难的时期。"祖母切着洋葱说道。V 是邮政局长的名字，"整个村庄都是军队。"

"为什么对他来说艰难呢？"

她叹了口气说道："他以前是市长，是另一个党派的。时局变化后，他能保住邮局的工作算是幸运了——幸运没被关进监狱里。当时我们大家都为他说话，尤其是 F 太太的丈夫，愿他安息。我也写了一些信……好吧，我想我们都很幸运，事情不会变得更糟了。我估计少校在过去这几天让他过得非常不愉快。"

我为 V 先生感到难过，同时更不喜欢少校了。

就在日落之前，几辆卡车从街上驶过。祖母和我正在花园的餐桌上吃着晚饭，她便派我去房子附近看看。我及时赶到了拐角，正好瞥见那辆军事指挥车经过。我猜 P 少校在里面。我能看见卡车里装满了士兵，正在向村外行驶，我特意记住了它们在大路上转弯的方向。

"撤离的士兵不少，我想他们已经取消了搜索，"祖母说道，"留下我们自己来对付敌人了。"

"你真的这么认为吗？他们可能暂时有其他任务而已。"我记起父亲和我们说过他是怎样帮忙将一所学校变成医院的。

"他们有许多事要做，"祖母说，"P 少校不可能把兵力放在这儿追蝴蝶的。"

"这意味着我们明天能回森林了吗?"我问。

"我想我们可以去了,"她说,"属于你的夏天快要结束了。"

带着突然涌起的伤感,我到屋子里查阅了日历。当初我刚到这里的时候,远离家乡跟这个陌生的老太太待在一起,让春天和夏天变得似乎没有尽头。我非常想念我的父母,也很想念我的朋友。我不介意看到妹妹——我想她应该长大了许多。但是现在,即将离开祖母这个事实在我的内心引起一阵疼痛。

还剩两个多星期我就要离去了。

★ ★ ★ ★

在睡前宁静的时间里,祖母坐在收音机旁的舒适椅子上听着交响乐。我在桌子上展开笔记本,试着补上倒映的文字,也就是 R 每行诗的反写。这是一件不容易的事,我得不停地擦拭写错的地方。

祖母的下巴垂到胸前,我以为她睡着了。突然,她站起来快步走到书架前,让我把灯拿近些。

她的手指拂过排在底层书架的书脊上,抽出一卷中等大小的深蓝色封皮的书。然后她挺直身子,取出她的旧字典,将两本书都带回到椅子上。她不耐烦地扭动收音机开关,关掉了正在播放的收音机。

"这是什么?"我开始兴奋起来,问祖母道。

"给我一分钟。"她开始浏览那本蓝色封皮的书,吩咐道,"帮我把那首诗朗读出来。"

我照做了——接着在她的要求下，读了第二遍。她将第一本书摊在膝上，开始查字典。

我趴到她椅子的扶手边。

"阿鲁迪巴[1]！"她宣布道，盯着我似乎在思考。

我想我以前听过这个词，但我不知道它是什么意思，它听起来就像是《天方夜谭》里的名字。

"这是一颗星星，"她说，"一颗巨大的红星。"

我深吸了一口气，"他说过这个！R曾一遍又一遍地说'红星'！"

"它来源于一个阿拉伯名字，Al Dabaran。"她向我翻开字典，"表示'追随者'，阿鲁迪巴在金牛座里，也就是——公牛！"

现在她把另一本书放在膝盖上，我看见了由星星组成的公牛轮廓，星星之间连着线以帮助读者想象。祖母指着那只公牛的红色眼睛。"它在这儿，"她说，"人们说这颗红星是公牛的眼睛，它'追随着'星座里的其他星星在天穹里移动，而这其余的星星合称为普勒阿得斯——也就是众所周知的'七姐妹星'。"

我回头看我的笔记本：

数字数两番

跟随金牛眼

水天舞姊妹

我惊讶又崇拜地望着祖母。她一定是对的，它完全符合。

1　Aldebaran，阿鲁迪巴，金牛星座中的一等星。

现在她起身从我身边挤过，把书放在桌上，又回到书架前开始翻找。

"不过'水天舞姊妹'，"我问，"这是什么意思？"

"整首诗就是一面镜子！一切都与镜子有关。这就是为什么每一行都先向左写，然后又向右反写。普勒阿得斯位于苍穹——也就是天——但它们的倒影'舞'在底下的水面上——比如大海或池塘上。"

在桌上放下第三本书，她越过我的肩膀看向那首诗："5、6、7！"她说，"啊哈！"

"你在做什么？"

"数诗句。诗共有七行。七普勒阿得斯，七姐妹。"祖母新拿出来的那本极厚的大部头是一本古典神话词典，在她翻前翻后地寻找"普勒阿得斯"时，我瞥见了"涅斯托尔[1]"和"波吕斐摩斯[2]"的词条。

我们找到了普勒阿得斯、阿特拉斯和普勒俄涅[3]在天上化作星辰的女儿们。"阿特拉斯双手举着天空，"祖母解释道，"而普勒俄涅则是俄刻阿诺斯[4]和忒堤斯[5]之女，她是大海的女王和三千俄刻阿尼得斯（海洋女神）的母亲——所以在某种意义上，女孩儿是天

---

1. Nestor，涅斯托尔，特洛伊战争中的贤明长老，希腊神话中皮罗斯国王涅琉斯的儿子，是涅琉斯的十二个儿子中唯一未被赫拉克勒斯杀死的幸存者。

2 Polyphemus，波吕斐摩斯，希腊神话中的独眼巨人。

3 Pleione，普勒俄涅，希腊神话中的大洋神女。

4 Oceanus，俄刻阿诺斯，希腊神话中的大洋河流之神，生育了地球上所有的河流及三千海洋女神。

5 Tethys，忒堤斯，希腊神话中的沧海女神，俄刻阿诺斯之妻，众神的始母。

空和水的孩子，又是镜像的，这还真是一首诗！"

我想起了美人鱼的两边和尾巴是怎样地完美对称。

祖母咬着她的嘴唇道："还有许多镜像——许多分成两半的部分。有上层花园和下层花园——这是两半；花园里有四个稍小的拱门，左边两个，右边两个；尖叫的大嘴巴雕像里的'天使'们互相指向对方，一个用左手，另一个用右手，就像你指着镜子里的自己一样；还有斜屋里那两个相同却相对的隔间。"

我坐不住了，在房间里踱来踱去，恨不得立刻就跑到神秘花园里，去搜寻更多的线索。我试着回忆在花园里数过的数字和东西，首先，斜屋的台阶上就有一些数字。我明天必须把它们抄录到笔记本上。

睡觉时，祖母见我激动得睡不着觉，给我热了牛奶。我喝完牛奶，刷了牙，爬上床——但我似乎醒着躺了好几个小时。我的房间里很热，这是夏天我喜爱的另一个部分——炎热的夜晚，被子床单都粘在身上，然后你把它们踢开，你就躺在床上像煎锅里的熏肉一样在黑暗中咝咝作响。母亲说我是"犯傻"了才这样喜欢热，但其实我一向都是如此。不过那天晚上，我的脑子里塞满了各种想法，潮湿而又黏糊的睡衣第一次让我感到不舒服。

那首诗在我的脑海里无休止地滚动着，被铭文和雕像追逐着——怀抱水罐的裸体石雕美女，向我眨着狡黠的眼睛……好似断断续续做着梦的睡美人雕像在接近一个清醒的时刻，正要从石板上坐起，惊飞了几只鸟儿……美人鱼雕像，扬着脸去呼吸着略带咸味的微风，那风是从她永远不能亲身畅游的大海里吹来的。乌龟雕像是否会在月光下缓慢爬行，绕着花园一周，然后在第一缕黎明的霞光出现前回归原位？飞龙雕像是否正咬牙切齿，猎狗雕像群是否正冲它猛扑猛咬？蟒蛇雕像游过灌木丛了吗？那个可怕的天使是否在摇晃着他的钥匙和枷锁呢？在阿鲁迪巴和普勒阿得斯的星光下，消失的雕像是否还会回来，也许作为一只幽灵，她可以再次站到她的基座上？到了白天，就只剩下那双穿着便鞋的美丽的脚了。花园的秘密可能被小偷带到某个遥远地方永远消失了。

听着祖母家后花园里的夜歌，我试图让自己睡去。我在床上翻来覆去，像在床的煎锅里一样咝咝作响。在某种程度上，我确实是这样。

$$\star \star \star \star$$

令我十分沮丧的是，祖母改变了立刻回到森林里的想法，她坚持在吃完早饭后要我陪她去购物。"我们不能每天都消失，"她说，"除非你想让搜寻队上那里去找我们。另外，我们还需要补给，也得打探一下消息。"

在村子里没有什么新闻可言，这里唯一缺少的声音便是我们耳朵里的音乐。士兵们确实回到了军营。根据我们进入不同的商店与不同的对象的交谈中所了解到，P少校的人要么是粗鲁喧闹、毫无规矩的，要么被说成是活泼愉快的绅士，还说如果他们是年轻一代的代表，那我们国家的未来就有希望了。总之，生活正在重新回到夏季让人昏昏欲睡的节奏上来。敌军的逃兵依旧会被谈起，不过这个话题现在得跟跑题的垂钓、天气以及快要成熟的葡萄分享时间了。

我们看到 L 先生，他是一位退休的船长，站在警局屋顶的平台上，正用双筒望远镜在观望。但他观望的方向是上方的森林和山峰，而不是大海。面包师告诉我们既然不能依靠军队，L 就主动承担了监察敌方逃兵的责任。他早上爬上悬崖，下午则待在码头的那间船员临时办公室或警局的屋顶上。

祖母有几封信要寄——有一封是寄给我爸爸的，她让我在信纸边缘也写上问候——于是我们顺便去了邮局。让我宽慰的是，V 先生看起来好了很多，他又开始叫我的名字。他问了祖母许多关于花园的事，说是参观过的人对花园赞不绝口。祖母顺便邀请他过来喝杯茶。

邮政局局长向祖母表示感谢。"不过我还听说，"他补充道，"这些天很难碰上你在家。"

"你听说过吗？"祖母跟他彼此互看了一眼，"实际上，我们在最大限度地享受夏天。等到这个小孩儿离开之后，我有的是时间坐在火炉边烤我这把老骨头。"

V 先生耷拉着脸，向我摆出一副悲伤的表情："他走了我就没生意啦！"

"不会的，"我告诉他，"我会给祖母写许多信。"

"我就指望你了。"他说。

当祖母接过找回的零钱，将零钱收好时，她意味深长地盯着木板封住的窗户说："你应该让少校的人帮你换下那块玻璃。"

邮政局局长响亮地大笑了几声。

祖母也朝他笑了笑，然后我们就离开了。我不明白有什么好笑的，也不明白他们为什么没有提到窗户是怎么破掉的。但我已经到了一定的年龄，意识到大人们不会把什么事情都拿出来讨论，我也想成为大人。

因为战争原因，咖啡、盐、糖和面粉等一些物品是定量配给的，祖母不得不用灰色的小票来交换它们。但是来自当地花园和果园的产品非常丰富，鸡蛋、鸡肉以及来自海洋的产品也很丰富。

显然，祖母想让我们在尽可能多的地方露面，不再像之前那样，只在 B 太太一家的杂货店就买完大部分东西了。我们把上上下下的街道逛了个遍，在这儿买条鱼，到那儿买袋豆子。这让我很恼火，因为关于神圣森林的问题和推测还在我的脑海中纠缠。我不禁觉得，祖母有些执着于要跟 Z 太太、K 太太还有 B 先生一直聊下去，这浪费了许多宝贵的时间。当我们抵达最后一站——昏暗窄小的磨刀坊时，已经过了上午十点了，祖母要在磨刀坊打磨她的菜刀和剪子。磨工坊里散发着油漆味，我看见一只蜘蛛在雾蒙蒙的玻璃窗的角落结了一张网。

"要下雨了。"磨刀工说。他又重复了一遍我们从离家到现在至少听了五遍的预言，"可以有段时间不用给花园浇水了，T 太太。"他戴着护目镜，看起来像一只大昆虫，在旋转的砂轮上弓起半黑的身子。磨刀轮下有一个踏板，这踏板跟妈妈的缝纫机上的那个踏板很像。我喜欢看着耀眼的火花从刀锋上飞起。

祖母问起磨刀工他那同样远在战场上的儿子。

他疲倦地摇着秃头，试了试菜刀的刃口："他不写信，也不回家。他不像你家那孩子。"

"你也有个好孩子。"祖母说，"我还记得他骑在那辆自行车上。一直彬彬有礼，努力又勤奋。"

"那是很久以前的事了。"磨刀工说，他把祖母的钱放进一台没有拉手的收银机，上面破了一块玻璃，总是敞着抽屉。

我们走到阳光下，听见邮局的旗帜被风吹得啪啪作响。我们在途中停下脚步，我的胃一沉，屏住呼吸，睁大了眼睛。

P少校的指挥车正沿着大街向我们驶来，太阳在挡风玻璃上反射出刺眼的光芒。在指挥车后面，我看见三辆带着帆布顶的军用卡车，那是专门运送士兵的卡车。

"为什么他们又返回来了？"我问道。

祖母什么也没说，只是慢慢地把购物篮放到地上，又站直身子，表情严肃地观看着。

自行车刹了下来，人们匆忙地给卡车让路。买东西的人纷纷从商店里涌出，排到道路两边。我看见理发师从他的窗户里向外张望，旁边是一个脸上沾着肥皂泡沫胡子刮到一半的男人。当指挥车停到路边时，警局里跑出来三个警察。而在他们上方的屋顶上，L先生放下望远镜，盯着路上的情况。

司机打开车门后，P少校从车里站出来，带着一种趾高气扬的神态环视四周。他深深吸了一口早晨的清风，将帽子扣在油光闪亮的头发上，调整好角度，然后转身面向对他敬礼的警察。

我听见他们说"早上好，长官"，我可以确定少校说了接下来的话："现在我们要去某个地方了，本来是刚要把这个行程取消的。

领导们总是不紧不慢的，但我的请求总算通过了。"

我能感觉到祖母的手抓着我的肩膀，她的目光聚焦在运兵的卡车上。

从后面的两辆运兵卡车上跳出一群士兵和警犬。警犬吠叫着，呜咽着，把牵在士兵手中的皮带绷得紧紧的。警犬朝各个方向嗅着，嗅到了大街上数千种气味。

我惊恐地看着祖母。我知道猎人会用狗追捕猎物，士兵也会用警犬追捕逃犯。当一个人在地上行走或奔跑时，总会留下一条看不见却在几天后仍能被狗鼻子嗅到的痕迹，一条像灯塔光束一样清晰的痕迹。R 的气味会从坠落的降落伞直接延伸到花园，然后再延伸到斜屋的台阶上。吉兰多尔先生的气味也无处不在——就像我们的气味一样，弥漫在小屋和花园间那条我们经常行走的路上。

P 少校高声道："早上好啊，T 太太！"他站在街对面挥了挥手，向祖母抬起帽子。

祖母勉强微笑着，也向他挥了挥手，点头表示问好。

"我们该怎么办？"我低声问祖母。

在很长一段时间里，她什么也没说，只是看着那些士兵排起队列，在听一名军官给他们下达命令。令我们更加沮丧的是，少校和警察说完话，居然朝我们的方向信步走来。我可以从他的脸上看出：尽管他的手下要去工作了，他却有时间用来闲步漫游。我可以预想到他会又一次向祖母敬酒，我们跟这个祖父不喜欢的人之间又有一场痛苦的交谈。而这期间，士兵和警犬早已冲进森林的花园里。世界在旋转，我的耳朵能听到心脏在怦怦作响。

祖母小声对我说："现在必须由你来做了，全部得靠你了。你要相信吉兰多尔，无论如何用你力所能及的方式去帮助他。"

这是祖母在少校进入他的听力范围之内前有机会对我说的最后一件事了。当她的话语消失后，我听着她和少校互相寒暄起来。我想，我可能会对少校那油光闪亮的靴子感到恶心。

"这个小战士最近还好吗？" P 少校晃着我的手问道。他的手紧紧抓着我的手，手心温暖而潮湿，身上散发着古龙香水的味道，"他有好好服从命令吗？"

"他表现得非常好。"祖母回答。无论如何，我不知道她为何能表现得如此镇定，"事实上，他现在就得听我的命令了。"她打开钱包，"有他在这儿，我待会儿便多一双手可以充分利用了。今天是我们的购物日，少校。"她递给我两张折叠好的钞票，又数了一些硬币。

"噢，可我原本希望，"少校说，"既然命运再度给我们安排了一次相遇，我要为上次相遇的愉快时光好好感谢你。"

"好是好……"祖母支吾着，扫了一眼购物篮。

"拜托了，"少校请求道，"如果你不接受的话，我会感到伤心。我们可以开车送你回家，让你把这些东西放下，然后再跟我去旅馆餐厅一起吃午饭。我记得餐厅里有上好的鲭鱼。"

此时此刻，没有一个著名女演员的演技能超过祖母。当她移开视线的时候，看起来像是真的羞红了脸，露出一副迟疑的样子。我还认为，祖母对人有一种影响力，就仿佛是黑屋里的一盏明灯，人们总能注意到她。那个夏天，我们在村子里遇到的那些陌生人都会朝她走近一两步（或许他们自己没有意识到），以便更清楚地看她一眼。少校本可以把他的注意力集中在那些比祖母年轻三四十岁的女人身上——我们周围的街上就有许多。也许，我想，他会在这一天结束之前就这么做吧。可是现在，他似乎只想要祖母和他共进午餐。

"那好吧，"祖母说，"我当然不能让我们国家的守卫者伤心。"

"太好了！"

"但是我想，"祖母说，"我们应该让这个'小战士'按计划完成他的任务。他经常遭到好事的老家伙们说些流言蜚语——啊，我是指我的那些朋友啊，少校，不是你！"

少校笑了笑，露出了牙齿："怎么样，我的好小伙？你对乘坐军事指挥车难道没有兴趣吗？"

"掩饰。"我在内心警告自己。"有兴趣，长官。但是我……我正在写一本书。"我不知道我为什么会突然说出这个，也不知道它能提供怎样的借口，但这就是我所说的。

"一本书？"少校反问道。他突然指着我，想起了我在渡轮上告诉他的事。"你喜欢画画！这位艺术家正在写一本书呐？"

"嗯，还有给它插图。"我低声回答。

"我希望拜读一下这件作品！"

"谢谢你，长官，我……还在寻找灵感。"

"这本书是关于什么的？"

在少校的身后，士兵和警犬已经开始行动了，以队为单位，沿着街道往不同的方向进发。我猜他们会从岔路离开村子，然后在降落伞那里会合。我没有时间可以浪费了。

"大海……航行。"我接过话回答道。

"嗯？"

"海上航行，还有战斗。"我补充道，希望少校会喜欢这个。

"嗯，很好。我想我们必须留下艺术家自己去思考。人们说，海岸是激发灵感的地方。画家和诗人都梦寐以求要搬到这儿来，住进海边的村庄。"

"而少校，你现在肯定在想，为什么我从来没有离开过这里。"祖母对我说道，"你快走吧！"

我不需要进一步的提示了。我将篮子留在原地，将钱塞进口袋，沿着街道飞奔。我得绕远路，一旦跑出村子，我就可以直奔森林去了。警犬不会直接跑向森林的，所以我应该有时间抢先抵达。但这也是有风险的：除了我们经常走的那条路，我从来没有走过别的路去花园。我希望我能走到。

当我到达那里——接下来该怎么办呢？秘密的暗井对我们没有好处。警犬必然能嗅到我们藏在里面的，我们必然会被捕获。

"要相信吉兰多尔。"祖母对我说过，我只能寄希望于他能带来奇迹了。

第九章

/

危险的另一面

　　我沿着街道奔跑，穿梭在人群、路边的陈设、蔬菜车、停着的自行车之间。到了港口街的拐角处，我离开海边，朝陡峭的山坡奔去。我已经被白天的炎热折磨得痛苦不堪了，湿透了的衬衫黏在我身上，那些白色的房子以及挂在阳台上的床单和衣物反射出刺眼的光芒。虽然空气中弥漫着一种芬芳的气息，窗台上的花却让人眼花缭乱。在这样的日子里，谁也不应该奔跑的，老人们以一种莫名其妙的眼神盯着我看。

　　我停在拐弯处擦拭着眼旁的汗水，我能听到远处传来的警犬声。我的腿痉挛了，刀割似的疼痛，但我没有时间休息。街道的方向不对，我暗中警告自己，千万别迷路了！我试着让自己做决定，究竟沿哪一条路可以去往森林。罐头厂里响起一阵警报声，比平时离得更近了。装饰着黄色和橙色鲜花的院子里，抖着地毯的女人提醒我要放慢速度，否则身上会长痱子。到了街道的岔路口，我在围了篱笆的花园和两层矮楼之间选择了右边那条小路。小路后来变成一段台阶，我两步并作一步地往上爬，我一边爬一边担心它的尽头会是一座公园的围墙，或者又会绕回到原地。值得庆幸的是，在鹅卵石铺就的小路尽头，我终于看到了一片草地，在草地后面，便是森林了。

我终于从村子里来到了藤架和果园的地带。一架硕大的货运飞机在空中飞行着，旁边有三架护送的国产战斗机——与更强大的盟国战斗机相比，这些战斗机显得破旧而过时。在我左边的远处，两名牵着警犬的士兵也在越过草地——因为隔得太远，他们在绿得发亮的草地上变成了斑点。不管有没有人看到我，除了继续前进，我别无选择。

进入森林之前，我试着估量了我上方的区域。如果我判断错了方向，哪怕是几分钟的迷路，也会赶不及的。我靠在一棵伞状松树上调整一下呼吸，继续往前奔跑。

树荫将我从炎热的阳光中解放了，用树皮和蕨类植物的清香洗涤了我的全身，鸟儿在林中歌唱。我坏顾四周，想起了在那条常走的小路上，我甚至都没有思考过该怎么走。但是在这里，苔藓未遭到破坏，上面交叉着倒塌的圆木，巨大的石头像将头埋在灌木丛里的食草动物一样，翘着高高的屁股。矮小成片的灌木丛躲藏在大树的影子里。刚开始，我怀疑森林究竟愿不愿让我进去呢。进入森林后，我沿着峡谷和山脊的自然路线，吃力地往山上爬，不时停下来细听村里熟悉的声音——港口的钟声、罐头厂的机器轰鸣声——以确定方位。我不确定我是否真的听到有警犬在风中狂吠，或许这些声音是我脑海里虚幻的回响。

当我觉得差不多接近花园时，我看见一棵高大的树，我立即爬到树上去。树枝和树叶纠缠在一起，我在枝干间奋力攀爬，最终爬到了这棵大树的顶端，这棵树确实比其他树高出许多。我朝森林的西北方向看了看，在晴朗的天空下，树叶像无边无际的大海，树梢沙沙作响，波浪起伏。我的心一下子沉了下来，警犬还可以通过嗅着地面上的味道找到那座花园，而我却无路可寻，没有任何东西可以指引我。我埋怨自己，曾愚蠢地认为可以通过一条以前没有走过的路快速到达花园，可是我错了。根据目前的实际情况，我感到无比绝望。

偶尔能听到一点儿声音从远处的村庄传来，这让我意识到此刻的我在这里是唯一的人类。这是树木的王国，充满了光影与古老的音乐，所有的东西都跟大山融为了一体。我感觉到自己仿佛超越了时间本身，在一段斜坡上已经奔跑了很多年，像童话故事里的角色一样——这半小时对我来说，也许，在我身后听到的村子已经不再是同一个村子，每一个我认识的人——我的祖母、我的父母、我的姐妹、我的朋友——都去世很久了。

我大口大口地喘着粗气，不知所措，任由毛刺扎在我的裤子上，汗水浸湿了的衬衫让我瑟瑟发抖。我的双手早已被粗糙的树皮磨得疼痛不堪。少校的那些手下很快就会抓到 R，他们很可能会枪毙长着山羊的腿和蹄的吉兰多尔先生，他们会认为吉兰多尔是怪物或者恶魔。祖母又会变成什么样呢？士兵们会在房子里找到那些犯罪证据——地毯包、灯笼、药品、桶、锅；士兵们会找到 R，让他告诉他们是谁在暗中帮助他。少校会知道地毯包的事情，他在渡轮上曾把地毯包握在手里。

此刻我感觉无比糟糕，只能向上帝祈祷。

我从未如此渴望我的祈祷能立刻得到答复，可是，万一我的祈祷得到答复我又该怎么做呢？我转过身观察南面，看看能不能找到大海或者村子。一眼望过去，一大半都隐藏在树木下了——只能看到类似凸起的小山丘。在山丘上的树木间有一条笔直的中轴线，我仔细观察着这条线，想知道它是什么。此时，祖母的话出现在我的脑海里：自然界没有直线。

就在那一刻，我认出那是由很多根柱子筑起的石庙的一角。我望见了花园峡谷上方的那座山，记起了那是花园的台阶通往的地方，立柱上方的雕刻铭刻着：我是道门。

我长舒了一口气，在脑海里调整一下方向，迅速回到地面，朝着那个对我来说可能是错误的方向冲过去。我快速地穿过树林，如果我在爬树前再走二十步，我就没有办法看到那座石庙了，视线就会消失在树叶的遮挡中。

最后一道障碍是地面上的一条深沟，深沟两侧怪石林立，深沟的底部是碎石和枯叶，这条沟是横在我前进道路上的威胁，它太宽了，我根本无法跳过去。幸好在不远处有棵树倒在上面可以当桥用。

穿过荆棘和藤蔓，我来到那棵倒下的枯树身边。它看起来很坚硬，有些泛白，这是森林的骨头。我检查它是否牢固，我紧紧抓住它的树枝，移动腿脚往前爬。终于到达深沟对面，我再次奔跑起来，不断地上坡下坡。

我在一片沼泽地上滑倒了，一骨碌滚到灌丛稀疏的空地上……

我就像一块石子从美人鱼雕像的后面被扔到右边。泪水在我眼里打转，我眨眨眼把眼泪甩掉，急忙向前走，静静地移动着，同时警惕着那些穷追不舍的士兵。

我穿过拱门来到花园的下方，走向石屋。但是再一次地，吉兰多尔先生从消失的雕像基座后面出现了，让我大吃一惊。他似乎把大部分时间都花在户外了，在户外他能听到森林的声音和呼吸它的气味。我可以肯定他不喜欢一连数小时地坐在 R 身旁。

吉兰多尔先生向我小跑过来，他的目光深沉而担忧。

"他们带着警犬的！"我脱口而出，"少校的手下都回来了，带着警犬，士兵们正朝这边走来！"

他的眼里闪着光，慢慢地点着头。"来吧。"他说，并示意我随他走向那倾斜的小屋，"我能从森林的声音里得知那些正在发生的事情。"

"我们该怎么办呢？"我跟随他的脚步走上台阶，经过长跑后，我的腿变得像橡胶一样软弱无力。

"我们有我们的优势。首先，从第一天起我就预料到他们会带着警犬过来了。"

所以，他早就知道警犬的事以及士兵们的行动。在我爬那些危险的台阶时，他的声音在我耳边回荡，台阶杂乱的数字盯着我的脸看。

"其次，它们不知道 R 的气味。他们不得不从降落伞那里开始寻找，那里到处都是人活动过的痕迹，有士兵们的气味……以及我们三人的气味。"

"我们——听起来不太妙，不是吗？"

"这不算太糟糕。事实上，你和我都已经在花园里了，不需要再躲藏起来。"他走到屋子里，跳到暗井里，传出 R 一声惊讶的尖叫声。我走到边上一看，我看见吉兰多尔先生在伤员旁边走来走去地忙着，他在地上的杂物里翻找东西。他把地毯袋掏空后，反手扔给我。

"怎么了？"R 警觉地问道。

"第三，"吉兰多尔先生说道，"我从那痛苦的经历中了解了警犬对我的反应。当它们抓住农牧神的时候它们将会变得疯狂。"

"警犬？"R 睁大眼睛问道。

"是的，"吉兰多尔先生迅速地举起一根手指在飞行员眼前郑重地晃着，"我们会把你关在这里，如果你不想死的话最好闭紧你的嘴巴。你会得到食物、干净的水和盆子。这并不是一个密封的空间，我会把提灯拿走，因为有些人会认出它来。你会一直待在黑暗中，所以趁现在好好看看这里的摆设。"

R 的嘴唇动了动，他用自己的语言咕噜了些什么话。

"我不知道会关你多久，"吉兰多尔先生说，"我得把警犬引开，当然它们并不会都听我的，还有些警犬会来这里。"

我敲了敲隔间边框问道："警犬能透过地板嗅到他的气味，是吗？"

"是的，一般来说是可以的。"吉兰多尔先生把一个挺大的黄色葫芦扛到肩上，这个晒干的葫芦就像个瓶子。"但是我们有这个。给，别掉地上了，它有些沉。"他递给我两个葫芦。我摇了摇葫芦，发现这里面全是液体，两个木质塞子堵住了顶端的两个洞口。

"里面装的是什么？"我好奇地问。

"千万别打开它！"吉兰多尔先生警告我。他答非所问，但我并不在意。我知道他心里有数，我对他是放心的。吉兰多尔先生把灯笼、药瓶、他自己的厨具和祖母落下的盘子塞进了背包里。最后，他从 R 的床单上剪下一个长布条，布条穿过了防弹背心的袖筒，然后把背心扔给 R，"接住，"吉兰多尔先生命令道，"用它擦一擦脸。"

R 听话地照做了。

"很好！"吉兰多尔先生把他自己的鞋子扔进包里，并把包扛在肩上，郑重地说："我们尽我们所能地去帮你，使你不被他们找到。但是一旦他们找到你，你不能提关于这个善良的女人和她孙子的任何一个字。帮助你的人只有一个，那就是我。"

R 点点头，说道："谢谢你！"

面对吉兰多尔先生伸出的手，飞行员迟疑了一下，握了上去。

我们从小夹层的暗井里好不容易爬出来后，吉兰多尔先生移动石头让盖子合上。R 无助地看着一块挡板隔在我们和他之间，轰隆一下隔间被锁上了。

吉兰多尔先生急忙跑到窗口，他探了探头。然后他把给我的那个葫芦上的塞子拔下来。我吸了一口气，就急忙捂住我的鼻子和嘴，我的眼泪都被刺激出来了。

"这是我自己配制的，"吉兰多尔先生说，"我当初想我们应该用不上它。所有原材料本来都没什么味道的，但当它们一旦被混合……"他拍了拍我的肩膀，"警犬要是闻到它，味道比我们闻起来还要糟糕二十倍。"他转向台阶，"这气味只要洒一点点就会散发很远。在你下楼的时候把它洒在这个房间和台阶上，还有所有的阳台，以及地面附近。然后整个花园到处洒洒，你懂的，尽量把气味散开。在那些人来之前，警犬会把牵它们的绳索弄得乱七八糟，甚至会把少校的那些手下扯到树上去。"

我点点头，疑惑道："但这样做会不会太明显了？一种可怕的气味在这个我们不希望他们知道的地方出现？"

吉兰多尔先生眯着他的眼睛说："他们肯定知道有情况。他们会到处寻找，但是我希望他们不会想到这里有地方隐藏。如果我能用一个有趣的气味引导他们去到另一个方向……"

"你想怎么做？"

"我要把风头转向南方，在他们到达之前从他们要走的小路穿过。我会用自己的气味和 R 的气味带他们去，然后我会在山上牵着他们的鼻子转悠。士兵们没有理由怀疑 R 不是一个人。"

我觉得他说得在理。

"我得走了，"他说，"我能听到他们来了。你必须从你来的路返回——"

"不必担心我，照顾好你自己就行。"我打断他的话，开始屏住呼吸洒下这些难闻的液体。它在空气中看起来是淡黄色的，但落到石头上就是湿斑。我觉得很对不起 R，因为他在地板下面，气味当然会飘到他到那里去，他没有呼吸新鲜空气的希望了。

吉兰多尔先生在台阶的顶端停留了一会儿，说："可能会有人要盘问你和 M，她还好吗？"

"放心吧，她很好。她正在与少校共进午餐。"

听到了这话，吉兰多尔先生表现出怪异的表情，若不是在今天这样的情形下我一定会大笑出来。

"她也不想这样，"我飞快地补充道，"她必须和他一起共进午餐我才能跑来见你。"他不自在地点了点头，离去了。

我把房间洒了一遍，小心谨慎地不让自己身上沾上一点儿这种可怕的液体，然后我走下台阶。路很难走，我只能用一只手扶住台阶，一点点地向后移动。随后我打开第二个葫芦塞子，洒得更快了。两个葫芦都是用绳子拴着葫芦颈的，所以我用不着把空葫芦放进我的口袋。

我给台阶洒了臭水后，就赶紧跳下最后一级台阶以躲避滴下的液体。然后我又朝阳台洒液体，确认洒在我们用过的板凳上。我本来想把通向阳台的台阶也洒上，但又改变了主意，因为我怕踩在自己洒的臭水上。

掂了掂葫芦的分量，我发现还剩下一半多。远处的树叶发出沙沙声，我感觉自己已经听到警犬的吠叫声了，简直是一场大合唱。我在花园里沿着顺时针方向洒臭水，向每一尊雕像道歉，因为我把它们的基座和泥土都污染了。在最靠近降落伞的树林入口处，我向四周扇形喷洒。当我到达美人鱼雕像跟前时，葫芦几乎变空了，我将最后几滴洒在她的基座上。

我看着空空的葫芦，苦苦思索着。我不能带走这些空葫芦。万一这些警犬到我和祖母的小屋和花园时也有同样的反应咋办呢？这里可能是空葫芦最不容易被发现的地方，让空葫芦在森林里散发着同样的味道吧。

我环顾四周，最后选中了美人鱼雕像南面的灌木丛。乌龟雕像的身后是一丛藤蔓和多刺的灌木丛，长得如此茂密，兔子能否通过都值得怀疑。多刺的灌木丛一直延伸到赫拉克勒斯雕像那里，爬山虎爬上了大力神的腰部。

吉兰多尔先生虽然没有说他还想用这空葫芦，但我相信不会有人想再用它了。我绕着石墙冲向乌龟雕像，把我的胳膊拉向身后，像赫拉克勒斯大力神一样把葫芦有力地扔进沼泽中。我虽远比不上赫拉克勒斯大力神，但空葫芦穿过树林落到沼泽深处是不可能再回来了。

我从美人鱼雕像旁边的空地上离开树林，迅速朝山下走去，时而停下脚步听一听。现在我确信我听到警犬在我两边狂吠着，两边的叫声都很激烈，疯狂程度不分上下。我祈祷吉兰多尔先生平安无事，很快跑就到了森林边上。

我没有遇见任何人。当我来到村庄上方的草地时，估计还没到两点钟。为了预防被人碰见，我尽量漫无目的地游荡着，仿佛在享受夏日：我特地去追随一条慢慢流淌的小溪，来到一处布满沼泽的地方，我停下来躺在草地上，看云卷云舒。

微风阵阵，薄雾笼罩着太阳，在芳香的草丛中，草蜢在我身上跳来跳去。历经大半天的奔波，疲惫的睡意袭击着我。我正要睡去时，突然记起早晨人们的谈话，每个人都在预言今天会下雨。

下雨？那么洒在地上的那些液体会怎样呢？我真担心大雨会将我洒在花园的那些散发着臭气的液体冲走。

第十章

/

铭文暗示

我返回去找祖母时，发现她正在后花园招待两位女士。在我走过去之前，我听到她们正在讨论 P 少校的事。"这都是他说的吗？"其中一个女士问道，"他的餐桌礼仪如何？"

"挺不自然的，"另一个说，"从年龄与地位上来看都像是个未婚男人。"

"他已经结婚了，不是吗？"祖母说，"我知道他的妻子四年前就去世了。"

"那你就更有理由远离他了，M。"第一个女人，就是我现在从树篱的缺口看到的 C 太太说，"哎呀，如果他在警察办公室前向我求婚……"

"他没有向我求婚，E，"祖母耐心地说，"是你想太多了。"

我绕过树篱，脚踩在草地上沙沙作响。

"哎呀，他在那里！"另一个女人 D 太太高声喊道，"快来看看这个小流浪汉，从头到脚都是毛刺！"她对我露齿而笑，脸颊上隆起丰满的肉，伸手指着那盘新鲜的曲奇饼干，示意我朝桌子走去。

这两位女士一定非常急切地想听到关于少校的消息，所以她们才登门拜访。如果平日里我们在家，祖母也不太忙时，午饭后通常是午睡时间，现在喝茶太早了。

"我不知道你为什么允许他这样到处乱窜。"C太太摇着头。

"男孩儿毕竟是男孩儿，"祖母说着，仔细地看着我，然后将目光转移到地毯包上，"这是一个几代人都没有改变的事实。"

我给了祖母一个微笑，希望她领会到截至目前一切都进展顺利。看见这些饼干，我才注意到我有多饿。

"去洗洗你的手和脸，把那些种子从你的头发里梳理出来。"祖母说，"然后去厨房，那里有一个从饭店给你带回来的三明治。"

"那是军队的礼节！"D太太用夸张的手势说。

C太太不屑一顾地哼了一声。

我按照祖母的吩咐去洗了洗手和脸，但裤子上的毛刺实在没辙了，我决定等我吃完东西之后再说。我坐在厨房的桌子旁，想起祖母之前的嘱咐，我从口袋里掏出了之前祖母给我的钱，把它放在桌子上，而三明治就躺在沾油的白色包装纸上。

我快速祷告完，就狼吞虎咽地吃了起来，我在里面吃到了美味的脆卷、肉类和奶酪，清脆的生菜和黄瓜，还有绿芥末的辣味。阴沉的光线透过花园的叶子，厨房里充满阴绿色的昏暗，我能感觉到暴雨即将来临。关于P少校的话题从大开的窗口飘进来，她们猜测着他可能正在做什么消遣。接下来是 D 太太和 C 太太在讨论有关战争的新闻，有的报道说我们的战争取得了进展，有的报道说我们的战况不容乐观。

我开始迫切地希望能收到爸爸的信，我还想起了妈妈。出乎意料地，我突然如此强烈地想念他们，思念让我的眼睛充满了泪水。我很乐意独自一人待在厨房里。

★ ★ ★ ★

当客人离去后，祖母和我互相通报了各自的情况。祖母建议我制作一个假的笔记本，士兵们可能很快会要求检查它。她给我找来一个封面早已发黄，而且有许多书页都被撕掉的廉价笔记本。在她小睡的时候，我开始把我的笔记誊写到上面：那些笔记，并不是所有的，而且这叙述诗是一个不连贯的形式——我随意改写了诗句，并创作了新的诗。然后我利用书架上那些书中的信息更新了真正的笔记本信息，这是关于阿鲁迪巴和普勒阿得斯的。当祖母醒来再次出现在我眼前时，她把真正的笔记本藏进了松木箱里，我把假的笔记本放在我的床头柜上。

我们摘了一些西红柿，拔了一些杂草，修剪了紫色的石蚕，在阳光明媚的地方，这种植物生长得如此之快，似乎可以快到在你的眼皮底下生长蔓延。其中一块泥土被弄碎，露出了灰色的蚯蚓，它在阳光下翻滚，它不愿意接触阳光。我赶紧在树篱下挖了一些泥土，轻轻将它盖上。祖母正在收集一束天人菊，她想把它插进厨房的花瓶里，这时，我们听到田野里传来一阵令人不安的叫喊声。

"他们来了，"祖母说着，伸了伸她僵硬的背，"我还是把水壶烧上水吧。"她把花束带进了厨房，我忙着把杂草搬到干草堆里。紧张的情绪袭击了我，但我努力保持平静。

很快，我看到他们从藤架下走出来：四条警犬拉扯着脖子上的皮带，鼻子不停地在地上嗅着，士兵们扛着步枪。我赶紧把杂草丢进干草堆里，把种子从手上搓下来，在阳光下眯起眼睛，数了数，有九个人。虽然我想跑进屋里去，但我还是强迫自己坦然地走到后门去观望他们，像任何一个好奇的喜欢凑热闹的男孩那样。

其中一人向我挥了挥手，我也向他挥挥手。警犬似乎直接捕捉到了我的气味，它们叫得更加激烈了，几乎要把它们的主人拽倒了。

当然，爸爸不在这些人当中，但我还是忍不住检查了每一张脸。我也没看到之前在渡轮上遇到的任何一个人。

他们径直走到门口，我吓得缩了回去。警犬跳起来扒着篱笆，嗷嗷叫着，一个个闪闪发亮的黑鼻子从篱笆的小孔里挤到我面前，在它们已侵占的地盘上嗅着鼻子，从一边跑到另一边，彼此碰撞，脖子上的皮带都绞在了一起。警犬的叫声像枪声一样响亮，有个士兵隔着篱笆跟我说话，我甚至连一个字都听不到。

最后，这个士兵对他的同伴大叫着做了几个手势，这四条警犬的主人将它们硬生生拖往田里去了。

祖母拄着手杖穿过院子。

那个领头的士兵摘下他的帽子。"夫人，"他说，直接跳过了所有细节，"你或者那个男孩刚刚在森林里吗？"

"嗯，是的，当然，"祖母说，语气同他问我们是否去过杂货店一样自然，"我们去森林里捡些柴火，采些浆果，再随便走走……"

那个士兵看上去非常生气，他身后的两个士兵交换了一下眼色，似乎在说：你看我们竟然把时间浪费在这上面了？在树下，我看见一个人在对另一个背着的步话机的人说话，就像我在村子里看到的那样。使用步话机的时候，需要转动一个曲柄，我知道它是建立在电荷守恒规律上的，我的父亲曾经给我解释过。

"这都是什么？"祖母问着，往山坡上看去。

"夫人……"士兵一边说着，一边用他的衬衫袖子擦拭脸上的汗水。

祖母突然显得很担心，她惊慌地环顾着花园四周："你们是不是怀疑那个人——躲藏在附近？"（她说的是 R 的名字。）

"不是，夫人，我们只是怀疑。"

"他就在我们的窗外，在我们睡着的时候看着我们……"

"不，不是这样的。"

"那些西红柿！"祖母的眼睛越瞪越大，"他可能会在我们的花园里抢掠食物。"

"夫人……"

祖母匆匆地拉开大门。我躲到一旁，她打开门抓住士兵的胳膊，扯着他往前走。"先生！"她急切地说，"你是少校的人吗？"

"S，太太。S 上尉。"

"上尉，我求求你——你一定要进我的阁楼里看看。你不觉得吗？他可能会躲在阁楼里吃着西红柿！我听到过一些声音，你知道我是个寡妇。天哪，我们今晚怎么睡呢？如果你能进来看一看，我会非常感激你的……"

在他后面的那两个人又一次交换了一下眼神。一个人转身，向其他人走去，边走边用帽子拍着他的腿。

"拜托，"上尉说着，从祖母的胳膊里抽出手，"好，我去你的阁楼上看看。但这是不是——"他用了一种不太友好的形容，"警犬嗅出了你和那男孩的味道，只有你们俩人住在这里吗？"

"是的，就我们俩人，他是我的孙子，他只在这儿过夏天。噢，我希望你是对的，上尉，你要喝茶吗？或者喝些冷饮？"

S上尉一一谢绝了所有款待。他告诉我们，他会带一条警犬到花园里观察它的反应。在他的命令下，一个士兵带着一条警犬过来了，警犬对着祖母和我狂吠。警犬被领到通往小屋的后门时并没有表现出任何兴趣，但它激动地把主人拉到花园绕圈子，用鼻子嗅到花圃的晾衣杆再嗅回栏杆。这让士兵们感到困惑，因为警犬找到了我们，却没有放弃我们的后院。我猜出了真相：那条警犬已经闻到了吉兰多尔先生那挥之不去的气味。幸亏警犬不能说话，这让我很感激。

"敌人还没来呢，夫人。"当那条警犬再次被牵走时，上尉说道。在祖母的坚持下，这位军官从后门进来了（他小心翼翼地把靴子在外面的垫子上蹭了蹭）。他爬上狭窄的楼梯，侧着身子穿过梯子口，在阁楼上看了看，他在我们的头顶上缓慢地踱来踱去，他的靴子踩得木板发出吱吱的响声。

S上尉回到我们身边，他说什么情况都没有。"没有发现任何迹象，"他说，"你的阁楼应该很久没有人待过了。"

祖母流露出不高兴的神情，因为他的说法引起了她的不满，"虽然我已经尽最大的努力想把整栋房子都打扫干净，"她说，"但是跟从前相比，现在我爬这阁楼确实很困难了。"

他咕哝着像是在道歉，并解释说他是希望不会有什么打扰到我们。并且，他查看了窗户，窗户也关得好好的。

"好吧，这下我就放心了，"祖母说，"我现在感觉好多了，非常感谢你，S上尉。"

"你的家具真是很精致啊。"他夸赞道。

"谢谢，因为我的丈夫曾经是个木匠。"

他在后花园里站了一会儿，脸上带着些许怒气。他盯着那些花儿，看上去好像还在埋怨我们，却不知道如何用语言来表达。很显然，他可能花了一整天的时间来跟踪我们，但是什么都没有找到，这让他有些恼火。从这一点上来讲，祖母的确是一个很难被人抓到把柄并责备她的人。

上尉无暇再跟祖母搭话了，因为这时有一辆汽车开了过来，在小屋门口停下。旁边院子里的一名士兵向这边的一个士兵招招手。车上下来的是P少校，车门砰的一声关上了。P少校绕着房子走了一圈，他的几个随从紧跟在他身后，小屋后面的所有士兵都向他敬礼。

"嗯，"P少校说，"这看起来像是在聚会。"他看起来有些疲倦，又有点儿困惑，但当他盯着我和祖母时，我能感觉到他的目光里透露出危险的信号。然后他从我们身边走过，检查着花园。

"P少校，"祖母谨慎地说，"我很抱歉我们对森林的喜爱打扰到你们了。"

少校大笑着，鼻子里发出浓重的呼吸声："出来走走对我们来说也许是有益的锻炼，是吧？"

他望着S上尉，上尉赶紧回答道："是这样的，长官！"——尽管我怀疑上尉是否会把这称为"有益的"——我也不认为这一天能给少校带来什么"有益的锻炼"。

"真漂亮！"P少校一边欣赏着祖母的三角梅，一边说道，"T夫人，如果我们继续这样相见，人们就要开始说闲话了吧。"

"噢，请相信我，少校，人们已经开始议论了。"祖母在长凳上坐了下来，"你要坐坐吗？"

少校把帽子递给他的助手，坐在祖母对面的花园石凳上，S上尉和那些跟P少校一起来的人就站在附近。虽然我不想和少校待在一起，但我不能离开祖母，不能让她失去支持，所以我坐到了祖母旁边的长椅上。

"噢，亲爱的长官，"祖母说着，她迅速地在心里计算了一下，"我怕我没有足够的茶杯招待大家。少校，你想要喝点什么？回报你的热情款待是我应该做的。"

"这个稍后再说吧。首先，我想弄清楚一些事情，请你原谅我这么直接。"

"当然，"祖母把手杖放在膝盖上，双手交叉放在桌子上，"特别是在我们不经意间浪费了你这么多宝贵的时间和人力的时候。"

"这个不用担心，"他说，"我们很快就会有足够的人力了。

就算我们没有抓住那个逃兵，B少校也会抓住他的。跟我一直怀疑的一样，这条小路一直通到山那边。"

祖母看起来松了一口气，尽管她心里跟我一样担心吉兰多尔先生。"嗯，"她说，"我很高兴，至少不是你所有的警犬都在跟踪我和我的孙子。"

"可是有几个人提供的线索都与你们有关联。"少校的表情又变得阴郁起来，"不止一种味道延伸到你的门前。那些被遗弃在森林里的雕像，似乎都跟你们俩有牵扯。"

祖母抚摸着我的手臂微笑道："我这孙子非常喜欢森林……就像他父亲小时候那样，也像我还是个小女孩的时候那样，他对森林充满了好奇。"

"肯定啊，那里确实是一个风景如画的好地方。"P少校说道，"可是，在过去的一个星期里，那里非常危险——有一名敌方的士兵坠落在那里了，他可能带着武器，也可能已经受伤了，但敌人肯定是疯狂的——恐怕你和那个地方脱不了干系了。根据我今天下午收到的一份报告，你的孙子昨天独自待在森林里。"他的目光直接转向了我，"不是吗？而且我怀疑你离开我们之后，今天又去了那里，是不是？"

我点了点头，感觉一阵眩晕。

"昨天你去了森林，我的部下已经命令你不要再去了，但你还是去了。是什么事情竟然如此重要，以至于让你违背军队的命令？你到底在森林里做什么？"

我顿时头晕目眩，我感觉自己马上就要晕倒了。我深吸了几口气，然后才勉强说道："怪……怪兽。"

"什么？"

"怪……怪兽……它们……我们住的这里没有那样的怪兽。"

"他待在这儿的时间太短了。"祖母说，她试图帮我解释，"少校，童年的时光实在是太短暂了，我让他了解了森林的魅力，因为我相信，我们村庄的灵魂是在森林里——大多数人已经失去和忘记了——我们甚至开始感到害怕这些灵魂。学校里有好多东西要学习，在以后的生活中也要学习。但是，有一些事情，是我作为一个祖母必须教他的，否则不会有人教他这些。我只是想在失去这个机会之前，尽好我的责任，努力让他学到更多。少校，我知道这对他没有危险，至少在我们神圣的森林里是没有危险的。"

我静静地坐着，盯着 P 少校制服上的勋章，盯着他一侧手臂上闪闪发光的黑色手枪，我能听出来祖母说这些的时候不是在演戏。

少校一动不动地坐了很久，当我再一次看了他一眼时，发现他差不多已经消气了。

"在我钦佩的一些品质中，"他最后说道，"你，T 太太，基本上都具备了：勇气、奉献精神，以及对艺术、学问和国家的热爱。但是，这个男孩儿必须学会另一种美德——敬重权威，这个陷入困境的时代需要这样的人，尤其是当一个人想要生存下去的时候。"

祖母表示同意，她点了点头说："你说得很对，少校，还有很多重要的品质最好请你来教导他。"

"噢，算了吧，T 太太，你没必要奉承我，我们都知道你有能力教任何东西。"他的手指在桌面上哒哒地敲着，"现在，那个包庇敌军的人如果还站在这里……"

当祖母站起来的时候，少校又看了我一眼，问道："你们最近有没有注意到，森林里的那些雕像有什么奇怪？"

我想了想，摇了摇头。

"整个地方都很奇怪，"祖母说，"但你的意思是什么呢，少校？"

"你有在那里见过谁吗？或者有什么不寻常的吗？你有没有听到或闻到什么？"

我点了点头，如果我假装没有闻到那难闻的气味，他就会知道我在撒谎，所以我说："我注意到有一股难闻的气味。"

"噢，是的。"祖母说着，朝后门走过去，"森林里到处都有难闻的气味，我想可能是地热能造成的吧。"

"森林里的那种气味持续多久了？"少校问。

祖母停下来仔细聆听。

"我想，应该有几天了吧。"在我将谎言脱口而出之前，我仔细想了想，我认为现在应该尽快撇清所有的关系。

少校看了看S上尉，上尉摇了摇头，说："可是N中尉说，昨天森林里没有这种气味啊。"S上尉用审视的目光看着我。

祖母伸出手在空中摆了摆，"树林里有异味啊。"她喃喃地说着，走进屋里去了。

少校突然靠近我问道："你有什么要告诉我的吗，以男人与男人之间的交谈？"他凑得太近了，我可以闻到他的洗发水和剃须液的味道，不管那是什么，那气味都太浓了。

"没有，先生。"

他目不转睛地盯着我，脸稍稍朝一边倾斜着："我听说你昨天在森林里还随身带着一个奇怪的小笔记本，我想看一看。"

"是的，先生。"我回答道。令我庆幸的是现在在场的所有人都不是那天当场抓住我的人，如果还是昨天的那些人，他们就会立刻认出我的假笔记本。我急急忙忙跑到我的房间，抓起那个假笔记本，拿出来递给他。

他把笔记本铺在桌子上，开始翻页。"都是些雕像上的文字……"他喃喃地说着。

"是的，先生。"

"那这首诗是你写的吗？"

"噢……是的……而且是我在花园里写的。"

"嗯，我还以为你是个画家呢，你没有画过这些雕像吗？"

"我以前画过，但是……我不喜欢它们的样子。"

"嗯。"

祖母带着一瓶酒和几只玻璃杯从厨房里出来。我敢肯定，这些都是为月光之夜时吉兰多尔先生来花园准备的。一看到酒，P少校就兴奋起来。

"现在，"他故意地盯着我说道，我开始有点局促不安，"现在，我要替你父亲好好教育你，如果你父亲在这儿的话，我相信他肯定也会这么做的。"他一把抓过我的笔记本，一下子翻到我写了字的那三页，狠狠地从书脊上扯下来夹在手里。他恶狠狠地注视着我的脸，我只好将视线移开。在他的眼睛里，我看到了那双像熊一样的眼睛——那是很久以前在噩梦中看到的眼睛，它那被割伤的脸被流出的鲜血覆盖，只露出那双狰狞的眼睛从熊熊大火中注视着我。

少校将书页撕成一张张像邮票大小的碎纸片，然后把碎片堆在打开的笔记本上，风轻轻吹动着它们，最后散落在地上。他交叉着双腿坐着，眼神异常平静。

我低下头，周围安静得可以听到自己轻微的呼吸声，其他的人站着不说话也不敢乱动。祖母也停下来，一动不动，静静地看着他将纸撕成碎末。又过了一会儿，她把托盘放下，开始往杯子里倒酒。

"很好，"少校最后对我说，"你会成为一个士兵的。"

★ ★ ★ ★

那天晚上，下了一场大雨，闪电的光芒从百叶窗的缝隙里射进来。我们从后门探出头去时，看见花园里的泥土地上印出植物枝叶摇摆不定的影子。雷声一停，我们就接着忙碌了。我们一心想着吉兰多尔先生，他也许躲在离家很远的地方，还有 R，蜷缩在那座漆黑而又破旧的斜屋子里。祖母在做针线活，而我在画草图。凭着记忆，我尽可能画出一张怪兽森林的地图，然后给每个雕像贴上标签。我用的不是那个假笔记本，而是原来那个真正的笔记本中的两页纸。

雨水从屋顶流进屋檐的水槽，再通过水管源源不断地流进屋里，雨水将大铁盆灌满了。祖母的小屋年代已久，里面没有像城市的房子那样有水管和热水器，所以我们把水从室内厨房的井里抽出来，然后放在水壶里加热。

第二天是星期天，尽管外面还下着小雨，我们还是走了四十多分钟的路去修道院附近的教堂。我们没有沿着小镇的主街道走——因为教堂在另一个方向——但我们知道街道上的士兵已经撤退了，P少校自信地认为镇上已经没事了，所以他把大部分士兵都派到山的另一边去追踪吉兰多尔先生了。

祖母带我去的那座教堂是由一块块石砖垒砌而成的，即使在阳光明媚的白天，教堂内部也是昏暗的。阳光透过微小而华丽的彩色玻璃窗射进来，似乎每个窗口都在诉说一个故事。但是对我来说墙是那么高，我几乎什么也看不到。

这个教堂里的神父不像父母曾经带我去过的那个教堂里的神父，那个神父布道时让坐在下面的我们感觉很紧张。眼前的这个神父是一个有着黑眼圈的小个子，脸色苍白，他布道时喜欢在圣坛上走来走去，像一个幽灵的影子，并且他说话的声音很低。每当他说话之前，他都要低头看看他的手稿，偶尔抬头看我们一眼，他说的话我只能听清几个字，具体说了些什么我也听不清。他自言自语着，节奏非常奇怪，说是为了押韵吧，好像又不是，只能根据上下文来猜测他在说什么。

今天，我带着一张折叠起来的纸和一支铅笔，以便随时记下与花园相关的灵感。布道开始后几分钟，我从衬衫的口袋里掏出那张纸——为了给自己找点事情做，不至于无聊——写下神父讲的我听得清的那些字。

祖母盯了我一眼，看见我在做记录，也就由着我了。

"如果，"神父说道，庄严地点点头，声音又变得模糊不清了。"曾经，"一会儿声音又清晰起来了，随后举起一根手指。在接下来的几分钟里，我又依次记录下了"你""但是""你""是""继续"和"现在"这些音节，"现在"是他临别时说出的音节。这些不起眼的单词使我摸不清头脑，它们听起来更像是欢乐的福音，而不是命令。

紧接着是祷告仪式，我看看手里的纸，再读读这些单词：如果、曾经、你、但是、你、是、继续、现在。我用铅笔敲着嘴唇，开始在脑海里把这些单词当作卡片一样重新排列。我再次将那张纸铺在我的笔记本上写道：如果你只有一次机会，现在就继续。我皱着眉头，把它划掉，改成：现在你继续但只有一次，如果你是。同样我也不喜欢这个排序。

我几乎错过了接受布道的所有流程。在最后一秒，我把手伸进口袋里去掏硬币，由于动作过大，我的铅笔掉在了地板上，祖母一直注意着我的一举一动。

当我再次拿起铅笔时，我写道：

一旦你……但是现在……如果你继续下去。

这句话似乎对我最有意义，即使思路不是很明确。然后我就在这句话下面画上横线，又在旁边画了一个星形符号。

风琴演奏声渐渐停止了，人们开始陆续退场，祖母靠近我说："这是一次非常好的布道。"

我向神父瞥了一眼，怀疑祖母是否真的听清了他的声音。"是吗？"我低声问。

"我是在说你，你应该很有收获吧。"祖母说。

★ ★ ★ ★

祖母坐在教堂前廊的台阶上，一直在思考士兵们会在我们的小屋里做些什么。隐约听到 C 太太抱怨说她为了从她家的藤架后面看我们的房子后院，把她的脖子都拉伤了，现在她走来向祖母抱怨她的不适。D 太太说，她听说祖母因受过良好教育，已经被军队任命为一名特别顾问，以帮助追捕敌方逃犯。她问祖母这些传言是不是真的。

"他们从我这里得到的唯一帮助，"祖母回答说，"是在四点半吃晚饭时我给他们的一点建议。"她坦然承认警犬显然是闻着我的味道而追到家里去的。祖母认为身在教堂之中，在上帝的屋子面前是不可以撒谎的。虽然她没有说起她自己的气味，但她的这种坦然精神还是让我很钦佩。可是祖母依然摆脱不了她们的喋喋不休，那个 C 太太是个什么样的人之前我就跟你们说过了。

可是之前祖母还是让 S 上尉忙乎了半天，让他把阁楼看了个遍，一个角落也不放过。听到这么说，大家又想起了那些没有锁起来的花园大门、脚印、夜间的门把手、栅栏门闩以及那些烟头。事实上，D 太太已经把她裹在手帕里的烟头递给神父看过了，她想让神父告诉她该如何处理。神父是怎么回答的，我没有听到。

我们撑着伞，一路绕过街道上的水坑走回了家。午饭后，祖母打了个盹，而我趁着这段空闲时间把我在教堂排列单词的方法应用到神圣的森林上。

因为我用的是假笔记本，即使我的想法是正确的，也需要大量的排列验证。我一遍又一遍朗读着摘自花园里的那些铭文，并且重新排列着它们的语序。我也试着联想其他的诗句，但很快发现并没有什么收获。

我们得马上去花园里照顾 R 了，因为吉兰多尔先生可能在短时间内回不来。

★ ★ ★ ★

一整天，祖母和我的心里几乎都是七上八下的。外面的雨依旧下着，我们很高兴终于撑过来了，但是因为有士兵上门搜查过，还是有很多人的眼睛盯着我们。我们不能在众目睽睽之下去攀爬草地，尤其是在这样的天气里，我们不能用捡柴火作掩护。所以，除了早早地上床睡觉，等待明天太阳升起之前出发，我们别无他法。我迫切地想知道 R 能否在那个暗无天日的小隔间里存活那么久。

"他有水和食物。"祖母说，但是，她看起来也很担心。

接下来是多雨的星期天，打扫屋子让我们忙碌起来，我连放冰块的盒子也清空了。我们在下午的时候小睡了一会儿，晚餐时，我们吃了面包卷、鸡肉和稀饭，还吃了花园里自己种植的蔬菜。想到暗室里的 R，我们感到很愧疚，因为我们有光明和自由，还有热乎乎的食物。

在黎明前几个小时，祖母用手肘轻轻把我推醒了，此时的世界一片寂静。因为起得太早，我们根本吃不下任何东西。祖母穿上她的雨衣，戴上雨帽，这让她看起来像一个渔民。她帮我穿上一件连帽防水的雨披，雨披很长，一直垂到我的脚踝，像斗篷一样把我包裹起来，还散发着一股发霉的味道。为了假装我们待在家里，我们把雨伞放在门口。因为家里的灯笼之前就被吉兰多尔拿走了，我们只能摸黑前进。药物和剪刀之前已留在斜屋里了，这次我们要带给R的东西就少了很多，只需给他带些食物就行。由于地毯包很快会被雨水淋湿，所以祖母用帆布包替代地毯包来装食品，我把一支铅笔和笔记本也放了进去，一个是真的笔记本，一个是假的笔记本，假笔记本就是被少校撕掉几页的那个。

我们出发时，细雨已经变成了薄雾。穿过树篱望过去，F太太的家里还是漆黑一片。没膝深的草地又湿又滑，把我的裤腿和袖口都打湿了。祖母一步步小心地走着，我的手抓着她的手杖，我又一次滑倒了，一只膝盖摔到地上。我们就这么跌跌撞撞一路走下去，最后终于到达了森林边缘。没有灯，没有一点儿月光和星光，我很怀疑我们能否找到那片树林，可是，祖母从没怀疑过这条路。风雨中倒下的枝干不时挡住我们的去路，我想起了蘑菇精灵，希望我们走过它们身边时不会打扰到它们——如果打扰到了它们，这些仍然在人间的精灵应该能够理解并且原谅我们的。

在神秘花园外围，一切都还笼罩在黑暗中。祖母拉住我让我停下脚步，并悄悄对我说："你先从这儿继续往上爬，不要发出任何声响，并时刻保持警惕，以防少校还留着几个人在这里监视我们。一旦发现他们，你应该比我有优势。"

她坐在一块木头上休息，我则匍匐前进。雨已经停了，我看见一个白色的模糊不清的东西飘浮在树干之间。小鸟在鸣叫，我解开雨衣上的帽带。

这个时间进入神秘花园真是绝妙的时机。在光线下，薄雾里出现一个幽暗的影子，我肯定那是雕像的影子。我想看看巨龙的脖子有没有转过来，能不能听到它咆哮的声音，以及赫拉克勒斯嘎扎嘎扎的脚步声。亚玻伦恶魔的头发和长袍应该会在黎明前的风中飞扬。

尽管下了一场雨，但是葫芦的气味仍然在空气中蔓延，我在味道浓的地方屏住呼吸。贴近灌木丛往前走，我尽量在前进之前将目光放得远一点。石头房子倾斜着，在昏暗中显得荒凉又黑暗，那块空地安安静静地舒展在那里。我在这座房子后面慢慢地检查了一圈（恶魔亚玻伦一如既往地站在那里，他的眼神似乎一直在追随我，比美人鱼雕像那边的那张尖叫着的大嘴巴还令人恐怖）。我爬上石庙去寻找山顶，我从睡美人雕像旁边走出这个峡谷，随后重新返回到那个方形水池边，那个水池里的水满得几乎要溢出来了——雨水和一些沉淀物混合在一起，变成了树枝和树叶炖的大杂烩。倾斜的房子里面，那股恶臭让人难以忍受。我想，祖母在远处看着这栋房子应该有些等不及了，我能想象她现在想说什么。我爬到R——的那间屋子顶上，不知道他是否可以听到我轻柔的脚步声，但我也不敢大声地叫喊他，直到我爬到角落里那高高的梯子上，之前我从没爬过那么高。这个梯子的阶梯既粗糙又潮湿。

我打开天窗的时候想到一个场景：如果这些士兵在最高处扎营，我还能逃走。我用一只手紧紧地抓住冰冷的梯子，用另一只手去推开天窗。天窗边缘有很多刻痕，当我看见这些刻痕时，我确定我的两只眼瞪得像月亮一样圆。

屋顶上只有一些零星的落叶和树枝。

当我从高处往下看时，视野令人激动：拱桥隐约在森林中，灌木丛交织缠绕，薄雾萦绕在雕像头上，我的心沉浸在这梦幻般的森林里。当我放眼环顾四周时，我能感觉到这是一个永恒的时刻，它将永远铭记在我心中——在我未来的生命里，我总会回想起这奇特的时刻，不需要任何特别的原因。我看向每一处，想要抓住一切细微的东西——那些闪耀的树皮，突然振翅而飞的小鸟，空气中潮湿的气味，脚下那些古老石头的气味，以及那些我洒出来的刺激难闻的液体的气味。再也不会有第二个这样的早晨和这样的夏天了，再过几个月我的年龄就是两位数了，两位数的年龄会一直伴随我直到死去，除非我能活到一百岁以上。这是我最后一个以个位数记载年龄的夏天了。

我深深地吸了一口气，伸手把头顶的天窗关上了，我急着回去寻找祖母。她依然悠闲地坐在木头上欣赏着风景。当我们一起走进神秘花园时，她皱起鼻子不断地用手扇着气味。"吉兰多尔，"她低声自言自语，"他从不会半途而废的。"

走到里面的台阶时，她咳嗽起来，表情很痛苦，我简直怀疑她能否继续往前走。

"如果我可以有三个愿望，"她说，"我会用一个愿望去把 R 送到除了这里以外的任何一个地方。"

"为什么不把他送回他原来的地方去呢？"我让她扶着我的手，问道。

"对啊。被这臭味熏得我都不能正常思考了。"

我提醒自己，当祖母把全部精力放到 R 身上时，我要保持警惕。没有吉兰多尔先生去监听小屋外的声音，别人很容易偷偷靠近我们。没有吉兰多尔先生的帮忙，我也很难把祖母扶上楼去。当祖母终于努力进到房子里的时候，她用手杖猛烈地敲击着地板问道："R，你在这里吗？眼下没事了。"

R 用他自己的语言在喊叫着什么，他似乎在一边笑一边哭。

我疑惑地望着祖母。

"我相信他这是在感谢上苍。"祖母说。

我们把注意力转向地板，"好，"祖母对我说，"把它打开。"

我呆呆地望着她，因为吉兰多尔没有告诉过我手指要放到哪两个洞里才能打开机关。

"R，"祖母叫着，再次用手杖轻轻敲着地板，"你知道怎么打开地板吗？"

透过厚厚的地板很难听清他模糊的声音，但是，我想他在说："等一下，等一下！"我想跟祖母解释这些小洞，可是这里有上百个小洞。

当一个人躲进密室里，他想得更多的是如何把这里锁得更牢。R 已经一遍遍地看过吉兰多尔先生是如何开启这个密室了。即使在黑暗中，他也知道该从哪里开始摸索。几分钟以后，我们听到了咔嗒声，地板开始移动了。

我站稳脚跟，用双手在上面拉，R 在下面用他没有受伤的手帮着推。地板终于打开了，露出那个小隔间。

小隔间里弥漫着我洒下的液体散发出的刺激气味，临时小便盆的臭味更是糟糕。R 脸色苍白，眼神里充满了渴望，看起来是准备跳上来拥抱我们，也不管他自己有没有受伤。水桶几乎空了，装排泄物的盆子几乎都要装不下了。

"我要出去！" R 激动地说，他抓住了我的脚踝，因为我离他最近，"求求你，我现在就要出去！"

祖母蹲下来，点点头说道："你待在这里虽然很糟糕，但是外面依然很危险。那些士兵可能还会回来，村子里的其他人也可能发现你。"

R 沮丧地摇着头："我要出去，求求你！这里太黑、太臭，地方太小，没法呼吸，我很孤独，我快要疯了，疯了！"

祖母要我做的第一件事就是把便盆搬出去。

我点点头，脱下雨披。我下到小隔间里，拿上水桶，再小心翼翼地把盆子搬出来，屏住呼吸。

"小溪在那个方向，"祖母指着外面说，"把盆里的东西倒进森林里，不要倒进溪水里，然后再把盆子洗干净。记住，不管你做什么都要小心，不要从台阶上摔倒。"

当我去做这些事情时，祖母留下来跟 R 说着话。我把这个便盆搬到离花园很远的地方才倒掉。在紫色的光影里，涓涓细流流淌着，舒缓而清澈。我蹲在溪水边的一块光滑的石头上，抓了一把沙石用力地擦洗着便盆，直到把盆子彻底洗干净。最后，我洗净双手，尽情享受溪水带来的清凉。

现在已经是白天了，阳光穿透昏暗的森林，呈现出翠绿色。昆虫在合唱，鸟儿在啁啾，罐头厂的哨音从远处传来。

接下来，我带着水桶去打满干净的水回来。然后，祖母让我帮她照料 R：我们将他从隔间里拖出来，把他放在窗户下的地板上，这样他就可以呼吸新鲜空气了，他还能在我们的搀扶下站起来一会儿，这样他也能透过窗户看看外面的森林。他目瞪口呆地看着这一切，像一个发现新大陆的人。但很快他就站立不住了，差点儿晕过去。因为他的伤口还没有完全愈合，所以他无法长时间站立。

我猜想他被锁在地板下的时候，肯定都快活不下去了。他告诉祖母，有好几次，他都试图从那里逃出去，让别人找到他。可是他伤得太严重了，虚弱的身体根本没有力气去移动那么厚重的地板。他曾经以为我们不会回来了，他以为自己已经被埋在坟墓中了。

我们用吉兰多尔先生的厚地毯垫在他身体下，让他小心翼翼地平躺在地板上，再用另一张毯子折叠起来放在他的脑袋下给他做枕头。祖母留下来帮他检查身体和包扎伤口，而我则到森林里去放哨了。我一直在设想，如果有人过来盘问我，我该怎么回答呢？来人会是一个士兵，一个从村子里来的村民？或者是少校的朋友——他曾提到过的那个艺术家，他有可能来看看这里的雕像。

我一直竖着耳朵保持着警惕，没发现什么可能会有对飞龙雕像及它周围的猎狗雕像造成伤害，它们相安无事地在灌木丛里打闹玩耍着。就在这时，我突然发现了飞龙雕像基座上的铭文，我赶紧把它抄录到笔记本上。铭文说：一切皆荒唐上下求索尽徒劳（All is folly and you search both high and low in vain）。我特别不喜欢那个怪兽——尤其是坐落在飞龙雕像南边一个如此宏伟的大拱门的入口，公爵的拜访者一进来首先看到的雕像竟然是一头面目狰狞的野兽。这就是第一段铭文想要告诉人们的信息，好吧，或者更准确地说，等穿过拱门后，再一点点观察清楚这个大花园，然后再来判断这一切到底是为了成就一场恶作剧还是为了真正的艺术。

祖母曾经说过，"恶作剧"这个词在有的时候或许有另一层附加的含义，那就是"欺骗、魔法"。但是如果公爵没有给予"恶作剧"任何附加含义呢？艺术也可以是欺骗、恶作剧吗？对于九岁的我来说无论怎么思索，这样的一个概念都很难在我的脑子里成型，到底艺术怎么变成欺骗了呢？艺术能让我们感受到事物并非都是现实的物质，画作也好，雕像也罢，这些作品激起了我们内心对于美的渴望与追求，尽管所有这一切最终可能只是一场幻象。

我艰难地穿过蟒蛇雕像群所处的那片灌木丛，浑身都湿透了，衣服也被灌木丛刮得乱七八糟。而我依旧一无所获，在这里并没有发现其他铭文，甚至连关于铭文的线索都没有发现。所有我能想到的就是蟒蛇雕像头上的那些角，其实是一个个雉蝶形的护城墙垛，蟒蛇群可能就是保护城堡或宝塔的护城墙。当我回来跟祖母提到这怪象时，她说这极有可能是公爵的城堡，把它安放在蟒蛇雕像群的头上是为了彰显公爵家族至高无上的地位。

"老实说，"祖母大胆地猜测，"这座倾斜的房子或许还隐含着其他秘密。我已经反复思索很久了。"

"你认为是什么秘密呀？"我迫切地问道。

"像公爵这样的贵族阶级总是会把塔建在自己家族的大花园中，或者在家族的封地上用塔来代表家族里的妻子们。这代表的是忠诚，尤其是在家族的男人们外出征战时。我们的公爵深爱着他的妻子 G。"

"可为什么那座房子是倾斜的呢？"

"可能是表示 G 经历了不同寻常的艰难困苦，而她仍旧坚定不移地站在丈夫身边。或者……"祖母说着，用手轻轻摸了摸 R 脖子上的伤口，R 因为疼痛蜷缩着他的身体，"或者是用他的毕生所学告诉他，自然的力量，最终会从人类手中夺走他们苦心经营的一切，并且将他们全都摧毁殆尽。"祖母冲我笑了起来，"或许是这两种含义，或许都不是。"

祖母用湿布巾小心翼翼地擦拭着 R 的头发，我又一次仔细地思考着笔记上的东西。突然，一道灵光在我的脑海里闪现了，就像被灵感的枪击中了一般，我大叫着跳了起来！"14！"我兴奋地叫着，"7 的 2 倍！文字在石缝的树干上，那里的铭文数字是 14！"

R 吃力地抬起他的脑袋，大概是感到很奇怪我为何会如此兴奋地大喊大叫。

祖母也一脸迷茫地望着我，然而她并没停下手里的动作。

"顺着金牛座的眼睛所看向的方向应该就能找到二的倍数了，"我说道，"金牛座是看向普勒阿得斯的对吧？七个姐妹星，7 的 2 倍 14！我们只需要那个数字。不是 14 个女子，而是 14 条铭文！"

祖母笑了起来："我就知道，你的血液里肯定继承了你父亲对于数字的敏感性。"

此刻我多希望自己拥有分身术啊，这样我就可以让很多个我同时穿过荆棘去寻找铭文上的数字线索了。"我找到了：12 来自花园，

1来自拱门的入口，'离因'这条铭文来自这个房间。"

"真不错。"祖母夸赞道，"现在再去把水桶灌满吧。"

我们一直待到午后，期盼着吉兰多尔先生能够回来。R已经可以自己吃东西了，可以在屋内走动了。他跟我们讨论了关于他的家乡和他曾经去过的地方，还有一些他认为我们应该知道的电影和电影明星。没有吉兰多尔先生帮忙翻译，他说的话理解起来还是有一些困难的。当然了，大部分事情都是R说给祖母听的，因为我必须在外面做好我的守卫工作——看看有没有奇怪的事情发生，听听有没有奇怪的声音传来。有一次我从外面放哨回来，R弯了弯手指示意我到他身边，我尽可能离他近一点，然后他向我表演了一个小魔术：他伸出没有受伤的那只手，把他的手指插入我的耳朵里，魔幻般地出现了一枚硬币！他说他刚把那枚硬币从我耳朵里取出来，可是我认为如果硬币是在我耳朵里的话，我肯定能感觉到。他想把来自他的国家的那枚硬币送给我带走，可是祖母建议我还是把硬币留在这里更好些。

R告诉我们他会弹钢琴，还会演奏长笛，他总是用手指在他自己幻想的琴键上敲击着，或者把手放在脸跟前，假装嘴巴正在吹长笛。他还讲述了在战争爆发之前，他去见过我们国家的一个著名的作曲家，这件事比他所讲的其他事让祖母更感兴趣。我先走开了，留下他们在屋子里继续讨论关于作曲家和音乐会之类的话题（他们似乎在这一类问题上有着许多不同的见解），我必须在外面继续做好我的守卫工作，同时思考着在那张尖叫的大嘴巴里，关于第三条和第七条铭文的含义。完整的句子是：舞者一圈一圈转3和7里有答案（Round and round the dancers go and my answer is in three and seven）。至于舞者隐藏的意义，我推测会不会像描绘普勒阿得斯的那首诗一样："姊妹在天水之间翩然起舞。"——或许铭文暗指的不是星球，不是姊妹，而是十四条铭文。舞者的舞步都是绕着花园"一圈又一圈转"——所有铭文都是零散分布在花园里的不同地方的。我确定我已经找到正确的方向去追踪谜团了！

根据我画出来的地图，我数了数上面的雕像数量。如果把那座倾斜的屋子排除不算，然后把水池边的裸体石雕美女看作一个整体的话，那么在低矮处的花园里有：飞龙雕像、尼普顿雕像、蟒蛇雕像、赫拉克勒斯雕像、野猪雕像、水池边的裸体美女雕像、大象雕像、乌龟雕像、只残留一只脚的雕像以及深坑里的亚玻伦雕像。是10个，3加7。是不是意味着那个谜语的答案就在低处的花园里呢？

在高处的花园里，我数出了七座雕像：睡美人雕像、半人半马雕像、预言天使雕像、大熊雕像、尖叫的大嘴巴雕像、美人鱼雕像以及那座石庙。七座……我的答案是3和7。一方面来说，可能意味着我数的高处森林里的数字是错的或者是不充分的，少了三座，但低处的森林里是对的，7加3，正好是10。完美地对应上了答案；而另一方面，这表明我需要在高处找出森林里的七座雕像，在别的什么地方再找出3座。难道我应该在低处的那些雕像中排除三座吗？

在阳台的栏杆处有七个大水缸——这应该不是巧合吧？我的脑子飞速旋转起来。七个女神雕像：四个在方形水池边，一个是睡美人雕像，一个是美人鱼雕像，还有一个不见了，只剩下她穿着便鞋的脚。

这一切重新变得矛盾起来，此刻，我得先把数字的问题放一放了。我开始关注斜屋子，仔细倾听，理清我凌乱的思绪。我走过那双漂亮的脚，我屏住呼吸，沿着花园的边界一直走到森林边缘。当我走近传说中的地狱里的恶魔亚玻伦雕像身边时，我颤抖着朝周围看了一圈，停下脚步。慢慢地，我又转身回去面对那个提着钥匙和锁链的恐怖天使。

为何之前我没仔细看看她呢？或许是因为对这座雕像的恐惧，使得我每次都粗心略过去了，根本没有仔细观察的打算——但是现在我仔细观察后发现，提示相当明显了，原来亚玻伦的雕像基座上也有一句铭文。

我已经找到十四条铭文了，这是第十五条：

小径黄昏后（The path beyond the dusk）

我颤抖着手，抄录下这条铭文，并且连铭文出现的地点也一并记录在案。轻风吹动天使的头发，天使冷冰冰地盯着我。

★ ★ ★ ★

我和祖母该回家了，现在已经过了午饭时间，而我们连早饭都还没吃。但 R 拒绝再次被锁进秘密的隔间里。

"如果有人发现你，"祖母劝他道，"你自己是没法躲进隔间再把盖板盖好的——如果你用力过猛，导致伤口裂开，我们之前做的所有努力都白费了。"

"一切魔法纯粹是为了艺术。"我思索着，太多的困惑塞满我的大脑，我感觉自己都有些糊涂了。

R 仍然摇头拒绝。

"躲到吉兰多尔回来，"祖母说，"有他在外面看着，你就尽可以待在外面了。"

R 完全不在乎这些，狭窄昏暗又倾斜的密室都快把他逼疯了，"我听到过精灵，"他补充道，"这里闹鬼。"他指着那间低矮的小隔间，"夜里有精灵唱歌。"

所以，他总能听到仙乐，无论他在睡梦中还是清醒时。

"不难想象总听到这些让你很烦。"祖母对他说，她终于意识到无论怎样劝他也是徒劳的。"毕竟你又不是囚徒，R，那就待在外面吧。但是，如果有精灵把你掳走，或者那些士兵又追回来，或者有好事的村民跑来打扰你，或者野狼把你吃了，你都不要哭着来找我。"

R 说他不会的，我也相信他不会的。

我一步一步地搀扶着祖母从楼上下来。在回家的路上，我问她森林里是否真的有野狼。

"我从来没有见过。"她说。还没等我如释重负，她接着说："你认识那个 O 太太吗？戴厚厚镜片的那个？她声称她在花园里从来没有见过蛇，我不相信蛇会避开她的花园。所以，真相只能是她没有看见它们而已。"

她埋怨说错过了午休时间，之后就没说别的话了，让我独自一人沉思。

又走了一会儿，我问她："你觉得赫拉克勒斯雕像的基座上会不会有铭文呢？"

"我能肯定那里没有。"她说，"因为我小时候在那里玩耍过，当时雕像旁边的草丛还没有现在这么茂密，我记得当时我在想他做了那么多费体力的事，应该没空写铭文了吧。"

我们没有沿往常的路线回家，而是穿过 V 家存放冰块的屋子后面的树林回到了家。如果这时 F 女士看到我们走到前门口，一定会以为我们是从镇上回来的。

第十一章

/

迟到的信笺

吃过午饭，我们都需要睡个长长的午觉。晚饭前我正在帮祖母打理花园，这时天空的乌云再次密集起来。接近黄昏时，另一场阵雨敲打着树叶，填满了篱笆旁的水坑。"好吧，"祖母边说边凝视着门外，"每一滴雨水都能洗去一丝恶臭，带来清新的感觉。"

"你认为吉兰多尔先生是先来这儿呢，还是先去花园里？"我问道，有一部分原因是我想提到他的名字，希望他能够回来。

"他一定会先去花园里。"祖母边说边把门锁上，"在那里他知道自己该做什么。"

"他一直都知道他该做什么，不是吗？"

祖母慢慢地走进厨房，拐杖轻轻敲击着木地板。"那也不一定，你没瞧见 R 到来的那天夜里，他那种不知所措的神情。"

晚餐后我们洗完碗碟，祖母就躺在靠灯的椅子上要我拿笔记本给她看。我还在出神，脑子里还在翻来覆去地想着那些雕像。

数字。斜屋子的台阶数我还没有记下，我首先就应该数数台阶的。

"明天我还要继续去看看那座城堡，"祖母边揉着她的眼睛边宣布，"首先，我现在不能每天上山下山的了；其次，我们不能总不在家里。花园要打理，否则就荒芜了，而且不时地还会有人来拜访；最后，为了不失礼节，我得去拜访她们。如果太阳出来了，你就上那儿去，看看吉兰多尔是否回来了。"

我们正准备去睡觉，突然想起门外的邮箱。我在这里时，收那些传单、便签和账单的任务祖母都交给我了。我通常在晚饭前就会把这些任务完成，可今天，我完全忘记了。我打开厚重的大门，走进幽香而又潮湿的黑暗中的门廊，打开邮箱的小铁门，见邮箱里只有一封信，信封小小的。

借着从屋里照出来的灯光，我认出是我爸爸的字迹，这封信是写给祖母和我的。于是我赶紧关好大门，快速地把信拿到祖母跟前。

"打开来看看吧！"祖母边说边把小刀递给我。她坐在椅子的边缘，双手放在大腿上，叫我大声读出来。

跟我爸爸以前寄来的所有来信一样，它已经被打开检查过，然后又重新封好。为了确保信里没有什么能落入敌人手里的消息，军队通常都会这样做。温暖的灯光下，我跪坐在祖母的椅子旁边，折好奶油色的信纸，因为兴奋我的手颤抖个不停。这信应该是几个月前我到达村庄那天发出来的，我们已经收到他之后寄来的四封信了。我在想这封信在最终到达我们手上之前都经历了什么。爸爸在信上写道：

亲爱的妈妈和G：

愿你们一切安好，享受这个了解彼此的机会。希望你们能够原谅E和我没有早点让你们团聚。事情发生时我们想挺一挺看看时局是不是会好转，但是现在看来仗很可能要打起来了，我真不应该等而应该早点回家的。不用问，我也能知道你们是如何相处的。我太了解你们两个了，这个夏天把你俩放在那里，E和我心里都不好受。

G，这个村庄是个好地方，对吗？还记得我告诉过你什么吗？我很喜欢那里消磨时间的方式，喜欢那里人们谈论的话题，以及摇曳低语的树木，还有灿烂的阳光让番茄一点点成熟，树木散发着的绚丽的绿光。我敢打赌，这一切自我儿时起就几乎没变过，我觉得这一切非常令人欣慰。

这里基本上还是老样子。我知道你想了解一些新的消息，但我们不能说任何关于军队运作的事，并且真的也没什么好说的——没有什么是真实的。只有村庄是真实的，家庭是真实的——我们在战争中所做的这一切对另一个世界来说都是坏事。当我回到家，回到真实的世界，我会非常高兴。不过我还好，只是会没日没夜地想念你们。有时候在太阳落山的时候，就像现在，我坐在农庄后面小花园的角落里，阳光正穿过粗大的老橡树的叶子洒落下来。橡树告诉我它知道灾难有一天会来临，或许就在不久的某一天。当我像现在这样坐在树下，我能感觉——噢，不，是我知道——我们是待在同一片神圣森林里的不同角落。

好吧，说到森林，你去过那里吗，G，你去过妈妈的小屋上面的那座森林里吗？如果她还没有向你展示森林里的怪物，那你就自

202

己去。不去那里看看那些怪物就离开可不行。

说到树林里的怪物：我给你留了个惊喜，G，这是一个有趣的谜。怪物的花园似乎是一个很大的谜题，当我还是个孩子的时候，我一直在努力解决这个问题。它充满了让你思考的文字和图片。几年前我想起了一件我早已完全忘记的事。我希望我们能一起去看妈妈，然后再去解开这个谜题，我们也许还能做到这一点，但我想先给你一个开头，因为你现在已经在那儿了。

当我跟你差不多大的时候，我在树林里发现了一些秘密——我甚至没有告诉你，妈妈，因为我觉得我在偷东西，而且我担心你可能会告诉我那些不是咱们的东西不可以顽皮。你看，我真想把花园和所有的雕像都认为是我的，因为别人都不管它们。它们孤独地留在森林里，被藤蔓和灌木湮没。

读到这里，我又一次为我的爸爸感到难过：他既没有祖母，也没有吉兰多尔先生和他一起在花园里，从来都没有过，这是多么不同——多么孤独啊——他没有人可以分享。

在森林里，有一个雕像比其他雕像都要可怕——那是一个可怕的天使，提着一串钥匙戴着一条锁链。天使把钥匙放在侧面，紧贴着他的长袍。我也不知道我为什么要那么做，但我发现，当我摆弄着那些钥匙时，其中一个掉下来了。这座雕像的石头钥匙其实是个盖子，在盖子下面，在天使的长袍里，有一种钥匙型的凹槽。在那个凹槽中，有一把用黄铜做的真正的钥匙。

在那之后的几年时间里，我在花园中到处看墙、拱门、雕像和它们的基座，但我从来没有找到合适的钥匙孔。我也不知道在这样一个地方有什么锁着的门会被隐藏着，但我总是被那个可怕的天使的基座上的铭文所吸引：小径黄昏后。

作为你的父亲，我不确定我是否应该告诉你这件事。但是我知道妈妈和你在一起，她不会让你做任何太危险的事情。

就在这时，祖母大声笑了起来，很快我也跟着她大笑起来，笑得眼泪都流出来了。我们用袖子擦了擦眼睛，我控制好自己的情绪，继续读道：

事实上，钥匙还在小屋里。在客厅里，你知道内置书柜旁那个有趣的小角落吗？在书柜的顶部，那里有一块用来补角落里矮墙的整齐的木板。如果你把这块木板向上滑动，你会发现它后面有一个空间，在墙里面（我小时候总是在物体上推推拉拉，总想看看它们能否被打开）。在那里，你应该能找到挂在钉子上的钥匙。

我觉得现在是告诉你们这件事的最好时机，我把它当作我的夏季礼物送给你。如果你想尝试解决一个难题，也许你会比我做得更好。只是要小心谨慎，不要去任何你不能回来的地方！

好吧，我现在有任务要做了，所以我要停止写信了。我一有机会就会再写信的。

我非常爱你们。妈妈，我穿着你寄给我的袜子，刚好合脚，真是好东西——我们经常要走路。谢谢您！

我永远是你们钟爱的儿子和父亲。

A

对于这封信的最后一部分，我们都很好奇，但我们并没有立刻跳起来跑到书柜前。我们想要重新阅读这封信的前半部分，谈论树木和阳光的那部分，以及我们是如何在同一片森林里，还有他对我们的日夜思念。

"他的信写得很好。"后来我说道。

"他一向写得好。"祖母回答。

祖母让我提着灯，她自己去找，毕竟那是她的房子，她自己最熟悉。果不其然，书柜角落里的窄木板在我们的拉动下移动开，它好像在一条轨道上向上滑，然后又松开了。在它后面是一个布满蜘蛛网的空隙，这个蜘蛛网空隙刚好设在墙板后面房子的房梁和中枢柱子交叉部分的空当处，呈现在我们的眼前是一把挂在钉子上的古老钥匙。祖母让我先仔细看一看，然后她把手伸进去，小心翼翼地把它取下来。我们都知道，如果她不小心把它弄掉，它就会落到墙板后面去了。

顺利拿出钥匙后，我松了一口气。祖母把它放到桌子上，我靠近手中的灯。"光明而神圣的主啊，"她喃喃低语道，"我做梦都没想过，这么多年来这把钥匙一直悬挂在这里。那个淘气鬼！如果我们像你祖父说的那样改造房间呢？"

在祖母的指示下，我从厨房拿来干净的湿毛巾，祖母找到用来擦亮银器的工具，很快就把钥匙擦得像新的一样闪闪发光，钥匙比我的手指还要长一半。钥匙上没有标记，也没有文字，只有一个宽大的带有装饰纹的头部，一个结实的、沉重的柄，以及一个精巧的凸缘。我把它按在笔记本的一页纸上，沿着它的边缘线条画出它的形状，我特别注意锁孔的尺寸（我立刻意识到，这把钥匙太大了，不适合斜房子里的任何一个锁孔，对此我很高兴，因为我们不需要一个一个去尝试了）。我决定把钥匙留在小屋里，直到我找到它的用途为止。在那一页纸上，我写上"爸爸的夏日礼物"。除此之外我没有写任何关于钥匙的东西，以防我的笔记本被没收。

"明天我要给他写封回信，"祖母睡意朦胧地说，"邮寄之前，你可以附加一两页纸。现在，你最好努力睡觉，在日出之前出发，我会叫醒你的。"

这就是我们所做的。我把钥匙放在床头柜上的抽屉里，放在从羊毛岛捡回来的贝壳里。我盯着我们的合影照看了很久，看着父母的笑脸。后来，我躺在黑暗中，听着昆虫和树木沙沙作响，我感到浑身疲惫。父亲给了我另外两件礼物，我想，这两件礼物比钥匙本身还重要：一件礼物是这个夏天他把我送到祖母家里，另一件礼物是我们一起调查神秘花园。最后，爸爸让我们和他一起分享神秘花园的秘密。现在，我能感觉到跟他从未有过的亲近，虽然我在这儿，而他在远处的一个帐篷或一个兵营里。

第十二章

/

异国友谊

祖母信守承诺，在黎明拂晓前的黑暗中轻轻将我摇醒了。一开始我把眼睛蒙上，不想离开我正在做的美梦，尽管我早已忘记那个梦是关于什么的了。那会儿，只要我还躺在床上，我还是奢望着能够重新回到那个美梦里。但是，我还是能记起 R 和吉兰多尔先生以及我那梦寐以求重返森林的渴望。

我踏上凉爽又干净的地板，核查最关键的一点——确定它不是我梦的一部分——然后跌跌撞撞地走进浴室。

"我知道你现在还不想吃早餐，"祖母说（她仍旧穿着她那件长睡袍，这表明她在送我出门后还打算回到床上继续睡觉），"所以我在这个包里给你准备了很多你爱吃的东西。"她在包里装了面包卷、奶酪、薄饼、李子、柑橘，还有一瓶牛奶和一瓶水。"早点儿把牛奶喝了，"她吩咐道，"今天会很热的。"

我走出后门去感受天气，还能看到深蓝色的天空中最后那颗逐渐变得暗淡的星星。轻柔的风吹动树篱拂面而来，番茄藤的香味撩得我的喉咙轻轻发痒。

我拿着我的笔记本，思考着我要不要冒险把它卷起来藏进那个假笔记本里面。是的，我应该这样做——我的笔记本里并没有什么是不可替代的。祖母和我都把那首诗铭记于心了，而其他的内容都是铭刻在石头上的，它们有将近四百年的历史了。

当我拿起包时，祖母打量了我一番，我猜她正在慎重地考虑着什么。"我不是说 R 是一个有危险的人，"她最后说，"但是他正在恢复体力，你要记住一件事，他毕竟是敌军的士兵，能为了一件事变成一个我们不认识的人，他对我们了解得越少越好。不要觉得你必须照顾他，在他身边的时候你要保持警惕，如果他做了或者说了什么你不喜欢的，你只需离开他就好了，他不会来追你的。"

我冷静地点点头。

"记得准时回来吃晚餐。"

★ ★ ★ ★

再一次，我欣喜地感受着曙光升起，虽然视线有些模糊，我还是被这座神圣的森林震撼住了。再一次，我悄无声息地在森林里艰苦跋涉，时刻警惕着陌生人和其他异常的情况。枝叶上那些难闻的气味已经逐渐消退了，但那些台阶上的气味可能还存在，但愿我没有毁了那座斜屋子。进屋之前我就知道吉兰多尔先生还没回来，因为如果他回来了，他早就能听到我并且来门外迎接我。

R 在毯子下打着盹儿，当他睁开眼睛看到我的时候他挣扎着想要坐起来。这时我突然想起来，我们忘记把他原来的垫子铺到他现在躺着的地板上了。

"噢！啊啊！"他抱怨着，他的脸扭曲起来，慢慢靠着窗下的墙撑起身子，"床好硬啊！又硬又难闻！"

"早上好啊。"我说着打开了食品袋。祖母曾经带来了两个一直放在橱柜里没用过的有缺口的杯子，于是我用这杯子给我们各自倒了一杯牛奶。爬了这么久的山路我也很饿了，但是，在一个散发着臭气的房间里吃东西确实让人觉得不舒服。

R 向我表示了感谢，就开始吃东西，我给他什么他就吃什么。他看上去还不错，至少他没被任何人抓住或者被野狼吃掉。

"昨晚听到那些精灵唱歌了吗？"我问他。我突然意识到他做了一件了不起的事，一件疯狂且冒险的事：他不是在避难的小隔间里而是在屋外的花园里度过了一夜。他在窗外的月光下到底发生了什么呢？

他点头承认道："的确是像天使一样在歌唱，我真想到一个童话王国里去。后来，我鼓起勇气，和他们一起去了。怎么样？精灵的世界。"

他的表情充满了期待与渴望，我却感觉到了胸口一阵疼痛。"如果你去到他们的世界，"我说，"我不认为你还回得来。"反正，我觉得在那些老故事里都是这样写的。

"我不想回来了，"他说，"别为我担心。那里很好！"

我拿起一块薄饼准备吃，突然觉得在这个臭烘烘的地方吃东西很倒胃口……

看出了我的窘迫，R 跟我示范了一个小技巧：他从饼干罐上撕下两小片蜡纸，揉成两个小球，然后把小球塞进自己的鼻孔里。

我觉得这个方法值得一试。当我把纸团塞进鼻孔时，感觉很不舒服，但是吃东西时的确闻不到那臭烘烘的味道了。其间，那"塞子"从我的鼻孔里滚出来，就像獠牙一样。R 嘲笑我说："你就像大象一样！"他举起自己的手臂，将手臂弯曲成象鼻的形状。我忍不住大笑起来，尝试着模仿大象的叫声。

我们笑完后又沉默地继续吃我们的早餐。

当他大概吃饱了慢下来的时候，R 试探性地问我："她……是你的祖母吗？"

我把纸团从鼻子里取出来，说："是的，她是我的祖母，我的祖母。"

"好，很好，你的祖母是一位善良仁慈的女士。"

我点了点头："谢谢。"

"是你妈妈的母亲，还是你爸爸的母亲？"

我犹豫了一下，觉得我并不应该告诉他这么多。但我又觉得这个问题无伤大雅，所以我就尽可能地向他解释清楚，我的父亲正在远方打仗，而我的母亲正在努力工作并且照顾我的妹妹。

R 说了声"不错"算是回应我。

他说："可能是你的父亲射中了我，射中了飞机。"他用他的手指做了个爆炸的手势，同时模仿着发生爆炸的声响，然后就咧嘴笑了起来。

"不会，"我谨慎地笑着，"他不是飞行员。"

"噢，好的。你和我是朋友，是吧？"

我笑了笑，把食物放在他够得着的地方。然后我想到我应该带给他一桶水，再把他的便盆清理干净。

R 指着我，似乎在摆弄着什么——也许是他想象的什么工具——然后他用拳头去击打另一只手的手掌，表示要抓住什么。这真是一个疑问，我不知道他到底要表达什么意思，难道是什么工作？

"我没有任何工作，我还只是个孩子。"我说。

"不不不，是棒球啊！"

噢，原来是棒球啊。我曾听说过，也看过照片，那是别的国家的一种游戏，球员戴着有趣的帽子，穿着肥大的裤子。

R 快速地冲我摆着手，好像是让我后退，我迷惑地看了看四周。然后他蜷曲着一只手，我意识到他想用这种方法把球击出去。最后，他把那个"球"扔了起来，用假想的球杆做了一个击打的动作，并假装发出撞击的声音。

"快冲！快冲！快冲！"他大喊着，招手让我后退。然后，他又说："快抓住！快抓住！"他激动得让我不得不举起手来回应他，我总觉得这样就像一个傻瓜。

R 把双手放在嘴边大声喊道："在这里！在这里！"他再次举起双手，"快回本垒！快回本垒！"

我尴尬地笑了笑，无力地做了个投掷的手势。

"你被淘汰了！"他胜利地完成了这局比赛，扯下他那顶虚幻的帽子，扔向空中，对我竖起了大拇指。

我想知道我们谁"赢了"。这看起来是个很奇怪的游戏，但我忍不住轻声笑了起来，随后我就小心地把水桶和便盆送下楼。

做完这一切回来后，我从他那儿了解到，他最近都没有见过吉兰多尔先生，R 看起来很担心他。当我拿出我的笔记本和铅笔时，他又问了我一个问题：他再一次说"祖母"，并且用两根手指做出了抽烟的手势。

"不，祖母她不抽烟。"我说。其实是他想要香烟。

"那啤酒呢？"他问，"有什么酒？威士忌？"我们语言里的这些词汇他都会说。

"我不知道啊，"我说，"我会去问问她的。"

他好像听懂了，也可能他理解成我承诺会给他带他想要的东西，于是他又开心地给我竖了大拇指。

然后我把注意力转移到数台阶上的数字。我走过去，对每个台阶上的竖板又拍又敲的，想看看它是否隐藏着秘密空间，我也特别留意看是否有钥匙孔。R 问我在做什么，我并不知道该怎么跟他解释。那些数字按照顺序排列起来是：

5、12、3、10、7、13、8、6、1、14、11、2、9 和 4。

数字都是一样大小，刻的字体也是一样的。但是 12、7、14 和 2 是颠倒的，我照原样抄了下来。

我把笔记本放到阳台上，思索着这些数字。我数了数这些数字，正好是 14 个，我一点儿也不吃惊。这个数字又是 14，是 7 的两倍。在笔记本的空白页上，我把所有的数字相加，得到 105，朝上的数字总数是 70，朝下的数字总和是 35。我注意到 35 正好是 70 的一半，我在笔记本上面轻敲着笔头，难道这意味着什么吗？

答案就在 3 和 7 之间。在这些数字中，3 这个数字朝上，7 这个数字朝下，又一次在提醒我镜像，花园里的线索总是回到镜像。但是如果"3+7"意味着 10……10 的数字是朝上的，那可能意味着答案以某种方式包含在它们之中，并且我可以不管那些颠倒的数字。但是数字终究只是数字，沉默而无言。或许，它们在这里只是装饰。

"离因"。

我现在在花园里寻找钥匙孔似乎毫无意义，父亲说他已经寻找了多年却一无所获。我真希望他现在就在这里，我想象着他在我的笔记本上快速地瞥一眼，大声笑着，告诉我答案很简单。不过……或许他也不知道。一个谜不可能永远解不开，也不可能轻易就解开。

我叹息一声，视线再次回到我的笔记本上。我的指尖漫不经心地在那四个颠倒的数字上游荡着。

4。

4 在花园里很容易让人想起方形水池边上抱着水瓶的裸体石雕美女的数量，难道是每个颠倒的数代表着其中一个雕像吗？在这种假设下，14 个数字每个数字都代表着一个雕像吗？不可能，因为花园里不止 14 个雕像。

我合上笔记本，站在那里，不知道下一步该做什么。

此刻，一个声音从我身后传来，吓得我灵魂出窍了。

"我回来了。"那个声音说。

原来是吉兰多尔先生。

★ ★ ★ ★

　　我感到一阵欣慰，眼里不由得流下泪水。我情不自禁地抱住了他，脸紧紧贴在他身上。一开始，他还没反应过来，呆呆地站在那里，随后他也伸手抱住我，轻轻地拍着我的后背。他脏兮兮的外套散发着沼泽地的味道，双脚赤裸着，脚上沾的污泥已经干了。他仍然戴着帽子，但帆布包已经不见了，并且也没有看到他身上的防弹背心。

　　"你还好吧？"我问道。

　　"当然，只是需要好好地睡一觉。大家都还好吗？"

　　我告诉他祖母和R都很好。"只是，R不肯睡在小隔间里，他要睡在外面的空地上。"

　　吉兰多尔先生皱紧眉头。

　　"你怎么对付那些警犬的？"我问。

　　"这几天，那些警犬很难缠。"他疲倦地坐在长凳上，"我先去了我的洞穴，把工具袋放在那里了，然后再把洞口封上，你永远都不知道那是一个洞穴。我那里还有很多令警犬害怕的东西。"

　　"是葫芦里装的东西吗？"

　　"是的。我在附近都洒上了。然后我又绕了回来，留下我的气味，将警犬引向另一个方向。我一路拖着R的夹克，翻过山岭远离这里。当我到达山那边的一个村子时，我将背心丢在一个仓库里，偷偷上了一列货运列车，列车带着我穿过山脉的另一面。然后，我从一个合适的地方下了车，因为我知道从那里我可以沿着一条长长的河道回来，这样就不会留下气味了。"

提起火车，我想知道火车上的发动机是不是我父亲设计的。父亲能够帮到吉兰多尔先生的想法让我很快乐。"你游回来的吗？"我接着问。

"大部分是漂回来的，抱着一根漂浮木。"

我难以置信地摇着头，为他的足智多谋震惊："你为什么对这个村子如此了解？"

"我经过了大量探索，并且我研究过地图。"

"我很高兴你能回来！我们都担心死你了。"

"我也很担心你们，我觉得你们做得很好。"

我告诉吉兰多尔先生我有一些东西要给他看，他看起来有点儿担心，我马上补充道："一点儿也不远。"（他似乎迈不动脚步了，疲惫到了极点）我领着他下了台阶，来到恶魔亚玻伦雕像的背后。

"你知道这个吗？"我为自己的勇气感到振奋。我扒开雕像基座旁的杂草，拿起挂在天使像旁边的一把石钥匙。

不是这把。吉兰多尔先生默默地站着，从我肩头看过去。

我又试了第二把钥匙，扒过来翻看背后是钥匙形状的空间，当然，那是空的。

吉兰多尔先生睁大了他蒙胧的眼睛，靠近跟前："不，我不知道。"他说着，弯腰用他修长的手指谨慎地触碰那个凹槽，尝试着像按钮一样按它。然后他站起身，手撑在下巴上，"这个槽看起来像是用来放一把真正的钥匙的。"

我咧嘴一笑，为这一刻感到高兴。"是这样的，祖母家里有这把钥匙。"

"太神奇了！"他面露喜色，"你是怎么发现的？从铭文上的线索吗？"此时我感到了一丝害羞——他太为我骄傲了。我告诉了他我父亲的信件。

他点点头，眼里透露出一丝恍惚。"我记得那些年，你父亲曾经来到这里，我……"这个话题看起来让他突然感到很尴尬，接着一言不发了。

"我知道他来的时候你总是藏起来，"我说道，"祖母给我解释过。"

"噢！"现在他看起来更尴尬了，"我悄悄盯着他，并不是说那些日子这里有多危险。如果你不介意我说的话，你跟他长得实在太像了——走路的姿势一样，眼睛一样，头发几乎也一样。就像时光倒流了，当然，时光是不可能倒流的。"

"我并不介意。"

"但是我没有看到他发现了这个。"

"你能猜猜钥匙可以打开什么吗？"

他微微一笑，仔细研究着雕像："是我们寻找的那扇门吗？我希望那不只是锁住屋子里的隔间，或许那是一把城堡的备用钥匙。"他弯下腰，检查着雕像的基座，那条巨大的锁链锁着通往无底深渊的门。

"我也希望是这样，这个平台并没有一个锁孔，"他说，"你难道不觉得很难把钥匙插进无底洞吗？不，我并不太在意公爵让我们使用恶魔的钥匙的幽默感，这就像让我们打开潘多拉魔盒一样。那样的话就太难了。"

他打了个哆嗦，似乎想起了什么往事。

我们回到倾斜的屋子，我快速地把我对花园的探索进展和想法总结了一下。后来我想了想，当时我说得很混乱，吉兰多尔先生该有多善良才会如此礼貌地听我说完这些，可是我依旧在那里问他对数字 70 的看法。

"我们一生的期限是 60 岁或者 70 岁。"他茫然地看着我，"这就是摩西所说的，人的生命期限是 70 年。"

"摩西？"我跟在他后面爬上陡峭的台阶，吃惊地问，"你读《圣经》吗？"

他停住脚步，一脸严肃地凝视着我："你认为老农牧神不知道是谁让大树生长的吗？我们从一开始就认识他。"然后我们继续爬台阶，他又补充道，"我永远不会因为一本书太新或者太简洁而轻视它。"

R 兴高采烈地叫了吉兰多尔先生一声"萨堤尔先生"，这让吉兰多尔的情绪变得古怪起来。他询问了伤员的病情，并且表扬我把东西整理得井井有条，之后吉兰多尔先生就爬上屋顶打盹儿去了。我告诉他我会在花园里走一走，时刻保持警惕，对此他十分感激。

我一直思考着我困惑了很久的谜团，这时太阳渐渐升到头顶。我又回去看了看乌龟雕像，看了看野猪雕像，我在基座上反复搜索着，看我是否错过了什么文字，但依然没有任何结果。我被蟒蛇雕像边的荆棘重重地刺疼了，但我还是坚定着决心，走进赫拉克勒斯雕像的灌木丛里。当我穿过一棵老树的巨大树根时，一条黑黄色的蛇从我脚下爬过，我吓得尖叫起来。我很好奇，如果蛇离得这么近，

O 太太能不能看得见。

这一阵让我吓出冷汗的惊险袭击过去之后，我继续向前走。前面是一张巨大的网，那里有一只肥大的蜘蛛正对着我虎视眈眈，还将它的前脚伸向了我，我小心地避开了。这些蜘蛛身上的图案呈黄色和黑色，好像森林里的所有居民都穿着制服一样。赫拉克勒斯就站在一片阳光下，树荫边缘是一片浓密的绿林，美得令人窒息的深紫色浆果像宝石一样闪闪发光。一种多刺的草药气味四处飘散，蚊子嗡嗡作响。一些动物在灌木丛中爬行着，我的无意闯入让他们惊恐四散。

我爬到赫拉克勒斯巨大的脚上，盘腿坐在一块伸出来的光秃秃的石头上休息。藤蔓在神像基座上缠绕着，就像油汪汪的绳子长出叶子一样。我从远处注意到，藤蔓缠绕在雕像的腿上，就像给他穿了一条绿色的裤子。尽管有藤蔓缠绕，我还是可以看到雕刻得非常精细的便鞋、脚趾和健壮的肌肉。

我将遮住雕像的树叶扒开，沿着基座的边缘仔细寻找着。祖母的记忆力真好，如她所言，我在这个基座上一个字母都没有找到。

我回到开阔地，细看拱门：朝北的门柱上雕着各种图案，朝南的门柱上雕饰画像。

我一个接一个地细看着这些画像……被树叶覆盖的大胡子男人……优雅美丽的天使……还有那些风化了的可能是动物的脸……眉毛像触角一样翘着的可怕的脸。如我所料，这里有 14 个画像：左边 7 个，右边 7 个。

我饿了，回到 R 那里去吃午饭。他听到我翻箱倒柜的声音就睁开了眼睛，看到我还没走感到十分高兴。我剥了一个橘子，用橘子皮来塞住鼻孔。R教我"橘子""饼干""奶酪""面包"和"水"这些词用他们的语言怎么说。他指向屋顶，低声说："萨堤尔先生。"他又教了我其他词，我重复时，他微笑着点点头。

吉兰多尔先生的听觉真是敏锐无比，他的声音从敞开的舱口飘向我们："是'农牧神'，不是'半人半羊神'，不要叫我'萨堤尔'！"

R靠在墙上，哈哈大笑着。我指着R，又说了一遍，不管它是什么意思，他笑得更合不拢嘴了。然后我从鼻孔里拿出橘子皮，一块一块地扔到他身上。

R有了灵感，用语言和手势让我从他的草垫子上取下四根树枝，他让我把这些树枝拿到门外，把它们放在地板上摆成正方形。这个正方形轮廓成了我们的靶子，我们坐在窗户下面，用橘子皮对着方框里扔。R用笔记本记录我们各自的得分，我觉得这就像在一艘下沉的船舱里玩耍——一艘有异味的船。

吉兰多尔先生从台阶上下来，我踮起脚尖，望着窗外，为自己疏忽了放哨的职责而感到羞愧，尽管只是几分钟。R向他扔了一块橘子皮，吉兰多尔先生并没有被逗乐。

"对不起，"我说，我的脸上火辣辣的，"打扰你睡觉了。"

"你过来吃饭时我就不想睡觉了。"他说。他的语气柔和而严肃，似乎并没有责备我们的意思。相反，他的眼神看起来很悲伤，我很想知道为什么。

第十三章

/

牧神的秘密

　　回到小屋里，我把 R 想去仙界的想法告诉了祖母，我原以为祖母听后一定会认为不应该那样做，谁知祖母思索片刻后，说道："仙界对他来说可能是最好的一个地方，如果我们能找到一扇通向那里的门。"

　　晚饭后，我利用这段时间给父亲写了一封长信，回答了他的问题，感谢他的钥匙，并告诉他我们的奇遇和发现（这一次，我还是没有提及关于 R 或者吉兰多尔先生的任何信息）。大约到了我们平常该上床睡觉的时间，农牧神按照他跟我的约定，准时敲响了我们的后门。祖母一把把他拉了进来，关上门，紧紧抱住了他。

　　看到他脸上的宽慰和喜悦，我终于明白，就算冒再大的风险他也会过来的。在他与警犬的漫长周旋中，他对我们的担心甚至超过了我们对他的担心（无论如何，我都无法说出祖母心中的想法），尽管我告诉了他祖母是安全的，他还是要过来亲眼看看祖母。

70 年……吉兰多尔先生说这是人类生命的长度，他还提到了摩西。

祖母多大年纪了呢？前几天她提到了死亡。

我越长大，就越能理解吉兰多尔先生的悲伤，以及他当时的所思所想。这些玩橘子皮的游戏……这些瞪大眼睛来到露台上的小女孩儿，以及带着笔记本的男孩儿……这些时光总是瞬息而逝，时间永远不会倒流。夏天去了冬天来，冬天去了夏天又来，年复一年，葡萄藤变长了，雕像上的棱角逐渐消失，波浪变成了涟漪，激情变成了宁静。每次吉兰多尔先生看到祖母，他看她的眼神就像我们看着彼此一样，他每次都是这样。

祖母热了汤，拿出奶酪、肉和面包，我们围坐在餐桌旁，蟋蟀在夜里拉着它的小提琴，在我看来，世界似乎永远都是对的。当吉兰多尔先生喝完酒时，祖母又给他倒了一杯酒，之后我们就来到客厅。

"噢，我差点儿忘了！"我说，"R 想要香烟、葡萄酒、啤酒或威士忌。"

"哈哈！"祖母笑道，"那么他最好去住旅馆。"

吉兰多尔先生凑到台灯前，问他可不可以看看记在我的笔记本上的 R 写的那首诗。"我不在的时候，这些诗句萦绕在我心头，"他一边读着诗句一边说，"我联想起一些我开始没有想到的事，我离开的时间太长了，都没有注意到那是一首精灵的诗歌。"

"你说的是什么意思？"祖母问。

"农牧神们对几乎所有的东西都有特别的名字，经常会在歌曲中使用——'姐妹跳舞'代替树叶飘飞——树木的叶子。"

"那么，我们要寻找树叶吗？"我皱着眉头问。

"不是，还有很多事情要做。在仙界，我们很难理解死亡的概念，但是我们知道，死亡是人类在走向我们之前发生在他们身上的某件事情。有一首我曾经熟悉的歌，尽管我几乎忘记了它——这首将死亡描述为'姊妹在天水间跳舞'的精灵之歌——是的，就出现在 R 写的诗句里。你想象一下这样的情景：树叶离开树枝，风儿吹着它飘荡，最后飘落进水里……水和天空不是树叶生长的地方，但是它们在那里跳舞——你能看到吗？这就是我们理解人类生命旅程的方式。"

祖母换了个姿势，把胳膊肘放在膝盖上轻声说道："所以，这首诗告诉我们要寻找 14 或者 7 的双倍，它在告诉我们如何去寻找死亡。"

吉兰多尔先生喝了一口酒："我不确定这首诗到底要告诉我们什么，但是死亡似乎是神秘花园的一部分。"

我们沉默了一会儿，听着收音机里一段轻柔的管弦乐。乐曲播完后，祖母把它关掉了。

我把脑袋靠在沙发的扶手上，感觉飘飘然。但是，我并没有睡着，我能听见他们二人间既温暖又舒服的谈话。我感到一阵内疚，因为这是一次私人谈话，却被我听到了。但我不能提醒他们我没有睡着，这样不仅会打扰他们的谈话，还会伤害到他们，那样只会让情况变得更糟。所以，我只能躺在那里一动不动地听着。

"你要坦白什么吗，吉兰多尔？"

"是的。你还记得我跟你说过我初恋的那一天吗？那个女子，我为了她而放弃我的族类。"

"我怎么会忘记呢？"祖母淡淡地说，"就是在那一天你告诉我无论如何都不要回头，让我嫁给村里的一个好男人。那天你伤透了我的心！"祖母温和地说着，没有一丝苦涩。

"受伤的是你和我的心。"他接着说，"可是我当时说的并不全是真的。我确实是为了一个女子放弃了我的族类，但不是为了那个我之前提到过的女子。"

"你是什么意思，吉兰多尔？"

"我从来没有向你解释过那个破碎的雕像，那个只剩下脚的雕像。告诉我，M，你是如何理解那个雕像的？"

我几乎都要睁开眼睛了。

祖母轻轻说道："你曾经说过，你从未见过它，农牧神来到神圣的森林时，那个雕像已经破碎了。我告诉过你，你还记得吧，我在首都图书馆里读到过，那个雕像很可能是 G 的形象，是公爵深爱的妻子，公爵为那个女子建了这座花园，这些是在我手里的铭文中读到的。公爵无时无刻不存在于她的生命里。这就是为什么月亮要升上天空，雨水要在黎明时落下，这一切的意义也在公爵的生命里。听清了吗？"祖母笑着问。

"继续，"吉兰多尔先生说，"说出你所知道的一切。"

"好吧，她死了，"祖母继续说道，"公爵无法忍受深爱的人死了，雕像却仍然是完美的这一残酷现实，他在极度的悲痛中毁掉了雕像。这个花园，就像他的生命一样，再也不会完整了。据传说，他之所以留下雕像的双脚和基座，是为了表达他对这个残缺世界的一种遗憾，一份失落。"祖母沉思了一会儿，"然后他迈进了仙界之门，不是吗？——再次跟她厮守。这就是他从这个世界消失的原因。正如你所说，死亡是花园的一部分。生命旅程转了一圈又一圈，最后，一条小路离开了花园，一直向上。"

"一直上升到达石庙，是的。"我听到吉兰多尔先生放下他的酒杯，"好吧，我承认我是那样告诉你的，因为我知道只有那样你才会离开我，才会开始你应有的生活——你们人类的生活，一种时光会流逝的生活。我让你相信我曾经爱过别人并且还会再次爱上别人，你是我爱的第二个人。如果我告诉了你真相，你就不会离开了。"

祖母似乎有些不知所措："可是……最终你离开了你的族类。你为什么要这么做，如果不是为了……"

"我看到那双残存的脚，只有她曾经站立的基座还在那里，上面刻着文字。我不认识 G 和公爵，但也许是出于农牧神的一种直觉，因为我们也是一种有性情的物种，就连我的兄弟族萨堤尔也是有血有肉的。一旦我明白过来，仅凭音乐和舞蹈就再也不能填补我在人世的空虚了。"

"我知道，人类的禀赋其实不像我们一样是与生俱来的。这份禀赋只能在有限的人生路途中彼此给予至臻的灵魂才能获得。这样的爱，你们人类是能够拥有的……它比冬天最温暖的火炉温暖，它就像一颗流星，在它流逝之前照亮天空。"

"如果我和你之间能有这份爱，M，我想这份爱会一直跟随你。你可以忘掉我，带着你那颗年轻的心，找到属于你的爱情。"

祖母现在哭了起来："噢，吉兰多尔。你呀，我的傻爱人。"

"事实上，M，根本没有'第一个'女人，只有一双脚，G的脚，以及它们所代表的东西。我知道我会在这个世界的某个角落找到她，即使我不能留住她。我想用我的双手触摸她，用我的双臂拥抱她，哪怕一个瞬间的拥有也比永恒的错失要好。不过，我的确找到了她，虽然只有一次，我毫不后悔。我有幸看着她的儿子长大，还认识了她的孙子，我和她交往的时间比我预想得要长。"

"吉兰多尔，"祖母突然问道，"你有没有想过你会失去我？"

沙发动了一下，我知道是祖母起身坐到吉兰多尔先生的身边去了。我趁此机会把脸转向沙发靠背上，这样他们就看不到我的眼泪了。

第十四章

/

意料之外

　　明亮的阳光透过窗帘，我睡醒了。我发现身上穿着睡衣，我一定是什么时候换上了睡衣上床睡觉的，但是我记不清了。从我嘴里的感觉，我知道我昨晚没有刷牙。客厅里没有人，前厅和厨房也没有人，我看见厨房里时钟的时针已经指向九点了。我拿起牙刷和牙膏，这时我听见祖母在花园里和一个人聊天。起初，我想这可能是吉兰多尔先生，尽管我怀疑他是否会在白天待在这里，但后来我听到是一位女士的声音。我从窗户望过去，我发现祖母的这位朋友我从未见过。

　　我刷了牙，穿上衣服，发现了昨天收拾好的帆布包，它正在厨房的桌子上等着我。旁边有一张纸条，上面写着："牛奶在冰盒里。"在橱柜的最顶格，快要融化的冰块的旁边，我看到了牛奶瓶，但不是很满，祖母把最后的那一点儿牛奶留给了我。我习惯性地朝下看了看接融化了的冰水的盒子，没问题，接到晚上也不会满的。我把牛奶瓶装进我的帆布包里，回到房间，拿上笔记本，又看了看抽屉里的钥匙。

我朝后门走过去，看了一眼客厅，想起了我们昨晚度过的快乐时光。我看见那本神话书摊在祖母的脚凳上，我蹲下来翻了翻，找到了普勒阿得斯的入口。又读了一遍，我注意到一些我曾遗漏过的东西：七姐妹星中，只有六颗星在金牛座中是可见的。一颗叫作"墨洛珀"的星星，被称为"迷失的明珠"，书上说因为她嫁给了一个凡人，于是羞于露出自己的脸庞。

我就那样站着，伸了一个懒腰。过了一会儿，我勇敢地走出门来到祖母的花园里。祖母向J太太介绍了我，她和其他许多人一样，说我长得像我爸爸。

"我要去寄信了，我还得去一下商店。"祖母对我说。我提出要帮忙，但她说她只买几样简单的东西，不用我帮忙，她让我去拾些柴火来好烧炉子，"你看到午饭了吗？"

我点了点头，谢了她。

"他真是个好孩子！"J太太夸赞我。

★ ★ ★ ★

我对森林里的怪兽的研究陷入了僵局。虽然祖母和吉兰多尔先生给我帮助，但这一种神秘就像远处田野上的热浪一样似乎渐渐在我面前消逝。我们探索得越多，答案就越是如同腐烂的木头一样在我们的手指间掉落。

祖母写下了每个雕像的身份，并花了几个小时仔细研究她那些书架上的书。她阅读有关半人马座、赫拉克勒斯星座、海王星和美人鱼的一些介绍。一般在晚上我会跟着祖母阅读这些书籍，我们在厨房的桌子上堆起高高的一摞书，我们将这些书翻前翻后，想找到我们想要的内容。

我习惯了每天带一两本书到森林里的花园里去，用各种怪兽的插图和那里的雕像做比较。

有一天我正在思考问题时，R 终于憋不住问我："你在做什么？"他指着我的笔记本说，"这些东西，这段时间……为什么做这些？你为何会如此努力地想做？"

我咬了咬嘴唇，思考着该怎么说。

幸运的是，当时祖母也在场。她叹了口气，低声说："我们以为花园的雕像、铭文和数字都是一个谜，这些谜团隐藏了通往仙界的大门，我们正试着去找到它。"R 发出一声欢快的呼喊声，但祖母却让他噤声。"如果我们被抓住了，"她说，"带你走的就是士兵，而不是精灵。"

有一阵子，我特别痴迷于地图，假设一开始这座花园是模仿古罗马[1]建在七座山丘之上，那么每座雕像都对应着著名的古建筑——但是最终，我无法让这个理论继续支撑下去。我想了一段时间，如果森林中央那些灌木丛像大海，那么它周围的雕像就像古代世界的

1　罗马城最初建在景色秀丽的七座山丘之上，被称为"七丘之城"。

海港和首都。在近乎绝望中，我把所有的花园都加到我的地图上，假设公爵在他的神秘花园里糅合了部分大自然的因素。但吉兰多尔先生礼貌地指出，现在大多数的树木都比花园要年轻得多，而且在公爵的那个年代里，可能有不同种类的树。总的来说，我认为赫拉克勒斯雕像旁边的灌木丛中的七棵树可能对应的就是七姐妹星座。

我们从福音书、启示录和创世记中回顾了我们能找到的关于天使的每一个解释。在思考大象雕像的问题时，我们重读了关于汉尼拔和迦太基的三次战争。祖母甚至打开了一本沉重的中世纪动物寓言集，研究了乌龟、野猪和大熊。我不确定有没有对那四个抱着水罐的裸体美女进行研究，但我还是睁大了眼睛，密切注意着类似的形象。

回想起吉兰多尔先生对精灵诗歌的解读，"姊妹在天水间跳舞"是对死亡的隐喻，我们重新审视了花园里的每一处能表示死亡存在的地方。我承认，那个睡着的女人很可能已经死了。那些在大象雕像下的士兵显得毫无生气。祖母指出，那张尖叫的大嘴巴的形状像一座坟墓。山顶的石庙（我是道门）显然是引导来访者走向天国并预示着来生。但是我们的搜索仍然没什么新进展，虽然吉兰多尔先生又花了很长时间重新审视了失踪雕像的底部，以及斜屋子的内部细节。离因，冥冥中他告诉我们，他疯了。这是不是意味着妻子死后，公爵就陷入了这样的精神状态？这和 G 有直接的关系，因为她的死导致了公爵的离去，这就是公爵离去的原因？

通常祖母的膝盖上还放着一本书，她就在摇椅上睡着了，这时我会轻轻将她推醒，让她上床睡觉；通常她会在一大清早将我拍醒，我们就可以前往神秘花园了；祖母也会经常到她朋友的花园里去转转，随着我假期结束的日子越来越近，我和祖母的关系也越来越好了。吉兰多尔先生更加频繁地在晚饭后从后门敲门进来。那些炎热的夏末夜晚，飞蛾在窗户上拍打着，月光洒落在树篱上。我们一起聊天读书，非常开心。

我们在神秘花园的日子是永恒的，也是短暂的。早晨，天边的曙光还泛着蓝色，石头上映衬着粉色的光芒，我感到十分快乐，我希望能和这些人在一起，整天待在这个地方。傍晚时分，天气阴沉，云层深厚，晚霞从金色燃烧成红色，我很想知道漫长的一天在我一转身的时间里去了哪里。

吉兰多尔先生从他的洞穴里拿了一个玻璃罐，非常大的一个罐子，就像杂货店里装糖果的罐子。他在罐子里灌满了水，又加了一些干叶子和药草，然后放在山顶上的石庙旁。太阳照了下来，我们煮了一种薄荷味的茶，在森林里喝起来。

我绕着这些雕像转了一圈，从各个角度仔细观察它们，敲敲拍拍，寻找着有可能隐藏在它们身上的任何密码。吉兰多尔先生单独展开他的研究，他更多地关注那些纠缠在一起无法逾越的植被，觉得那些地方最有可能隐藏着某种秘密。他扭动着身躯挣扎着爬进灌木丛里，出来的时候一头一身都是毛刺、种子和蜘蛛网。祖母慢条斯理地从台阶围栏旁的那七个小罐子中刨出泥土和杂草，仔细筛掉泥渣，把这些小罐子好好地检查了一番（对她来说，这是一份再好不过的工作了，因为她可以在感觉累的时候随时坐在长凳上休息或打盹儿），但是我们依旧一无所获。我们就像搬运工一样前前后后地忙碌着，帮着她重新把罐子里装满新鲜的土，并把陈土撒到灌木丛林里。有朝一日，森林就会重新孕育出它选中的种子。

毫无疑问，短短几天时间里 R 就成了我们的朋友，祖母经常被他的口音逗乐，她还故意模仿他说话的样子，就连吉兰多尔先生也忘记了对他的不满。R 说起了他每天晚上都能听到的精灵们的歌声，还有他反复做的关于"萨堤尔——半人半羊"的梦，而吉兰多尔先生从他的描述中确认，事实上那就是农牧神。R 一次又一次地谈到他有多想去仙界，他并不想回到他的故乡。

一天下午，当吉兰多尔和我在极尽所能地去探查中央灌木丛时，我问："为什么是 R 能听到和梦到这些事情，而不是我们的其他人呢？"

吉兰多尔先生透过荆棘的树枝回过头来看着我，他的帽子上还挂着一些种子，他说道："因为他所处的位置。一旦一个凡人出现在仙界的边境，精灵的声音就能传进他的耳朵里。"

我们无法穿过森林里那些荆棘遍布的灌木丛。从一边延伸到另一边的灌木丛里净是荆棘、树根和树枝，或许它真有可能隐藏着某种奇迹，但是不管怎样，它对我们总是封闭的，我们没有办法走进去。当我们再次从衣服上抖下枯枝败叶的时候，吉兰多尔先生说，他认为，花园的中央位置应该是我们无法触及的。"就像伊甸园，"他说，"生命之树，智慧之树，不可触碰。"

站在那里，我们离雕像的基座只有几步之遥，那是公爵的妻子 G 的形象。我情不自禁地带着疑惑凝视着那双小小的穿着便鞋的脚，这是一双用石头雕刻的精致的脚。

吉兰多尔好奇地看了我一眼，但他的目光也很快被吸引到基座上了。

我不假思索地说："我遇见你的那天，你说了灰姑娘的故事。王子寻遍整个国家只为找到那有着美丽小脚的姑娘，他相信自己一定会找到她。"

意识到我可能说得太多了，我立刻闭上了嘴。我感到他在盯着我，然后磕磕绊绊地补充道："呃，美丽的脚，我一直都是这么想的。"

★ ★ ★ ★

我带着笔记本爬到屋顶上，吉兰多尔先生在花园的院子里巡逻。祖母在阳台上轻轻地打着鼾，R 正在看一本我们给他带来的钢琴乐章。

我把笔记本放在膝盖上，向后靠着栏杆，一页干净的白纸很快被我的笔记、图画和潦草的字迹填满了。我又一次抄下了所有铭文，这样我可以尽情研究其中的意思了：

进入这里的人，须四处仔细观察，然后告诉我，这么多的奇迹是为了恶作剧还是为了纯粹的艺术

脚步如雨般轻柔

假如有时间我能吃奶酪千千万

来找我不在里面在附近

我确实是真的

舞者一圈一圈转 3 和 7 里有答案

人鱼

不在台阶不在门廊不在墙

注视我

你我大家都有可是家

窄

离因

我是道门

一切皆荒唐上下求索尽徒劳

小径黄昏后

十五条铭文。有些给人一种奇怪的感觉，有些根本没有感觉。除了祖母给我的那条铭文，其他的没有任何标点符号。祖母提供的那句铭文我没有亲眼见过它，不知道是不是她添加了标点符号，当然这并不是很重要。我开始玩起了另一个标点符号游戏：

我是真的，确实。

确实，我是真的。

这是毫无意义的。一切皆荒唐上下求索尽徒劳。我父亲花了很多年时间寻找适合钥匙的锁孔。我不也得花好多年时间数数、阅读、研究这纸上的文字游戏吗？

为了恶作剧还是为了纯粹的艺术

我要奶酪成千上万

假如有时间

"根本没有什么意义，是吗？"我问公爵。我趴在栏杆上，下巴贴着手臂，膝盖也抵着栏杆。我看见吉兰多尔先生在海神雕像附近踱步，他的双手紧紧背在身后，根本没有什么意义——仅仅为了寻找，激发你发现的欲望。这是一个完美的谜，因为它永远不会结束，一年又一年，一代又一代。没有让人失望过，因为答案总是悬挂在你的前方，当每一个假设被推翻后，只会让谜团变得更加精彩。

我站起来，认真地看看四周。从天空投射下来的阳光随着微风轻轻摇曳，就像从教堂那高高的窗户上投射下来一样。绿色的拱顶在森林中渐渐消失，每一处都是通往秘密世界的入口。一架飞机正从某处经过，我很少在森林的花园里听到飞机的声音。

我的目光从水池和睡美人雕像中间瞟过，我愣了一会儿后突然恍然大悟。又一次，我看到了一些我从未见过的东西，因为我从未找过它。在那丛灌木的中央与沟壑的西墙之间，有一处明显的沟壑，那是一块没有灌木生长的空地，只有站在我现在这么高的位置上才能看到它。也许是一块裸露的石头……也许是一个坑井或者……也许是一块天然的泥泞的洼地，雨水汇集在一起。不管它是什么，我都得去看看它。再一次，我又开始心潮澎湃，这就是花园的魔力。

当我从梯子上下来时，R唱道："哒嘟嘟哒，哒嘟嘀嗒嘀嗒！"——他的鼻子埋在钢琴乐谱里，手指在空中弹奏一个假想的琴键。

祖母小睡了一会儿。吉兰多尔先生注意到我匆忙地走上台阶，我向他挥手，指着我要去的灌木丛。

"那边有东西。"我说，指着那堵有我三倍高的绿色墙壁。那墙壁上挂满多刺灌木，里面光线昏暗，一只白色蝴蝶在一丛浅色花朵上飞舞。

"你指的是什么？"吉兰多尔先生问道，他的鼻子在空气中嗅着，"是移动的东西吗？"

"不是，是一个大家伙，灌木被它压着都不能生长了。"

他盯着浓密的灌木丛，扶了扶帽子。"那么，我们再去看一看！"

再一次，我们扭动着身躯钻进了灌木丛，费力地挤进去，艰难地把双脚一点一点往前挪。葡萄藤试图掐死我们，它们枯死的藤枝被我们踩在脚下，有的被我们踩翻，有的被我们踩断。看不见的蜘蛛网线沾在我的脸上，蜘蛛愤怒地抖动着它们的身躯。历经艰难，我们终于穿过灌木丛。我扒开枝叶，眯起了眼睛。

"我觉得这是一块大石头。"我看见一个形状不太像雕像的灰色大石头。

"如果这是一块石头，"吉兰多尔说，"那么它就是一块长牙齿的石头！"

我们挣扎着穿过最后一片藤蔓，我惊讶地看见一张大嘴巴，那张嘴巴比我伸开双臂还要宽。灌木丛里的昆虫在大嘴巴里爬来爬去，就像海水从大嘴巴里涌出，在圆形的牙齿之间流动。远处的树荫里还翘起了一根巨大的尾巴。

"是一头鲸鱼！"我喊道。这是又一座雕像，坐落在一个长方形的基座上，被隐藏在灌木丛中。还有一点可以肯定，我们在基座的侧面发现了刻在上面的字母。我惊叹它饱含智慧的眼睛、飞扬的巨鳍，以及巨大身体所散发出来的那股力量。

"你不知道这座雕像吗？"我问道，我们沿着海怪往前看。

"我也说不准了，"他说，"不过我知道一点儿，那是很多年前的事了。那时我还没遇见你的祖母，我那时对雕像也不怎么关注，觉得雕像是人类的东西。"

这让我很兴奋，因为我发现了其他人没注意到的东西，这可能将是祖母有生以来第一次看到的东西。这头鲸鱼雕像隐藏在树叶和树枝后面，尾巴像一棵倾斜的大树，无论春夏秋冬它的眼睛总在风雨中闪烁着，而这里距离开阔的林间空地只有几步之遥。覆盖着海怪的灌木枝叶如此浓密，我怀疑它可能永远都不会被发现。我们一步步靠近，一张张揭开叶子，发现了隐藏的铭文：一个接一个可通过。

我们绕着基座，寻找着其他的铭文，敲着墙壁寻找有没有空心的地方，特别注意寻找钥匙的锁孔，因为我的父亲可能从来没有发现过这座鲸鱼雕像。吉兰多尔先生把我举到雕像上，我坐在这个雕像的背上。头顶有一道浅浅的凹坑，真正的鲸鱼就是从这个位置喷水和呼吸的。但这里只是一个喷水孔，而不是一个钥匙孔。

"那么，"吉兰多尔先生说着把我抱了下来，"这又是一个启发。"

"现在有十六条铭文了，"我说，"还会有吗？"

我们回到阳台，祖母也醒了，她从我们身上撤掉杂草，把它们扔到栏杆外。"我错过了什么吗？"她坐起来问道。

"一条鲸鱼。"我说。

那天下午，我们查看了山顶、屋顶，还有灌木丛，四处寻找可疑的洞口。吉兰多尔先生还爬上了几棵大树，巡查了西南方向的飞龙雕像，一直检查到拱门那里才停下来。我们算了算，再没有什么地方可能有雕像隐藏了——当然，除了森林中心的那片最密集的灌木丛。即便如此，从屋顶高处看去，还能看见那片密集的灌木丛的大部分，而且看不出无穷无尽的灌木丛有什么明显的间断。当然，也有可能枝叶过于茂盛遮盖住了顶部，树冠下还藏着什么东西，我们就不得而知了。

在我们准备回家之前，R问我们溪流边有没有芦苇，他想试着做支长笛。吉兰多尔先生说，等他去打水时顺便帮他带几根回来。

★ ★ ★ ★

尽管很有趣，但是这美好的一周即将结束，一种忧郁沮丧的情绪笼罩着我。我们没有发现更多的线索——没有数字，没有铭文，当然也没找到那个关键锁孔——我们收集到的东西似乎引导着我们进入一个毫无希望的循环。我一次又一次思考着我的理论，也许公爵曾打算把花园建成一条无尽循环的小径，永无止境地探索比旅程本身更好。

然而，有三个因素从另一角度说服了我。第一个是钥匙，如果没有一道门需要打开，那就没有必要制作这么一把钥匙；第二个是R写的那首奇怪的诗，在他神志不清时写的；第三个是他在夜里持续地听到精灵的歌声，以及他关于精灵的梦，他梦见精灵们在通往星光下的道路上等着他。这些都是他在笔记本上亲自写下的，但他完全不记得了。他声明自己不是一个诗人，他说年轻人会尝试做任何自己喜欢的事情，但他自上学以来就没有写过诗。

然而，他是一位音乐家，他用一根空心的芦苇秆成功地制作了一根长笛，虽然它不像真正的长笛那样能演奏那么多音符，但是 R 可以用这根简陋的长笛兴致勃勃地演奏他听过的精灵之歌。有时，吉兰多尔先生敏锐地听着这些旋律，要求 R 无休无止地演奏；有时，旋律会让吉兰多尔先生陷入忧郁，他会一言不发地离开房间，消失在森林里。随着时光的流逝，精灵的旋律已经植根在我们的脑海里，我们会在毫无意识的状态下不由自主地哼起这些旋律。有了自己的长笛，R 把钢琴谱还给了我和祖母。他在自己的笔记本上画了一个音乐家，写下了精灵们唱的一些旋律。我很好奇，把这些旋律也抄下来。这些旋律一点儿不像我在其他任何地方听到的那样，在以后的岁月里，在凡人作曲家的作品里我从来没有遇到过这样的曲谱。虽然很难解释它们的不同之处，但是如果你听过这些旋律，你会同意的。

我漫步在花园中，凝视着那些雕像的脸庞，指尖划过雕像的基座，在那些台阶上爬上爬下。我躺在祖母和吉兰多尔先生曾经一起坐过的长椅上，他们曾经坐在这里看着阳光透过树叶慢慢流逝。我用 R 的语言学会了一首歌，但祖母说我们不应该太迷恋这首歌，顶多可以把它当成一种消遣。祖母说这就像石楠花一样，美丽而芬芳，但如果不细心照料，花蕾就会开放得喧宾夺主、肆无忌惮。R 下定决心离开人类，她尽最大的努力让 R 慎重考虑，要他三思而后行，但是祖母的努力并不奏效。在交谈的过程中，R 会听到鸟儿的叫声，或者他的目光会在长满苔藓的石头上流连，他的思绪总会飘到远处。

当他像正常人一样清醒时，我们会让他讲讲战斗机，讲讲他对飞行员同伴做的恶作剧，以及他在城市附近的奶牛场长大的日子。当他发现我们带来的布袋上沾着苍耳果时，他试图改进扔橘子皮的游戏。得到祖母许可后，他在布匹上画了个同心圆圈，在布匹下摆坠上重物，把布匹挂在墙上作为我们投掷的靶子。我们瞄准靶心扔苍耳果，我将靶心叫作阿鲁迪巴、红星、金牛座的眼睛。

自始至终我都在研究我的笔记，不停地寻找这些符号的意义。我认为在某种意义上，神秘的词语和数字可能与花园有关联。这关联就在树荫下，在阳光下，在我们离开后的那无尽的夜晚，在 R 睡梦中精灵的歌声里。

★ ★ ★ ★

一天早晨，R 在他的窗口向我们打招呼，说他想自己从楼梯上下来，到斜屋子旁边的森林里去走走。虽然他可以从上面看到雕像，但他还是想近距离地观察这些雕像。吉兰多尔先生很不赞同 R 的想法，但祖母认为走点儿路对 R 有好处，她说，要激励他康复。

吉兰多尔先生和我爬上楼去接他下来。在检查了他的身体恢复情况后，我们先让他在最高的台阶上坐稳，然后扶着他缓缓地从台阶上一个台阶一个台阶往下走。吉兰多尔先生走在他的后面，如果他摔倒了，吉兰多尔先生可以接住他。我走在 R 的旁边，如果有需要的话我可以随时抓住他那只健全的胳膊。只走了一半，他就需要在阳台上暂作休息了，尽管累得喘着粗气，但他依旧欣喜若狂地四处张望着。"这走得已经够多了吧？"吉兰多尔先生满怀希望地问，但 R 摇了摇头，继续往楼下走。

到了楼下，他气喘吁吁地坐着，举起袖子擦拭汗水，显得很高兴。祖母看着他，点了点头。"走到水池那儿然后走回来，"她下令道，"你别走得太累了。"

R 给她行了一个军礼。

吉兰多尔先生和我在两侧搀扶着他，祖母监督着我们，让我们看着他的腿，慢慢地走，顺便找一找散落在地上的树枝。走过长满青苔的空地时，R 紧皱着眉头，疼得龇牙咧嘴，我们担心他的伤口会裂开，只好立刻停了下来，但他依旧点着头并催促我们继续前进。

"好家伙，"他一边喘气一边激动地说，"这是真的吗？太奇妙，太奇妙了！三个火枪手！"他搂着我们的脖子，在吉兰多尔先生的脸颊上狠狠亲了一口。

"下次再这样你就自己走了啊！"吉兰多尔先生怒气冲冲地说，显然，这一口亲得太用力了。

R 高兴得又笑又唱："哟，嗬！哟，嗬！"

"你能安静点吗？"吉兰多尔先生说。

"我从酒馆回家的时候就是这样子，"R 说，"就像这样！"

我眼睛的余光里，看到祖母有点儿生气。

"笔记本上有一个谜语说，"R 说，"什么野兽有六条腿，三个头，气味闻起来很糟糕……那就是我们！"

吉兰多尔先生喃喃低语着什么，我感觉我们花了好长时间才来到水池边。我们小心翼翼地扶着他在水池的边沿上坐下来，等他安全坐下后，吉兰多尔先生如释重负，有点急躁地往后退了几步，并用他的帽子对着脸扇风。

R用充满幽默感的眼神望着我，我忍不住笑了起来。然后他凝视着四个裸体美女的雕像，说这是一个多么美好的地方。

祖母举起她的手杖给他指出了雕像上刻着的一句话：你我大家都有可是家。

"这句话毫无意义。"R说。

"就像你一样。"祖母用指关节轻轻敲打着他的头。

R平静了下来，喘了口气，变得严肃起来。"这只是一部分而已，"他说着，低头看着那些文字，"这里不全，这只是什么重要内容的一部分。"

祖母坐在他旁边，叹了口气。

R伸手向前拾起一根小树枝，脸上露出痛苦的表情，他用这根小树枝在水池里来回拨弄着。在距离最近的雕像不远处，我看到一条条蜥蜴沿着水池边飞掠而过。天已经开始升温了，甚至在水池边也能感受到。我可以感觉到上午晚些时候的热浪让我们头顶的树叶都变蔫了，烈日烘烤着地面上的石头。空气是沁人心脾的，R的小树枝随意拨弄着水花，蜥蜴消失在远处。祖母开始昏昏欲睡。

"嘿！"R突然叫起来。

这叫声使祖母立刻清醒过来，她看到R指向她身后的水池时，她惊吓得跳了起来，抓住我的胳膊以保持平衡。

我们看到一条灰褐色的蛇，大约有祖母的拐杖那么长，以S形曲线在水里游着，它的头刚好露在水面上，穿过水池向我们游来。R用他的树枝朝蛇那边狠狠地拨弄了几下，蛇改变了方向，朝着池子的西北角方向游去。

"这危险吗？"我问道，感到一丝凉意。

"不，"祖母说，"没事的。"

R 正要说些什么时，吉兰多尔先生轻轻贴过身来。

"有人来了。"他低声说。

一股新的寒意袭了上来。我环顾四周，但只见到一片绿色的天空和逐渐消退到远处的太阳光。

R 抬起头，惊恐不安，朝斜屋子瞥了一眼。

"没有时间了，"吉兰多尔先生低声说道，"下来，赶快！"他半拉半抬地把 R 从水池边沿上弄了下来。

R 痛苦地咕哝着，看着吉兰多尔，等待着下一步的指示。

吉兰多尔先生把帽子塞好，蹲伏在 R 身旁，把他的手放在飞行员的手臂下面。"我们得躲到那里的灌木丛中。"他指的是水池北边那条鲸鱼雕像旁边的茂密丛林。然后他朝南边的拱门点了点头道，"M，你走那条路，不要走错。"他又对着我说，"你赶紧去把小隔间关上。"立刻，他开始拖着 R 向后，朝着长满苔藓的地方迅速转移，飞行员一脸痛苦地跟着吉兰多尔先生撤退。

祖母把药瓶从她的地毯包里拿出来，塞到我手里，命令道："赶快去！"

"笔记本！"我回头小声说着，开始在袋子里翻找。

"把包都拿走吧！"祖母把包给了我，自己在平缓的斜坡上蹒跚而行。

我跑向斜屋子，爬上台阶，跑到楼上的房间里。一到那里，我首先把 R 的简陋小床拉进了秘密隔间，把药瓶也放了进去，把装着半桶水的水桶也放了进去。在我清理房间里的证据时，把包里的笔记本也拿出来藏在了小隔间里。然后我从暗井里爬出来，关上地板。隔间的门也关上后，我咬紧牙关，挎起地毯包，跳下楼梯，一溜烟跑过去找祖母了。我没有看到吉兰多尔和 R 的任何踪迹，他们已经成功地消失在灌木丛中。

我正要穿过空地时，听到祖母在大声呼唤我的名字。我走近拱门，看见祖母在拱门的另一边，站在飞龙雕像和猎狗雕像前面，显然她正在等我。就在我和她说话的时候，一个声音传来："早上好！"

在通向悬挂降落伞峡谷的斜坡上，我瞥见有人在光和影的交错中向前行走着，他们穿着军装。

我祈祷奇迹发生，用手盖住眼睛，从指缝间朝着刺眼的阳光看过去。

来人正是少校。

"现在还是早上吗？"他看了看自己的怀表，自我回答道，"勉强算是吧。"他大步走到我们身边，微笑着向我们脱帽致意。他的衬衫上沾了几粒种子，衣领是敞开的，夹克搭在一只胳膊上，手枪放在那闪闪发光的皮革套子里。"你们不是正准备离开吧？"

我用余光寻找其他士兵，但我没有看到其他人。

"P 少校，"祖母说，"今天真是散步的好天气啊。"

"没错，T 夫人。所以你来这里散步，我也是。"

"从驻防部队走过来可是很长一段路呢！"祖母说。

"我是从村子里走过来的，从你的小屋里出来的。事实上，我把车停在那儿了。"

"你的车停在我家，而我们和你都不在那儿。少校，你可真会开玩笑。"

他笑了笑，随手拍死一只停在他脖子上的蚊子，并检查他手指上的血迹。"就像你决定违反不能出现在这里的禁令或要求一样。"

祖母看起来有些吃惊："这一禁令现在还在生效吗？毫无疑问，危险已经过去了。"

少校审视了我们一番："违反了禁止涉足文化宝藏的禁令，你很清楚，T 夫人。"

"啊，"祖母惊讶道，"艺术禁令，我们绝不会违反的，少校。这些雕像一直是我们森林的一部分，无论法律怎么变化，它始终是在这里的。我是一个热爱祖国的好公民，同时我也是一个老女人了，就让我在我们的森林里走走吧，先生。"

少校板着脸，他的眼神看起来极不友善，我从他的眼神里看到了凶神恶煞的狗熊。他经过我们身边向拱门走去。"既然我说什么都不能阻止你，我倒想请教你，你们到这里来到底要做什么？"他转过身来，盯着我和祖母看，"说吧，和我分享一下这个地方的有趣之处。"

"少校，"祖母说，她很有耐心，用富有教养的语气说道，"这片神圣的森林令人叹为观止。你已经来过好多次了，不是吗？我们第一次谈话时，你也说过这里很迷人，如果你的眼睛看不到这些，我也没什么好说的了。"祖母转而看着我，"你能吗？你能帮助少校理解我们为什么来到这里吗？"

我摇了摇头。

"先生，允许我问问你，"祖母继续说道，"假设我和我的孙子要走进你的司令部。你在那里有没有一间作战室，里面有地图、大头针、电话和报告，还有一大本写满秘密代码的黑本子？你认为我们能理解你在那里做什么吗？你能在一小时或一天时间内把这些都跟我们解释清楚吗？"

少校看着她，随后举起一只手，摆了摆手指，示意道，"走吧，"他说，"让我们来一起看看这个地方。"

"随你便，"祖母耸了耸肩道，"我们没有你那么忙。"

"真的吗？我自己的观察结果可能会是相反的。"

祖母不屑地挥挥手："一个人如果不四处走走，找点儿有意思的事情做做，那就跟埋在泥土里没什么区别了。"

他把胳膊伸向祖母，但祖母回报了他一个优雅的鞠躬。"这些原始森林我一直都很喜欢，总的来说，不用管我，让我自己在这里随意走走也不会有危险的。"

祖母的这个回答把少校逗乐了。"夫人，要知道没有什么比一个人随意行动更危险的了。"

"你怎么知道的，先生？"

"我总是全副武装，"他说，"即使我一个人来这里。"

现在，祖母对他笑了笑。

我紧紧跟着他们穿过拱门，祖母微笑着带他来到他要求看的花园里。祖母向他展示了尼普顿的雕像，她指出了海妖斯库拉和卡律布迪斯雕像的精细之处，并向他完整地介绍了这个故事。

"那这个词是什么意思？"他问道，"窄？"

祖母靠在她的手杖上，歪着头，皱起了眉头。"这是一条非常狭窄的通道，我猜想，一条狭窄的一边连接着死亡的通道。"

"嗯。"少校点头道，在他们继续前进之前，他一直仔细地注视着尼普顿雕像。

接下来，祖母向他解释了野猪雕像、四个裸体石雕美女的水池，以及无底洞里的恶魔天使亚玻伦雕像，最后他说他想要去那座他称作"塔"的建筑里看看。

"这可能会让你感到眩晕，"她说，"它是倾斜的。"

"它还有一种难闻的气味，"他说，"我知道。"他推脱道，接着爬上台阶，他的靴子踩在台阶上发出咔咔声。他在进屋之前从阳台上朝下看了看我们，尽管他对我们的怀疑只是众人的猜测，我确信他一定希望能在上面的房间里找到一些能解决他的谜团的东西，从而可以指证我们。他的身影在窗前闪了一下，这意味着他正贴着暗井旁边的狭小通道往前走。所有对我们不利的证据都在他的脚下，他走过了那间满是床上用品和 R 尿盆的小隔间。我很高兴这间石屋子依旧散发着恶臭。

过了一会儿，我们听到屋顶传来刺耳的咔咔声，少校跑到墙垛那边去了。从那座倾斜的房子顶上，他正对我们和整个花园进行着严密的视察。他从前往后，仔细研究着所有在他面前排列着的、覆盖着斗篷似的落叶和苔藓的古老雕像，这些雕像都是由那些早已死去的工匠精心制作的，它们都是在早已消失的公爵的出资下完成的。

当祖母平静地凝视着少校时，我明白了，神圣的森林已经击败了少校、长官、卡车和警犬，他站在比我们更高的地方，他的手枪装在闪闪发亮的皮套里。他的下巴愤怒地颤抖着，他试图了解我们的世界，这是一片绿色的、宁静的地方，而这一切就在他的四周，在他的靴子下面。他仔细地看着这个谜，但这对他来说是未知的。祖母的脸上挂着一种我后来才理解的怜悯的表情。

最后他离开了我们。他坚持送我们回到小屋，他握着我的手，向祖母鞠躬。他打开车门时说："我祝你身体健康，好运连连。"我注意到他今天是自己开车过来的，"但请你记住，T夫人，无论我们多聪明，也很难一直聪明下去。"

祖母平静地回答："你的意思是说，没有什么是永恒的。在这一点上，少校，我们是痛苦的，并且我们会不断地意识到这一点。"

他把帽子戴在他那油光闪亮的头发上："怎么理解看你了，夫人。"

他们两人脸上都没有了笑容，随后少校关上了车门，启动了引擎。

★ ★ ★ ★

从那天晚上在小屋里的对话中，可以看得出来吉兰多尔先生跟我祖父一样也不喜欢少校。吉兰多尔不停地议论着少校，祖母因为在阳台招待过少校午餐而道歉，因为那放在地毯包里的午餐本来就是为我们准备的。

等吉兰多尔先生的情绪渐渐恢复正常，我们三人讨论了关于R

的事。

"他的身体状况明显好转了。"吉兰多先生说，"M，你简直就是个神医。"

"这是天意，"祖母说，"我缝针的技术其实并不怎么好。"

"那他接下来该怎么办，"我问道，"如果我们找不到通往仙界的大门？"我在想我们总不能把他留在斜屋子里过冬吧。

"他身体好得差不多了，可以走路了，"吉兰多尔先生说，他给我们每个人都递上一杯茶，"我可以随时带他翻过山去。天黑之后从那里上船，他可以划过去，那边就是敌方的领土了，他们会友好地对待 R 的。"

祖母皱着眉头："这对你们俩都太危险了，那里一定有很多士兵在海岸上巡逻。"

"那么，"吉兰多尔先生说，"其他路线更糟。"

"战争不能永远持续下去，"祖母说着，安静地躺在椅子上，"如果战争真的停止了呢……"她叹了口气，似乎在研究天花板，"假设我们可以把他藏在这座阁楼里……"

我差点儿被一口茶呛到，吉兰多尔先生突然重重地把杯子往桌上一放，我以为杯子都被他弄碎了。

"好的，好的，"祖母说，"我想这行不通，F 太太会听到他演奏长笛的声音，离我们太近他会出格的。"

吉兰多尔先生点点头，他的眼神在我们身上扫来扫去。"你绝对不能在这里窝藏敌军，答应我！"他低声耳语着，"敌方士兵。"

"我收回这个建议。"祖母说。然后，看到他还不满意，祖母又补充道："我保证，我保证。"

"但是你可以。"我说，他们都看着我。

吉兰多尔先生不安地转过身："我可以做什么？"

"你可以把他藏在你的洞穴里，不是吗？"

现在吉兰多尔先生看起来神情有点儿不太对劲了，祖母很想笑。"我不喜欢这个想法。但是……如果真是这样的话，我想……"

祖母握住他的手："最好是找到那道通往仙界的门，这是 R 想要的，也是你需要的。"

第十五章

/

公爵花园的面纱

第二天早上，又是星期日，我不想起床。下个星期五我就要离开村子了。虽然我想去看妈妈和妹妹，我渴望有一天父亲能回到家，可是我还没离开这里就已经开始想念祖母和吉兰多尔先生，还有 R。在我通往成人的道路上，我的心第一次被分成了两半，这是我内心的第一次挣扎。我意识到，生活在这个世界上，就得把你的心留在不同的地方，去往一个地方，就得离开另一个地方。

我呻吟着，用枕头盖着脑袋。我不想穿着整齐地坐在人群里，注意着自己的言行举止，这太像上学了。我问祖母我是否可以不去教堂，因为这是我在这里的最后一个星期日了。

"不去教堂？"祖母把枕头拖开，大叫道，"那么我们可以取消圣诞节和下一个复活节吧？看，"她说，拍着我的后背，"我们要请上帝帮忙把吉兰多尔送回他的家园，把 R 从困境里解救出来。

你想要这两个奇迹，但你却不想去求求上帝？”

我盯着她眨眨眼睛：“你认为上帝在教堂里而不在森林里吗？”

她揭开轻便的夏日毛毯，开始拖拽我的胳膊：“我想他在这两个地方都给我们留下信息了。我认为我们需要在本周以最好的方式开始我们的行动。”

于是，我梳好头发，穿上笔挺的衬衫，脚上穿上油光闪亮的黑色小皮鞋，这让我想起了甲壳虫油亮的壳。同时，我想知道，为了尊重别人，为何要让自己的身体不自在。我向祖母抱怨此事时，她提醒我，我们生活的世界是一个有罪的黑暗世界。

在这样阳光明媚的日子里，彩色玻璃窗在阴暗的大厅里闪烁着丰富的色彩，我喜欢投射在长椅背和地板上绚丽斑斓的色彩。踮起脚尖，眯起双眼，可以听到人们在这里说着天堂里的故事。

今天上午，教堂里来了一位演奏风琴的宾客，这位演奏者是个年轻人，脸色苍白，直发板板地梳向脑后。他对风琴似乎比平时那些风琴师懂得多，我想象着他在高耸的城堡大学里学习的样子，想象着那里的塔楼和回荡在走廊里诡异的声音。他拉出一些极低的音符，教堂发出奇怪的回音，他那狂野凌乱的旋律在我的脑海中久久回荡着。我伸长脖子，盯着那排风琴管，在空荡荡的合唱团背后仿佛有阴影在闪烁。竖立着的一个个风琴管像森林，像一片生长在斜坡上的森林。有一次，我确信我在墙边看到从一个风琴管里吹出了一缕尘土。

赞美诗结束后，祖母用手捂着我的耳低声说：“你认为他的演奏是为了掩饰还是纯粹的艺术？”

祖母带我去的这个教堂并没有太多的音乐氛围。这里没有唱诗班，除了风琴演奏，我没听见任何人在唱歌。我注意到，当音乐很大声的时候，或者在旋律停顿的间隙，还有人皱眉头。在一次琴声从雷鸣般的强音转换到舒缓旋律时，那瞬间的停顿就像旋律骤然被一阵风攥住，我听到一位女士在我们身后低声说："他应该在家里多练习练习再出来演奏。"

　　当布道开始的时候，我感觉到周围的人都如释重负，小个子牧师登上布道坛，亲切地凝视着在座的每个人，并传递了他那抚慰人心的、大部分我都听不清的话语。他微弱的声音像浪潮的节奏一样一会儿消减一会儿扩大，正是这种节奏，使这里的人们醒了又睡着，迷迷糊糊地度过了漫长的时光。今天，布道的题目是"漫长而短暂的"。我们聚集在一起，主要是阅读《圣经》里的经文，他告诉我们，所有的戒律都归结为两个：我们要爱上帝，爱我们的邻居。而且，我唯一能理解的，就只有这个题目了。在牧师的一番低语后，他会举起一根手指，或者把他的胳膊伸到一边，然后在我们能听到的范围内向大家宣布："那就是漫长而短暂的！"大概在一开始的时候，他估计是给我们讲戒律，他说话很严肃：我们表现不好，我们有欲望，我们终将面临死亡。到最后，当他到达福音章节的时候，他高兴地伸长身躯踮着脚尖宣布：我们得到了救赎，永恒的生命是我们的——那是漫长而短暂的。

　　接着，风琴的风暴又开始了，教堂里的人像登山队员被困在一个光秃秃的山头，对这暴风毫无招架之力。

　　最后，人们从教堂里出来，互相问候、聊天。C太太从过道对面冒出来，紧紧抓住祖母聊天，她们的谈话正好让我有足够的时间去逛逛那些被忽略的唱诗班画廊。

在过去的某段时间，教堂的人气是很旺的，信徒云集，艺术繁荣。很久以前的人们对年轻的管风琴手很是推崇，高高的风琴管在我的前方俯视着我。每一根风琴管，大的如同工厂的烟囱，小的就像口袋里的口哨。起初我不知道为什么它们会如此吸引我，也许是因为我一直在想着 R 的那支芦苇笛，它的声音好像藏在赞美诗里。也许我现在正在寻找那支笛子，期待着看到它，或者看到一支像它一样的笛子——它混在一堆高档的管风琴里，或许我们在祈祷时，半羊半人风笛手把笛子扔在那里，然后潜伏在黑暗里跳着舞步看着我们。当我再靠近些，我觉得风琴管就像在神圣森林里的雕像：在天使和圣人的身后，有个黑乎乎的大壁龛，风琴管就在那里——它曾经是用最高端的工艺建造的，现在却几乎被遗忘了……当它们演奏出振聋发聩的古老音乐时，人们却皱起了眉头。

★ ★ ★ ★

闷热的傍晚，祖母已经睡了很长时间了，而我正闷闷不乐地躺在小屋后面我最喜欢的长椅上打盹儿。长椅背光，很适合休息，我听到一只蜜蜂在附近发出嗡嗡声；在不远处，我们国家的一个飞机中队正沿着山脉飞行。我叹了口气，感到无精打采，看着云朵在无尽的蓝色天空中飘浮。

突然，感觉有人在看我，我一惊，坐了起来，胸口上的笔记本滑到地上。耳边传来好似牧师的声音，清清楚楚：

"这就是漫长而短暂的。"

我翻阅我的笔记本，从头翻到尾，最全的雕像铭文都在这里。我不禁用手捂住自己的嘴，盯着我的记录，不读内容，不看文字，只看那纸上一行行的灰色铅笔所做的记录。

这些线条总是让我觉得像袜子里的刺一样，但它从来没有真正唤起我的意识。有些线条很短，有些很长，这些长长短短的线条，就像风琴管一样。但是，唯一和风琴管不同的是，这些线条没有整齐排列。

我的心怦怦跳着，开始计算每一行里的单词。我一边蹦跳着，一边运算着，来回踱步，坐立不安。我撞翻了一把铁椅子，但丝毫不顾小腿上的疼痛。

最短的线条，窄（Narrow），只有一个字。下一个稍长的，离因（Reason departs），两个字。足以肯定，有三个字的是：注视我（Behold in me）。然后是我是道门（I am a gate），有四个字，如此递加。

我跪在花园的桌子上，从口袋里掏出铅笔，摇摇晃晃地写下了我的发现：

1．窄

2．离因

3．注视我

4．我是道门

5．小径黄昏后

6. 我确实是真的

7. 脚步如雨般轻柔

8. 一个接一个可通过

9. 你我大家都有可是家

10. 来找我不在里面在附近

11. 不在台阶不在门廊不在墙

12. 一切皆荒唐上下求索尽徒劳

13. 假如有时间我能吃奶酪千千万

14. 舞者一圈一圈转 3 和 7 里有答案

我几乎无法呼吸了，但我遇到了两个问题：一是正门处的铭文，一下子跳跃到 26 个字。不，那不是问题，我告诉自己，这是不一样的，很明显它是分开的，是对花园的介绍。

更麻烦的是——唯一一件被毁坏的完美图案的那件东西——出现了两条两字的铭文：

2. 离因（Reason departs）

2. 人鱼（The Mermaid）

怎么会有两条铭文都是两个字呢？如果有一条不在的话，我刚好收集到十四条铭文。

但我还是太激动了，不能再想下去了，我也不能独自享受这个发现。那年夏天，第一次也是唯一一次，我叫醒了正在午睡的祖母，呼喊着她，使劲敲她的门。

"怎么啦？！"她大叫着，可能以为小屋着火了，或者我弄伤了自己，"来啦！"她一边回应着，一边迅速地从床上挣扎着爬起来给我开门。

我跑进去，把笔记本塞给祖母，她坐下来准备好好研究。

她花了好长一段时间才明白过来，我觉得这是因为她刚刚从沉睡中苏醒过来的原因，而我则开始滔滔不绝地讲着我的发现。

"但是有两条铭文都是两个字，"我上气不接下气地补充道，"看到了吗？为什么会有两条呢？也许有一条不重要吧，但是哪一条呢？'人鱼'（The Mermaid）只是雕像上的一个标牌吧，它只是告诉我们美人鱼是什么——也许这些雕像曾经都有标牌，但现在大多数都消失了。但是'离因'（Reason departs）是在斜屋子里，不是在花园中，也许这一条铭文不在那十四条之内。"

最后，祖母看着我找出的图案，再三地数了数字数，这些足够证明并不是我异想天开。她长时间地看着我，眼睛闪闪发光，然后她拥抱着我说："很好，这不可能是偶然发现的。"

我感到头晕目眩，但思绪仍然没有停止转动。"必须是数字，对吧？是楼梯上的数字！"

祖母点了点头，翻到我抄录数字的那一页，她在我抄的每一行数字上前前后后仔细看着，"好吧，"她说，"你的两个问题有答案了。"祖母拿起我的铅笔，在五行铭文之后做了一个 X 的记号：

人鱼—X

离因—X

脚步如雨般轻柔—X

一切皆荒唐上下求索尽徒劳—X

舞者一圈一圈转 3 和 7 里有答案—X

她咧嘴笑了，但我还没弄明白她的意思。

"你为什么这么做呢？"我问，"X 代表什么？"

"这几行我们可以忽略了，把它们都剔除出去。那个坏蛋！他让我们四处搜寻 3 和 7，但那都是诡计，3 和 7 没有任何意思。"她打开 R 的诗大声地朗读起来：

留意石上言

虚实当自判

我眨着眼看着她，仍然没有完全明白。"画上 X 的那几行说的不是真的？"

"那是假线索。"她说。

"可是你是怎么知道的？"

她翻到台阶数字列表，我抄写着：2、7、12、14，而这几个数字是倒置着的。她移动手指挨个指着那些倒置的数字。这几条铭文的词语长度是骗人的，只是为了混淆视听而添加的。

"这就是为什么会有两条两个字的铭文了，"祖母说，"他们都是胡说八道。现在我们弄明白了第十二条，我们知道所有的一切并不是荒唐的，我们的寻找也不是徒劳的。"

"现在，"她把笔记本和铅笔还给我，"我得喝杯茶了。我去烧水，你把左边剩下的那些朝上的数字按照从楼梯上抄下来的顺序写出来。"

不幸的是，重新抄下来的数字没有给我任何启示。按照阶梯的顺序，这几行句子是：

小径黄昏后

注视我

来找我不在里面在附近

一个接一个可通过

我确实是真的

窄

不在台阶不在门廊不在墙

你我大家都有可是家

我是道门

"有些古怪，"祖母说，"这看起来有点儿意思了，但还不全。我们还遗漏了一些东西。你确定这些数字没有抄错？有没有把颠倒的数字也抄了进来？我还想再去掉几行。"

我知道我抄这些数字时是极其仔细小心的。现在最重要的是，我要告诉吉兰多尔先生我们的发现，我希望他能看出一些我们忽略的东西。我们好像接近真相了……但是现在爬山天色已晚。树木已经被拉出了长长的影子，阳光在树冠上闪着金黄的颜色。

"吉兰多尔先生天黑后会来的。"祖母看出了我的心思，"现在你过来帮我一起准备晚餐吧。"

我们做了满满一盘子面条，洒上奶酪沙司，茄子是从自己花园采摘的，还享用了加了香草叶的美味番茄汤。洗碗之前，我们端着茶杯到门外欣赏萤火虫在树篱中盘旋飞舞的景象。慢慢地，草地被暮色淹没，树叶低声呢喃诉说着凉爽和安详。夜间活动的小鸟在乔木上鸣叫着，声音在森林中回响。藤萝覆盖的栅栏模糊得只剩下一个褪色的剪影，乔木林像旧时城堡的废墟。星星在天空眨着眼睛，一颗接着一颗，若隐若现。对于我们这一天取得的突破来讲，这是一个极其美妙的结尾。

我们把厨房收拾好后，便坐在花园的长椅上等着吉兰多尔先生，直到他打开后门。

"你们都面带微笑啊。"他说，我不知道他在黑暗中怎么能看清我们脸上的笑容。

"因为你的到来啊！"祖母说。

吉兰多尔先生进屋后坐到灯光下，我们迫不及待地拿出笔记本给他看，并手舞足蹈地介绍着白天发现的东西，他很赞许地看着我们，摇摇头，说："你们先停下，让我说。"他说，"你们今天所发现的，也是我花了大半辈子时间在花园的周围所寻找的，但我从来没想到把它们这样连起来看。这么简单，小孩子都能解决。"

"最好的谜题来自于，"祖母说，"那些让它们高雅的。"

"这首诗——或者无论是其他什么——都无关紧要，"我提醒他们，满怀希望地看着吉兰多尔先生，"你能看出它有什么问题吗？"

他用手指拂过短短的胡子，翻折着纸张，翻回到我的数字列表，然后笑了笑。"你记反了，你是从最上面的台阶开始抄写的。试试从最下面一级台阶开始。"

从下到上读起来就顺畅多了。我按照正确的顺序写下，这就是我得到的（在祖母添加标点符号后）：

我是道门

你我大家都有可是家

不在台阶不在门廊不在墙

窄

我确实是真的

一个接一个可通过

假如有时间我能吃奶酪千千万

来找我不在里面在附近

注视我

小径黄昏后

"十行。"我说。我已经养成对一切事物计数的习惯，"如果答案在这里的话，那么，也许我说答案在 3 和 7 中并不算说谎了。"

但祖母和吉兰多尔先生陷入了沉思。那十行似乎确实构成了诗，尽管它没有押韵。

"不在花园的门廊，"祖母低声说道，"不在墙上，不在屋子里。"

"窄门，"吉兰多尔先生说，"牛羊一个接一个都能通过的窄门，还有所有这些奶酪！"

"我们都拥有的一种门。"祖母说。

突然，他们都大笑起来。祖母期待地看着我，我眨了眨眼睛，努力思索着我曾经看过的所有农场的设施，不同种类的栅栏，摆动或滑动的门。但农场、牛群、奶酪和花园有关系吗？"

吉兰多尔先生哼了一声："好了，不是这道门就是那道门，我们知道会是二者之一！"

"不要那么粗鲁，"祖母说着，眨了眨她的眼睛，"你是个农牧神，不是半羊半人仙。"为了让我理解，她问道："我们为什么要养牛？我们为什么要做奶酪？"

"为了食物。"我回答。

"我们需要把食物通过什么样的'门'？"

我终于明白了："我们的嘴！"

"完全正确！那么在花园里，哪里可以找到嘴……"

"**尖叫的大嘴巴！**"我的脑子里浮现了一个画面：雕像的脸上有一个入口——打哈欠的大嘴通向一个空间，里面有桌子和长凳。

"或者是石屋内那张尖叫的大嘴的照片，"吉兰多尔先生说，"是的，我们不应该遗漏了这些。"

"在花园里有很多嘴，"祖母说，"但这张尖叫的大嘴在我看来可能性最大。我总是纳闷为什么公爵别的不建偏偏在这样一张令人印象深刻的大嘴巴后面建一个单独的房间。"

"你是不是觉得有一个隧道？"我开心得边问边围着桌子跳舞，"一定是在天使附近的墙壁后面！"

"很有可能，"吉兰多尔先生说，"但是如何解释'不在里面在附近'？一个人不进去又怎么能通过呢？"

祖母拿起茶杯。"这是个问题，我们只有提出问题了才能找到答案。"

如果今天遇到的问题得不到解答，等到第二天是很难熬的。蟋蟀和树蛙在夜里不断吟唱，我在床上辗转难眠。黎明前外面还黑漆漆的，祖母已经起床了，黑暗中她小声地走进我的房间，说道："我们应该出发了！"我也许睡着了一会儿，但现在我已经相当清醒了。

★★★★

我问祖母今天要不要带上那把钥匙，她说"带上"。我们在钥匙上端穿上线绳，把它牢牢地绑在地毯包提手带上，然后再把钥匙塞进包的最底层，上面放上带给 R 的补给品。我把我的笔记本也放进包里。"你想跑就先在前头跑吧，"祖母说，"不过前面也跟这里一样黑噢。"我走在她旁边，和她保持一样的步调。我们拿回灯笼已经有一段时间了。我们经常去森林，长满杂草的山坡都被我们踩出了一条小路，即使是杂草密集的草地也踩出了明显的痕迹。这样可不行，我想：这样会让人怀疑，不用警犬追踪都能知道我们到过花园里。我把这种担心告诉祖母，可她说没有关系的，夏天就快过去了，大自然会把一切痕迹清理干净的。

我们从树木下经过时，我问祖母我回到城里后她还会不会经常到森林里来。她说她不会了，她甚至打算付费请 H 先生替她捡柴火。

"森林不适合老太婆，"她说，"特别是男子汉们都走了之后。"

想到祖母的孤独，我很伤感。"可是，如果我们找到了那道门，吉兰多尔先生就没有必要现在就过去吧，他可以等到——"我似乎口吃了。

"等到我死了？我想他是这样想的，他是个好人。好像让他看着我老态龙钟地老去很有意义似的。"

"而且，"我说，"当我回来时我要你们两个都在。我肯定，明年夏天我还要回来。"

"未来的事谁也说不准。"

"不管怎样，我说过我要回来就是要回来，可能圣诞节就回来。"

在微明的月光下，我看见祖母的脸上露出了淡淡的笑容。"这几个月我们在一起很开心，对不对？"

"特别开心。"我说，过了一会儿，我补充道，"我敢打赌，花园的冬天肯定是另一番美景，你肯定见过的，是不是？"

"是的，花园的冬天确实很美，但是冬天是多雨的时节，适合在家休息。"

★ ★ ★ ★

我们在透亮的薄雾和鸟鸣声中走进花园，它重又焕发出生机。在树根和暖黄色天空间，残留的水洼渐渐变成紫色。一只啄木鸟在树上敲击着，好像在用电报报告突发情况。

祖母吹灭了灯笼，现在灯笼还是烫的，不可以放进包里。

我们在飞龙雕像附近遇到了吉兰多尔先生。在他踱步的地方，我可以看到草地上和银色露珠上留下的大片痕迹。他赤着脚，把打了补丁的裤子卷到山羊腿似的膝盖上，以防弄湿裤腿。他看起来很紧张，我想我能理解。对我来说，今天是夏天最热的一天，但对于吉兰多尔先生来说，一旦破解这个谜题将会给从未改变的生活带来蜕变。现在是重要日子的重要时刻。

我们又一次互道早安，我问他是否去过那张尖叫大嘴的雕像里。

"还没有，"他说，"我想我们应该一起去。"他把手背在身后，和祖母并排走着。我拿着地毯包和灯笼，领着路，忍不住小跑起来。

"R 怎么样了？"祖母问道。

"正在睡觉。他整个晚上都在跟精灵们弹奏音乐，都没合过眼。我又带了一些东西到我的山洞里，我也小睡了一会儿。"

"你从来没有听到过他听到的那些声音吗？"祖母问道。

"自从离开仙界就没有了。"

在祖母的建议下，我们在去花园前朝右走，绕到它的东边。"让 R 睡觉吧，"祖母说——不过我怀疑她是不想在我们探索那张尖叫的大嘴雕像时让 R 兴高采烈地瞎掺和。我们走到有着双尾的美人鱼雕像后面，经过她那幽静的院子，通过矮墙上的缝隙进到里面的空地。在西南边，我可以看到沐浴在晨光下斜屋子的一部分。但是当我们沿着石墙向北走时，中间的灌木丛很快就遮住了看斜屋子的视线。

我们来到雕像前面美妙而璀璨的晨光下。雕像的面孔上有着像窗户般圆圆的眼睛和鼻子，嘴唇黑乎乎的。没有人也没有动物，河岸的泥土上长满了苔藓，这张巨大的面孔无声地咆哮着。细长的桦树仍然长在它左眼的旁边，枯叶掉落在它布满皱纹的额头上，散落在它耳朵和头角周围，紧紧贴住它的胡须和毛发。我数了数，走到大嘴巴雕像那里需要走八步。在斜坡上的孔洞后面，一根矮柱子竖在一个古老的水坑上。

祖母和吉兰多尔先生抬起头向后仰着，观望着这些东西。我走在他们前面，小心翼翼地上了台阶。一只小动物窜到我左边的草丛中，我立即收住脚步，听一听，看一看，我头顶上那双圆眼睛在寂寞中显得空洞，这很容易让人相信这个奇怪的洞穴就是离开这个世界的出口。

我朝里面望了望，然后走进洞口。阳光透过森林从眼睛、鼻子和嘴巴照射进来，将狭小房间里的石桌和长凳都照亮了。后壁上雕刻的铭文，现在我们知道了，那是错误的线索。除了入口拱门处的句子外，这条铭文有十四个字，是花园里最长的一句：*舞者一圈一圈转3和7里有答案。*

这是公爵的幽默：一个妖魔嘴里的野餐桌子和一个刻在房间里精心设计的骗局，由此引出其他线索。然而即使是公爵的骗局也有着戏谑式的真实感。我想"舞者"也许是来花园的参观者，所有那些慕名来欣赏奇观，来探索奥秘的人。毕竟，如果答案真的在这里的话，它就通过"3和7"——也许会合理安排十条真实的铭文，指示着我们去找一张嘴。一个有着真相的花园：它扰乱你的思绪，成为你离去的原因。

当我第一次看到它时，我认为金属板是一种装饰物，但是现在它对我来说更像是一扇门。如果只是一种装饰物，只是三个天使的装饰物，它看起来太简单了：一个在它的右边，一个在它的左边，一个靠近它的头部，这让它的中部毫无特色。而且每一位天使都有一根略向外伸展的手臂和手指。我之前猜它们是互相指着的，但现在我突然发现它们都指着它们之间的那片光秃秃、空荡荡的区域。它们的姿势形成一个三角形——几条在金属板中间可以想象得到的相交线。它一定是一扇门。

我轻轻地触摸它的表面，想着我的手指会不会通到另一个世界。但并没有：它就像看起来那样坚硬、冰冷、沾满灰尘。我看了看我的指尖，搓了搓。不管这脏兮兮的表面是什么东西，它都使得表面黑漆漆的，我希望我有一副手套。

祖母在我后面进来了，她的手杖敲在石板上。但是吉兰多尔先生凝视着门槛那边，说他认为我们中的一人应该始终待在外面，以免这个房间里藏着某种陷阱。祖母好像对此并不担心，但我紧张地瞥了一眼圆顶天花板和昏暗的角落。

"你曾坐在这里野餐过吗？"我跪下来研究着桌子和长凳下面，问道。

"没有，上帝啊，"祖母说，"有很多更好的地方。"

我提醒她看金属板上积得厚厚的那层灰尘。

她用手杖头戳了戳，然后用劲儿敲，就像在敲门，声音在狭小的空间里回荡。"声音听起来并不空洞，"她说，"但我想它也许是一扇很厚的门。"她打开我仍背在背上的地毯包，拿出一块抹布，用它裹住左边的天使。天使在低洼处凸显出来，就像亚玻伦旁边的钥匙。

我记起父亲曾经发现过钥匙巢，因此赶紧跑过去。"能打开吗？"我问道，"你可以把它向右或向左转动！"

祖母朝每个方向使劲扭，像按按钮那样直接推，最后，她摇了摇头，说道："它很牢固。"那块抹布就像我的手指一样脏透了。而祖母用手抓过的部位，金属浮雕上露出干净的青铜色，比其他部分光亮得多。祖母又去试了试右边的天使，结果也是一样的。

我爬上桌子，拿着抹布去检验上面的天使，我并不感到害怕。

祖母坐在左边的长凳上，在那个最佳位置上环顾四周。我帮她沿着桌子和椅子边缘触摸，检查桌子上的垫板有没有暗藏的机关，可我们什么也没有找到。我和祖母隔着桌子面对面，她说这种情景很奇怪。

吉兰多尔先生一直在探究着外面的地方，我偶尔会看到他从门口直挺挺地走过，头歪向一边，有时候拿着一根树枝，有时候专心地盯着地面。突然，他出现在门槛边说道："R 来了。"

我走出去，看见 R 在我们南边拱门的远处欢快地挥着手，正一瘸一拐地向我们走来。行走的动作似乎弄疼了他，但是他还能够正常行走着。

"早上好！"R 叫道，"这么棒的地方！太棒了！"他停下来靠在石墙上，凝望着美人鱼。

"不要大呼大叫，"吉兰多尔先生建议道，"你不该一下子走这么远，这会拖垮你自己的。"

R 在耳边竖起拳头，好像在证明他已经很强壮了。

祖母从大嘴雕像里向外看。

"这是门？"R 再次向我们走来，欣喜地注视着那张可怕的嘴，祖母正在这张嘴的咽喉里，"你找到了？"

"没有，"吉兰多尔先生说，"我们没有找到什么。"

R 小心地踏上台阶，用他健康的腿支撑着。他好像有点儿站不稳，我给他搭了把手。他向祖母鞠躬后，仔细地观察着这个房间。他坐在长凳上休息，我向他解释他问起的铭文。

祖母好奇地看着他："你是怎么样找到我们的，R？"

"我听到嗒嗒嗒的响声，知道你在寻找仙界之门。"原来，他听到了祖母拍敲墙壁的声音。"但我认为，'也许是士兵们'，所以我先像小狗一样小心翼翼地匍匐着前进。"他指着他的手和膝盖，他是想说自己一直在灌木丛中爬行。

"看到你恢复得这么好，我很开心。"祖母说。

R推着我的胳膊，把他的食指和大拇指合在一起，做出一个长方形。"洞口的钥匙。我一直想要钥匙和钥匙孔，你拿到钥匙了？"

我们没有跟他说起过从父亲那里得到的钥匙。祖母坐在他对面，盯着他问："是的，R，那是钥匙。你真的想要永远待在那个世界吗？"

他对祖母笑了笑，我想他的双眼模糊了。"这里，什么也没有。那里……是漂亮的，我见到过那里了。"

"你曾经到过那边，"祖母说，"你认为他们这一次会让你待着吗？"

R的笑容更灿烂了，他抓住祖母的手腕，盯着坐在门阶上看他的吉兰多尔先生，用他自己的方言讲着话。

当他讲完的时候，吉兰多尔先生看了他很久，最后说道："谢谢你，R。"

祖母问R说了什么。

吉兰多尔先生有一阵儿看起来很困惑，忘记我们听不懂他们的语言。"他说他那次本来是可以待在仙界的，但是他们让他回来帮助我们也去那里。"

祖母拍着R的手，又说了一句谢谢。

R的梦想和诗说服我们尝试着解开花园的谜题。一路上他听到的美妙音乐启迪着我们，我们以为我们一直在帮助他，原来是他在帮助我们。

所以现在我们一起努力清理着内外的房间，到处寻找着钥匙孔，敲击着，警惕着。桌子和椅子被灰泥固定住了，不能移动。我用手和膝盖爬行着，寻找着可能松动的石板上的任何石头。吉兰多尔先生爬过外墙，窥探着，探索着。有一次，他的脸出现在雕像的其中一个眼眶里，朝里面看着。

不一会儿，我在外面和他会合了。祖母也出来了，坐在台阶上休息。我观察着两边的石墙。我爬上岸，检查着大花坛，我想在很多世纪之前，花坛里长满了鲜花，现在只剩一丛杂草。

吉兰多尔先生似乎对面前长满苔藓的空旷地更感兴趣。他走来走去，在台阶上，靠近台阶的地方，在灌木丛后，不时地注视着雕像的入口。"'不在里面在附近，'"他咕哝着，"'注视我，小径黄昏后。'"

"你看到什么了吗？"祖母问他。

他摇摇头。

我在里面徘徊着。

R用他半通不通的语言，指出金属板上有趣的东西。它看起来像是镶嵌在墙上的，就像戒指上的宝石，但呈现出一个奇怪的角度：左边比右边离墙更远——虽然差距不是很明显，但可以测量——似乎这块金属板是一扇门，总是没有关上。而且，顶部边缘比底部边缘稍微有那么一点点突出。一般人会认为门周围会有明显的裂缝，但这里并没有，严密得连一片刀片都插不进去。

"也许有人砰的一声关上，它就卡住了，"我说，"或者这些年山坡已经固定住，建筑物不再存在了。"

"或许，"坐在门槛上的祖母说，"公爵可能不满足于只有一座斜屋子。"

R 对着天使的雕像又挖又抠。最后，他愤怒地坐回长凳上，在他的衣服上擦着手，衣服被弄得脏兮兮的。

"这个黏糊糊的东西究竟是什么？"祖母对平坦金属板上的一个黑印使劲儿擦着。"屋顶下不可能有树上滴下来的树脂。"

我看了看使她感兴趣的东西：金属板上那"干净"部分的颜色和天使的青铜色是不一样的。祖母在我放在桌上的地毯包里翻找着什么。"跑去把水桶拿过来，"她吩咐我，"再多找些抹布来，这里这么多的泥巴简直都能在这里播种了。让我们看看在泥巴下面是什么东西。"

我并不介意接受这个任务，我随时准备跑腿。我小心翼翼地跑进斜屋子里，桶里装满了水，我猜是吉兰多尔先生在天亮前装好的。我抱着一大堆旧布巾，深深地凝视着这个倾斜得可怕的房间，房间里那最后一丝难闻的气息还没散尽。

我提着水回到拱门，吉兰多尔先生正在那里忙得不亦乐乎，他指着地面，挥着手让我赶紧些。祖母和 R 蹒跚地走下台阶，也不知道他们谁在帮助谁。

我急忙往前跑，桶里的水都溅了出来。

"我们多么想念他们啊！"吉兰多尔先生说，"这么些年……"

那么，我们眼皮底下还有另一番风景。我走近吉兰多尔先生，我看到他扒开满是落叶树枝和苔藓的泥土。下完八个台阶，石头地面上印有两个人的大脚印，一只左脚，一只右脚，似乎是有人在地面还松软时赤脚站在这里，脚趾、脚掌、脚后跟的纹印清晰可见。脚印就在最低台阶前的正中间，看起来留脚印的人好像正准备攀爬。

"啊，呵呵。"祖母若有所思地说道。R费力地蹲下身，用手指触摸浅浅的脚印。

"'不在里面在附近，'"吉兰多尔先生说，"我们似乎应该待在这里。"

"聪明！"祖母说，"你做到了，吉兰多尔！你从那里看到了什么？"

吉兰多尔先生摇着头，一脸困惑："什么也没有。"

R用手肘把吉兰多尔先生推开，把他穿着破旧靴子的脚踩到脚印上，他眯着眼睛盯着石头表面看，但是，显然什么也没看到。"也许我的这个高度正好。"我说着，我将我的脚也踩到脚印上，可惜，没有奇迹发生。我们并不是忘了让祖母试，她也想试试她的脚踩在脚印上会有什么反应，只是觉得不会有用。

R说了一个词，吉兰多尔先生把它翻译为"挖"。R想要挖起其中一块金属板。

祖母转动着眼睛，咕哝了一声："谢天谢地，你没有带手榴弹来，R。"她叫我去把水桶和抹布拿来，不要再把水溅出来。

在房间里，祖母和吉兰多尔先生监督着我清洗这块金属板。"不管是脏的还是干净的，都不要把抹布放在桶里，"她说道，"R要用这个桶打水喝。"我们往破布上倒水，让它变湿，我们一块接着一块地用着抹布，把它们折起来擦拭，直到它们都变黑了。

"看上去不像是灰尘，"吉兰多尔先生说，"或者它是被故意涂上去的。"

"花园里其他东西上面可没涂上这种东西。"我坐在长凳上干着活说道。

"是的，其他地方和这里都不一样。"吉兰多尔先生说，"不同的东西会以不同的程度变脏。你有注意到这里的天花板有多黑吗？"

我没注意过。我抬头向上看，看到他指的是什么了。

"我想有人在农牧神来到这里之前，曾在这儿生过火——也许很多次，但并不是我们。"他看着手里的抹布，"这可能是烟渣。"

我脑海里出现一幅画面：晚上，从外面看那张尖叫的大面孔，它的嘴里有一把火，它的眼睛和鼻子里闪耀着火光。

天使被我们擦洗后，不再像原来藏在污垢下面一样，一切都是朦朦胧胧的，现在很多细节都能看得清清楚楚。祖母觉得天使擦亮后，它们还会发光。金属板像冰一样凉，表面光滑，非常坚硬、黝黑、有光泽。

"石头？"R看着我们的肩膀问道。

吉兰多尔先生点点头，用指头敲击着："是的，它是某种石头。"

我跳下桌子去拿另一块抹布。"现在，让我们把它再擦干净些，我在里面能看得见我的映像了。"

吉兰多尔先生停止擦洗，他在金属板前来回晃着他的胳膊，然后慢慢转过头来看向我，再看向祖母。

祖母的眼睛瞪大了。

一面镜子。

树林里所有呈镜像对称的东西在我脑海里迅速旋转。

"不要'到里面来',"吉兰多尔先生吸了一口气,"但'注视我'。我们不要在这间房间里寻找一个出口,我们应该看镜子上的映像——某种在外面的东西。"透过尖叫的石像大嘴巴他专注地向外面凝视。

我从门口一下子跳过来,心怦怦直跳。除了中间的灌木丛占据了整个视野,我什么也没看到。高大的树木和交织的灌木丛被荆棘缠住,被藤蔓缠绕着,是蜥蜴、蛇和蜘蛛出没的地方,仙界的门肯定就在那里的某处。显而易见,它被巧妙地隐藏起来了。我情绪低落,如此茂密的灌木丛,即使清理出一条小道也需要很多天啊。

"荒凉的地方,"R在我身后说道,"精灵们喜欢荒凉。"

"把手头的活儿做完,"祖母吩咐道,"把镜子擦干净,我们会看到需要的东西。"

我拖着脚步回去工作。"镜子只会显示出那片灌木丛。"我说。

"也许吧。"吉兰多尔先生说着把最后一点水倒在最干净的抹布上,把它拧干。我们搜罗着所有的抹布,找出干净的几块继续擦拭,脏水在我们周围形成水洼。"现在我们知道了,"他说,"镜子没有直接嵌在墙里面。当你站在那里的脚印上时,它的角度让你看到的是完美的直线。"

祖母瞥了R一眼,那眼神似乎在说:"瞧,你还想挖呢!"

我们的抹布脏得实在没办法再擦洗了,尽管我们留下一些污迹和纹印——特别是靠近底部的下面——我们已经将镜子擦洗干净了，于是急忙下到台阶底部。

R 想捷足先登抢着去踩脚印，吉兰多尔先生挡住了他的路。"作为笔记本的保管者和密码的破解者，"吉兰多尔先生对我说，"这份荣誉该是你的。"

我冲他咧嘴一笑。他现在有点儿偏心得过分了——好像不是 R 而是我要穿过这道进入仙界的门。我全神贯注地注视着镜子，除非它是个魔镜，我想我能看得到。

"你觉得我是不是应该脱掉鞋子？"我看着脚印问道。

"也许最好是这样。"吉兰多尔先生说。

R 不耐烦地叹了口气。

我解开鞋带，脱掉袜子，踩在凉快但仍然潮湿的脚印上，脚下的雕刻脚印让我感觉很舒服。

我的视线透过台阶，穿过雕像的大嘴巴，看到石头的表层黑黝黝的。正如我想的那样，斑驳的太阳光映射出的是树木和灌木丛，就像吉兰多尔先生说的那样，镜子放的角度是用来反射灌木丛，而不是我们。

我感到一阵激动。虽然我没有看到什么，但是，我已经站在解开谜团的门槛上了。我站在这里，已经接触到了线索的末端，我正凝视着公爵秘密的面孔。我接受了他的邀请，来察看花园的各个角落，而现在我可以告诉他"究竟是为了恶作剧还是纯粹的艺术而创造出这么多的奇迹"。

但是……如此大胆的想法是建立在这片翠绿的土地上确实有一道通往仙界之门的假设之上。

"你看到什么没有？"祖母问。

"灌木丛。"我说。

"灌木丛怎么样？"祖母问，"仔细看看，天使的手指指向哪里？"

我深吸一口气，研究着这个映像和它的整个图像。就在正中间是……是一根雄伟的灰白色的粗大杆子，杆子被盖上一层绿色——那是一棵古老的枯树，有巨大的树干，没有树枝和树冠，爬满了藤蔓。

尘埃落定，谜团的最后一道障碍破解了。理所当然，这道门存在于大自然中——不是石墙，不是门廊……而是一棵枯树。花园里的光线大多是透过树叶照进来的。它们在仙界的音乐中低语。这根树干——森林里一棵大树的残体，还有那些如今伸展华盖的枝繁叶茂的大树——早在公爵的时代之前就在那里了。这也许没有错，上面那个天使的胳膊和手指直直地指向这根树干。其他两座天使从旁边也指着它，露出神秘的微笑。

但是喜悦给我带来了新麻烦。一切都指向这棵树，可是现在这棵树已经死去了。要是这道门需要这棵树活着怎么办？要是我们寻找的入口很久之前已经消失了怎么办？

"就是那棵枯树！"我从脚印上走下来，好让其他人继续看。

"那棵老枯树！"吉兰多尔先生脱掉帽子看着它，"我经常路过它。一两天前，我甚至还跟它说，'我希望你可以说说话，老朋友，告诉我你看到了什么！'"

"我记得我还是个小女孩儿的时候，它就在那里了，"祖母说，"它就位于一棵树和一座雕像的中间路段。我真想知道是不是所有的雕像都是大树变成的，或者所有的树木都是雕像变成的。"

祖母和 R 没有脱鞋子，但是他们踩到脚印上时十分恭敬。我们的身高不同并没有任何影响：我们在镜子中都看到了爬满藤蔓的枯树。

吉兰多尔先生拍着手。"'**在海天之间跳舞的姊妹们！**'这是精灵对死亡的隐喻——在花园里死去的树木立在花园的其他生命里，没有树枝的树干——叶子是'跳舞的姐妹'，她们飞舞飘零。"

我对门的作用的担心消失了。这么说来，花园的答案是：一个张得像嘴的坟墓，一棵没有生命的树和一条通往另一个世界的小路，那个世界没有死亡。

可是我紧张得不敢再往前走。我只能看着吉兰多尔先生和 R 跨过茂密的丛林，穿过荆棘来到树干底部，开始在藤蔓间寻找。

祖母和我一起坐在台阶上，她把手杖放在膝盖上。

"我想我们已经找到它了。"她说。

"我想是的。"

"我在想，你父亲会做些什么，"祖母说，"如果他拿到钥匙，在树桩上找到钥匙孔。他也许会进入仙界，而我不知道他消失的原因。我一直认为这个花园是一个可以安全嬉戏的地方，这个想法是错误的。"

我点点头。也许我的父亲从不怀疑有带有钥匙孔的树，他也许猜测这把钥匙用于打开这位公爵建造的某种东西。

"你认为是公爵打造了这把钥匙吗，"我问她，"或者是精灵把钥匙给了他？"

"我不知道，"她说，"吉兰多尔也许知道。"

吉兰多尔先生和 R 在灌木丛里寻找着路，消失在树干的另一边。过了一会儿，听到 R 的狂叫，我知道他们已经找到了什么。他们很快就赶回来了，R 兴高采烈，而吉兰多尔先生沉默又严肃。

他们在大概树腰的位置处，找到了一个钥匙孔。

"钥匙孔并不是金属的，"吉兰多尔先生解释道，"不是刻上去的。它就在树干上，好像自然长在那里的。它一定是神奇的，虽然树干上还有很多洞口，但它们是闭合着的或者是不同形状的。"

R 用自己的语言认真地说着，吉兰多尔先生为我们翻译。

"R 想要走进这道门，我知道我本想再等等。可是，显然，R 等不了那么多年，也不应该让他等。他说他可以做一位试飞员——他会为我们演示一下如何使用这把钥匙，当我需要的时候，也就可以使用这道门了。他说他不习惯漫长的告别，所以他想要尽快离开。"

"我不是想要跟你们告别，"R 说，"但是这里不能待了，没有地方可以待。今天不想要告别，但是明天的明天只会越来越艰难，我今天就想走。"

吉兰多尔先生长吸一口气："R，如果你想要待着的话，这里有个地方你可以待。你可以在冬天的时候住在我的洞穴里，一直到下一年……不管多久，直到战争结束。之后再看你是要走还是要待着都可以。你是我们的朋友，我的朋友。"他抓住 R 的手，拍着它。

R 说我们的语言还不够流畅，R 断断续续说道："谢谢你，吉兰多尔先生。"他不能对他的名字很好地发音，但这是我第一次听到 R 除了喊他"萨堤尔"之外的另一种叫法。他再一次用他的方言说着话，最后，吉兰多尔先生抓住 R 的胳膊转向我们。

"他决定离开了。"

祖母点点头表示理解。

"但是 R，"吉兰多尔先生说，"你想要穿过边界，快速地进入仙界，中午是最不适合离开的时候。因为边界是最危险的，只有在黎明和黄昏的时候才不会那么危险。可以等到今天黄昏时分吗，那样的话你就可以少走弯路了？"

R 同意了。

吉兰多尔先生脱下帽子放在胸口，转身对着我。我知道他在想该说什么来感谢我，他想说的太多了。我们为他找到了这道门——我们一起寻找的。我握了握他的手。

我们午餐就在台阶上吃。我们吃着我和祖母带来的食物：饼干、沙丁鱼、奶酪、李子、橘子还有葡萄。吉兰多尔先生取来他那罐用阳光酿造的茶，我们没有条件冰镇一下，它就是天然的夏天的味道。我们一起度过悠长而温暖的下午，R 用笛子吹奏美妙的旋律，吉兰多尔先生一直保持着警惕，而祖母坐在长凳上睡午觉。

"我不能赶回去又赶回来。"祖母跟我说，"如果你有精力的话，你最好跑回去，到厨房去拿些食物过来。在 R 离开之前，应该让他吃饱。"

"我可以去找食物。"吉兰多尔先生说。

"那么我们就会有一次盛宴了。"祖母说。

我很乐意接受这项任务。等待让人无法忍受，我已经开始想念 R 了。他的音乐让我产生了一种不可名状的情愫，其中一部分是悲伤，但它也包含着我无法描述的某种渴望。

"要是你的朋友来找你怎么办？"我问祖母，我想她一整天离开屋子是不寻常的。

她把地毯包当成枕头，头靠在上面。"告诉他们我们今天交换，你在家看家，我还在外面玩耍。"

第十六章

/

寻找牧神的男孩

我走出草地，看到 F 太太在她家的后花园里洗衣服。她在波动起伏的被单间看见我，我向她挥了挥手。她好像扬起了下巴，阴沉地打着招呼，但很难看得清。我用祖母那把发光的黄铜钥匙打开后门，走进屋。我已经习惯了乡村生活，想起每周两次送冰的送货员，明天不论我们在不在家，都要为他留着门。在城市外的世界多么不一样啊……再过四天我就要回到城市去了。

我收拾好我能找到的便于携带的食物，把它们塞进另一个地毯包里。我把包背在肩上，关上门，锁好。我跳下长满苔藓的台阶，跑向门口。但是在半路，我突然刹住脚，身体没站稳，一头栽下去，趴在地上。

一个男人站在门外，他双手交叉着靠在那里，从他的帽檐下看着我。

一个警察。

"哎哟。"他说道，对我的摔倒发表了看法。

我挣扎着，抓起掉出地毯包的两条面包。

"下午好。"这个警察说，我站了起来，尽我所能地回以问候，想着该做些什么。我紧张得快透不过气来了。

"要去哪里？"他抬起头，挺起鼻子看着我。

"不远，呃，"我嘟哝着，"我是说……"

第二个警察从外面的乔木丛散着步走向我们。

"那是什么？说话，"第一个警察说，"T太太在哪儿？"

我张了张嘴巴，完全不知道该说些什么。除了想尽快逃到山里去，别的我什么都想不起来了。

正在那个时候，F太太在她后篱笆的角落附近出现了。她锐利的眼神看向这两个人和我。"警察先生——"她的声音很愉快，叫着警察的名字，招着手让他过去。我从来没有听过她有过如此兴奋的语气。"多好的一天，不是吗？你们怎么来这里了？"

两个人都斜着帽子。"随便转转，F太太，看管好你的东西，现在军队离开了。"一个在门边的警察转向我，"是吧，小男孩？"

我低头看着我的鞋子，看着脚边的紫色石蚕花。

"看这里，回答我的问题。"

当我认为我快要晕倒时，F太太，这个原本我以为不会帮助我的人，救了我。"警察先生，你吓坏这个小男孩了。他不是小偷，他是M的孙子，他跟M住在一起。他四月份就来了。"

这些警察当然知道我是这里的人，他们肯定看见过我和祖母

281

一百次了。但现在我该怎么解释祖母在哪里，或者我带着一包食物要去哪里呢？

F太太继续说："我今天负责照顾他，因为M有约。"

我张大眼睛，把脸转开了。

"他只是进厨房拿点儿东西，我让他动作快点的。"

"噢。"警察挺直了腰板，拍着额头，"那就没事了。"

他的同伴咯咯地笑着，把手插进他的皮带里。"小偷一般没有钥匙的，是吧？"他眨着眼睛，好像对我说。

第一个警察为我打开了门，让我赶紧去F太太那里。

"把包放到里面去。"她点着头告诉我。我进到她的后花园里，她洗好的衣服就像帆布和马戏团的帐篷一样飘动着。篱笆很密集，我从篱笆上找到一个空隙窥探着那两个警察，看见她站着和那两个警察聊了很久。

我不想一个人进她的屋子，我找到一处有遮阴的角落坐了下来。眼前有一个白色的天使雕像，雕像手里提着一个篮子，篮子里粉色的倒挂金钟开着灯笼似的花朵。

最后，F太太走进花园里，她环顾四周，终于发现了我。她用手势叫我待在原地，便进了她的厨房。

她很快回来了，拿着一杯冰茶，杯里的冰块发出叮叮当当的声音。

她递给我，我脱口说了声谢谢。我对她，或者警察或者士兵，一样感到害怕。我记得祖母说过F太太的孩子都是捣蛋鬼。我不知道是指哪方面，他们具体捣的什么蛋，我也搞不清楚。

她伸出手来打断我的话。"不用谢，"她说，"我可不管你要去做什么，也不想让 M 以为我要套你的话。"

F 太太当然很了解我的祖母。她交叉着双臂，在直发下注视着我——那头发就像晾衣绳上的床单白得发亮。"你最好慢慢地喝完这杯茶再跑出去。"她向篱笆外面瞟了一眼，暗示着我应该给这些警察足够的时间离开。为了让我不再继续为难地谈话，她转过身，蹒跚地走了出去，到门外去整理被单了。

我抓住流着水珠的杯子，喝着那凉爽的冰茶，听着鸟儿在树上和篱笆上叽叽喳喳地鸣叫，我的心跳慢慢地恢复了正常。我头顶上的那张最大的床单随风鼓起，扯着夹在上面的夹子，就像在一艘船的甲板上：颜色缤纷的手帕和衬衫是旗帜，藤蔓覆盖的晾衣杆是桅杆。

太阳永远在移动，我渴望快点回到森林里。我从花坛间的小路上小心地走过，把空杯子放在小屋门口。我敲敲门，F 太太的脸隐约出现在窗户上。

"你可以把它放在台阶上。"她告诉我。她正在案板上切着什么刺激性的蔬菜。我可以听到菜刀咔嚓的声音。即使在窗户外，蔬菜强烈的气味也让我流泪。这刺激味好像对 F 太太没有什么影响。

"再次感谢你。"我说。

她愉快地点点头，转过身继续切菜。

我停下来仔细地环顾四周，看看有没有警察，然后赶紧上山。在没有树冠遮蔽的地方，我抬头看看天空，我注意到今天的天空是我整个夏天见过的最漂亮的天空：耀眼的蓝天无边无际，飘荡着层层叠叠的白云。它们是没有边际的画幅，几乎没有人会注意到它们缓慢的变化。

我沿着熟悉的小路爬上斜坡，神秘的森林世界像绿色的海洋。F太太洗好的衣服让我想到船只，我想象着有一艘船在树顶的波浪中航行，树叶儿在船体外侧簌簌作响，桅杆耸入云霄，锚有时候会在树枝间冲撞，抓住树根，保持船的稳定。它只在绿枝和蓝天里航行，没有见过村庄和大烟囱。也许因为有船锚把船只牢牢地抓住，船上的夏天永远不会结束，树叶永远不会变红，云朵永远不会被吹散，那里就只有云朵、太阳、月亮和星星。

我回到花园的时候，我发现只有R独自一人坐在台阶上。他说祖母和吉兰多尔先生出去散步了。我的第一反应是跑去找他们，当我问他们去向哪个方向时，R示意让我坐在长凳上。

我坐下来，放下背包，感到悲伤袭来，顿时手足无措，我从来没有跟一个人永远地道别过。我知道在这一生中，我将永远看不到R了。

"我闭上眼睛，"R指着他的头说，"我想……我会努力回忆我的家。"他紧皱眉头，闭上眼睛，直直地坐了很长时间。"我没有看到，没看到妈妈，没看到爸爸，没看到兄弟……也没看到我的妻子。还有我的孩子，我也没看到。你懂吗？"他摇着头，轻轻地笑着，很悲伤。"记得亲人们，看不见他们……"他做了个手势，意思是指他们的脸，"没有看到他们的脸。"

我点点头。"我也不能清楚地看到我的母亲和父亲，对我来说，只是过了五个月。"我不能在脑海里听到他们的声音。那些东西在

284

我的记忆里消逝得这么快。我看不见他们的面孔，听不见他们的声音，可是亲人就在我的心里……我盯着 R，我要记住他的样子。

"我看到了……"他继续说，"我看到了……那条河、那棵树、我妈妈的旧钢琴。老钟，老钟正嘀嗒、嘀嗒、嘀嗒响着——布谷鸟的叫声！布谷！布谷！"

他面带笑容地看着我，拨开他那油腻蓬乱的头发。他和他那蓬乱的胡子，看起来就像一本书里的人物——像一个海盗或被困在孤岛上的人。他喊我的名字，发音很准确，我对他咧嘴笑着。

"你很聪明，"他拍着自己的前额，特意说道，"你有很大的功劳，找到了仙界之门。"

"是我们一起找到的，"我说，"全靠你的诗。"

"我——（他说了句他的语言）你帮了我。"

我看着他，想起了祖母说过的战争的含义和这片神圣的森林不能容纳敌人的话。

"谢谢你。"他说着伸出手来。

我和他握了手，说道："不客气。"

他递给我他的笛子，说道："给你保管着。"

我感到热泪盈眶，眼泪随时可能流出来，所以我只是点点头，接过它。

但是 R 并不只是把它给了我，他想要确保我可以吹奏它。在接下来的大约半小时里，他教我吹奏笛子。这把笛子是他用芦苇秆雕出来的哨子。一遍一遍的吹奏让我感到头晕，我试着找到呼吸的方法，吹出好听的声音。我最终学会了三个音符，R 教了我最简单的仙界旋律。

最后，我们看到祖母和吉兰多尔先生回来了，我把笛子放进我衣服的口袋里。

"将来，你会是个很好的人。"R对我说，他的语气不是说"他认为"，听起来更像是预言。

吉兰多尔先生和祖母散步时，抓住了一只松鼠，现在他准备去烤。我不知道他是怎么抓到它的，我想象着他猛扑过去，跳起来，用一根树枝抓住它，这画面着实有点儿令人不安。

祖母对我从厨房取来的食物很满意。我告诉她我和警察及F太太的事情，她听到F太太说她不想让我祖母以为她要套出我的话时祖母大笑了。

我们在台阶上等待着，祖母和R谈了很多音乐方面的事情。我们玩了一局把苍耳果投到布靶上的决胜赛，布靶子是我从斜屋子拿下来的。我在笔记本上找到一幅我画花园画得比较好的图画，我把我们四个人都添加了上去，尽我所能用简单的线条和阴影描绘我们的仪态和姿势。它并不算完美，但已经很不错了。我小心地把这页画撕下来，把它给了R。他看了很久，之后认真地把它折起来放进自己的口袋里。"这是最棒的礼物，"他说，"我会永远保存着。"

金色的阳光从西边照进来，黄昏蔓延过寂静的地方，吉兰多尔先生带回来了烤肉串。我们互相鞠躬后，便开始享用盛宴了。祖母不再大声地祈祷，而是一只手放在吉兰多尔先生的手上，另一只放在R的手上，他们两个人拉着我的手，我们四个围成圈。我们都庄严地看着对方，之后各自祈祷着。这样的晚宴祈祷仪式是我在春天来这里时从没有想到过的。

　　祖母交叉双腿，坐回台阶上品尝凉茶。"吉兰多尔，"她突然说，"有样东西我想了整个下午，如果公爵真的去了仙界，从不回来，那他为什么不带走钥匙呢？为什么要将钥匙藏在亚玻伦雕像上呢？难道他有第二把钥匙？"

　　吉兰多尔先生把饼干屑从大腿上掸去。"仙界的门也有可能用其他东西可以打开——诗、咒语等。如果公爵可以发现这道门，也许是因为他知道这些隐秘的东西。如果是这样的话，他并不需要钥匙，他想将钥匙留给别人。我们不能完全清楚他建造这座花园的全部目的，但是有两点很清楚：一个是他指引了他发现的。我猜他用不可思议的艺术方式制作了这把钥匙，让有心人可以发现并打开这道门。他找到的是一条超越面纱、超越阴影的道路——这座花园就是他表示感谢的无私行为。他为别人建造了它，他把希望留在世界上。"

　　"那么他建这座花园的另一个目的呢？"祖母问道。

　　"是他对 G 的悼念，纪念他那永不消亡的爱。"吉兰多尔先生盯着那个只剩下美丽的脚的雕像基座。

　　看着他和祖母，听到他们的声音，我的眼泪流了下来。我假装梳理着我前额的头发，擦掉了它们。知道了公爵建造花园的这两个原因，知道了我可以每个假期来这里，知道了他们会带着真情实意等在这里，我的胸部竟然幸福得隐隐作痛。他们富有责任感并且敢于奉献，充满了温情和友爱。今年以前，我还从未收到过如此了不起的礼物。不管我什么时候回来，祖母和吉兰多尔先生都会欢迎我。

不管世界上发生什么，我们都会有我们特殊的地方，在那里，再寒冷的风也吹不进去。我就是那样想的，我还是个孩子。

★ ★ ★ ★

我们很快吃完了饭，然后把脏杯子和空罐子放回包里。我卷起苍耳果的靶子，把它也给了R，"你可以教农牧神怎么玩。"我说。

R笑着点点头，把它塞进衣袋里。

黄昏下，萤火虫开始在我们周围闪烁。

"好吧，"吉兰多尔先生轻声说道，"天快要黑了。"

"是的，"祖母说，"我们最好趁还能看得清钥匙孔的时候去。"

于是，我们站了起来，伸直腰，在凉爽的空气中深吸一口气。祖母拿起地毯包，R走在我们前面，吉兰多尔先生在台阶东边挽扶着祖母——我久久地停在台阶上，挨个看着我还看得到的奇妙的东西：乌龟雕像、大象雕像、赫拉克勒斯雕像、蟒蛇雕像、野猪雕像，尼普顿坐在基座上，还有水池边那四个裸体美女。我想这座花园很快将会再次沉寂，只有鸟儿、小动物、树叶、苔藓和瞬息万变的光亮。这里所有的怪物都将再次慢慢地被藤蔓覆盖住——随着夏天的过去我们也将离去，等到五彩缤纷的秋天伴着坚果咯咯响的时候，我们再回来一阵子。多雨的冬季会像岁月般悄悄来临，不过那个时候我们已经回来了，我会提醒自己的。

祖母在只有一双脚的雕像基座前停留了好一会儿。R步履沉重地向前走着，而吉兰多尔先生站在祖母旁边等着她，把手搭在她的肩膀上。最后，他们又一次彼此凝望，然后再接着走，我跟在他们后面。

我们走过拱门，走进高处的林中空地。我们经过时，美人鱼雕像淡淡地注视着我们——我不由得遐想，我们都知道海洋，但是对于远处山坡下的海洋，只能听见海浪声，却永远也看不见。

夜晚的黑暗正从那张尖叫的大嘴巴雕像里倾泻而出，这种感觉让我觉得不安，我从来没有过这么晚还待在花园里。不管怎样，太阳落山的黄昏时分比起快天亮时候黎明前的黑暗，更让我感到害怕。薄雾在森林间，沿着长满苔藓的石墙蔓延，蟋蟀在灌木丛中鸣唱。每一只萤火虫都点亮起它苍白的灯。我想知道如果我追在萤火虫后面，靠近看的话，会看到什么。

森林里有种透不过气的感觉。山顶上，石庙在高高的树木后面隐藏着，山顶的那片天空开始变成深紫色，星星还没有发光。

"就是这个时刻了，"吉兰多尔先生说，"这个时刻两个世界之间的墙是最薄的。"他指向岸边树叶阴暗的凹陷处，线条的深度和轮廓跟白昼与黑夜的交融开始融合。我并不确定他在那里看到了什么，但是我相信他对仙界的了解。

R向前跑去，接近那棵没有树枝的枯树，幽灵塔就在铺满树叶的枯树下面。

吉兰多尔先生紧紧抓住我的手臂，在我耳边轻声说："你看他多么渴望去往那里——毫不犹豫地离开这个世界。色彩和声音来到人间也是这般光景。离仙界之门远一点儿乖乖站着，好好平平安安地度过一生。你们两个要互相抓住对方，不管听到什么，不管多么想要往里面看，都不要靠近，边境是非常危险的。"

"那你呢？"祖母问道。

"我会确保他安全地走过门，然后在他身后关上。"

R 已经挣扎着进入荆棘中，他的手放在枯树的骨白色树干上。他转动钥匙孔时，兴奋地喊着我们。

吉兰多尔先生把帽子紧紧地扣在头上，领着我们朝枯树走去。我们小心地绕着它走，旁边的黑色灌木丛乱成一团。我们每移动一步都需要仔细观察脚下的情况。终于，吉兰多尔先生走到树干跟前，他让我和祖母站在他的右边，R 站在他的左边，这儿几乎没有站脚的地方。树枝扎着我们的身体，荆棘扯着我们的衣服，密集的荆棘遮挡住了我们的视线，我完全看不见那张尖叫的大嘴巴。虽然太阳才刚刚落山，这里已经是湿气沉沉了。

R 张大眼睛满怀着期望，他过来一一地拥抱着我们。他身上有股汗味儿。

"善良的，善良的女士。"他握着祖母的手说道。我回想着从他挂在树上，拿枪指着我们的时候到现在，我们走过了多么长的一段路。很明显，他正在康复中，他的伤口对他不再有妨碍了，他也不再需要药物的治疗了，祖母做得很棒。"你救了我，我记得，我永远记得。"

"是的，好吧，"祖母说，"我们也会记住你。"她再次拥抱他，用双手拍着他的脸。"我很开心你来找我们。小心点儿，照顾好自己，R。"

他最后一次看向我，我抚摸着口袋里的笛子。他咧嘴一笑，对我竖起了大拇指。

祖母把钥匙从地毯包里拿出来，用剪刀剪断绑在手提带上的绳子。她看向我："这把钥匙最应该属于你。"她说着把钥匙交给了我。

我手指抚摸着钥匙的顶部，庄严地把它交给吉兰多尔先生。

祖母也告诉他小心些。她用双臂紧紧地抱住我，我们后退一步，尽量往灌木丛后面挤了挤。

从我站的位置上可以看到夜色中黑乎乎的钥匙孔。R把手从树干上移开，让到一边。吉兰多尔先生吸了一口气，拿着钥匙，插入钥匙孔。钥匙插到底部，他缓慢地转动着，从树干里面传来一阵巨大的咔嗒声。

然后，他手里的钥匙猛地一动，树洞裹着钥匙就像嘴巴里的舌头一样，舌头缩回去了。尽管钥匙孔小得我都看不清钥匙顶部，我还是清晰地看到洞口像一张嘴那样张开，把钥匙吸了进去，然后关上了。树干表面上起了褶皱，下一秒，洞口也不见了，有的只是光秃秃的粗糙的树皮。

吉兰多尔先生蹲了下来，想扒开树皮。

就在这个时候一道狭窄的小门旋转着出现在树干上，高度和宽度刚刚能够容纳一个普通身段的人。入口不断后退，拽着覆盖在它上面的藤蔓，一些藤蔓在后面拖着它，一些被扯得松散，散漫地挂在入口。

从我们这个位置，祖母和我都看不到里面，而吉兰多尔先生和R被笼罩在奇妙变幻的光亮下。一开始，是蓝白色的光，亮得他们用手遮住眼睛。他们身后的树叶在蓝白光的照射下闪闪发光，如同在太阳光下一样，他们投射在身后灌木丛上的身影被拉得长长的。之后光亮变得柔和起来，变成了银绿色，我随即想起其中一个我喜欢的圣诞装饰品的反射光，一个我妈妈的旧玻璃球，每年都挂在我们的树上。

R看着亮光大笑着，他的表情是纯粹的快乐。他拍着吉兰多尔先生的肩膀，把挡在路上的藤蔓拨开，奋力一跃，穿过了这道门。

"再见！"祖母喊着，但是我怀疑他能不能听到她的声音。他不再听得见我们这个世界的任何声音了。

吉兰多尔先生坐在地上，确切地说是跪坐在他的小腿上，脱掉帽子盯着炫目的光亮，情绪极度激动。他一度大张眼睛，痛苦地大哭着。然后，他认真地听着什么，点着头，指向我和祖母。

慢慢地，他转过头看着祖母，我看到他眼里深深的悲伤。"M，"他说道，他的眼里充满了泪水，"M，父神和母神在召唤我。"他有点儿说不出话来，"他们为了我，将这道门在这里留了很久了，但是，以后不会再有了，他们会永远关上它。农牧神在呼唤我，吹笛人在山上——我听到了……我看到他在跳舞，M。"

他向我们爬过来，声音里充满了恐慌。

一开始，我还没反应过来。随即，我只觉得自己要被压垮了——吉兰多尔先生也要离开我们了。

祖母叫我不要动。她放下手杖，放下地毯包，跪下来抱住吉兰多尔先生。

他哭喊着她的名字,紧紧地抱着她,埋在她的头发中哭泣。"M！痛苦来了……我看到了……我现在明白了。噢，M！"

她抱着他，让他安静下来，说一切都会好的。"如果他们在召唤，你现在必须得走了，"她说道，"这是对的。我不会落下很久的。去吧，吉兰多尔，去吧。"

在比晨光还神圣的光芒中，他们温柔地吻了很久。我也哭了，视野模糊，所以很难确定我看到了什么。祖母银白色的头发在那光亮下看起来发黑，波浪状地垂在她的后背上。她朝我轻轻一瞥，就让我呼吸困难。

眼前的祖母已不是满脸皱纹的祖母，她依旧有着那双狡黠的充满智慧的眼睛，象牙色光洁的脸上五官精致。眼前的祖母绝对不可能超过二十岁。此时，我终于明白那尊遗失了的雕像上的面孔该有多么美丽。

吉兰多尔先生站起身，扶起祖母。这个渺小的、充满岁月重压的凡人世界，他要离开她了。他身上散发出一束光亮，好像他是这个世界第一个春天的第一位农牧神。他往后退着，久久地抓着祖母的手，触摸着她的手指，退到藤蔓覆盖的门口。在门槛上，他看着我，眼神里包含着新的希望和憧憬。他离开的时候，看着祖母，不再哭泣，微笑着，他的帽子落在草地上。仙界的神圣光辉缩小成一小点，然后是一条线，最后伴随着一阵轰隆隆的关门声消失了。

在最后一点光亮下，我看到那里没有门，也没有任何门的痕迹，没有钥匙孔，没有钥匙。

祖母捡起那顶破旧的帽子，我收好地毯包和帆布背包，把手杖递给祖母。她伸手接过手杖，她的手又变成了那双干瘪的手。

一路沉默无语，我们从最近的出口——美人鱼雕像的后院，离开了花园。那是祖母还是小女孩儿时，第一次进去的门。现在它黑沉沉的，我们没有回头。

第十七章

再见了，父亲

　　祖母重新点亮灯笼，在回村子小屋的路上，我们没有说一句话。我们都知道这个晚上没有什么话可说了，没有重要的事情，没有答案需要寻找。R 安全地离开了，到等待他回去的地方了。我们失去了吉兰多尔先生，以我们人类的情感模式，我们为他感到悲伤，就好像他已经死去或者永远离开了我们。我感到失去了力量，情感平复下来后我很快就睡着了，醒来时闻到了早餐的味道。

　　早饭后，我们洗干净盘子，也包括昨天野餐带回来的那些餐具。祖母托着我们用来喝茶的四个杯子，我知道她正在想念吉兰多尔先生。她把他落下来的帽子带回了她的房间里。

　　又是一个阳光灿烂的热天气。我们到后花园散步，坐在长凳上。祖母不再告诉我我们该做些什么，我猜她没有精力在花园里工作，或者在村里到处走动了。我想要说些什么，但是我不知道应该说什么。现在我手上的笔记本除了做一个纪念品之外，没有其他意义了。我们已经解开了谜团，我却感到空虚和伤心。

我听到一辆车沿着街道驶过来的声音。我打算站起来，去看看它是什么牌子的，但是感觉浑身无力。而汽车也似乎像我一样没力气，它在我们屋子前停下，引擎停止了。祖母和我奇怪地看着对方。

祖母站起来，抚平她的裙子和袖子，我们听到关汽车门的咚咚声。有人在敲前门，一个男人的声音响起："T 太太在家吗？"

我在屋子后面的角落里站着，从我房间的窗户下，可以看到旁边的院子。一簇簇爬在藤蔓上的桃金娘和壮丽的倒挂金钟笼罩在梨树和李子树投下的阴影里。

我没有看见车，但是看到一位士兵出现在装雨水的大桶旁。他看到了我，向某人示意，说道："在后面。"我赶紧走到祖母跟前，告诉她是一位士兵。

一阵紧张袭来，让我快要站不住了，我心跳得厉害。就跟阳光照在我脸上一样肯定，我确定是爸爸打完仗回来了。我知道下一刻他会走到房子的角落里，把他的包扔在过道上，张开双臂拥抱我。

祖母皱着眉头等待着。

当 P 少校出现在眼前时，我的呼吸停止了。他的制服干净利落，头发和靴子闪闪发光，他把帽子放在一只手上。他抬起下巴向我们打招呼，走向我们时，靴子敲打着地板。两个士兵跟他一起，一个是在渡轮上和他一起的助手，另一个是在我走向山顶台阶时，在花园里抓我的那个人。少校并没有像往常那样从容地打着招呼。

我以为祖母会说些什么，奇怪的是她就那样坐在长凳上。我向后退，站在长凳旁边挨着她。

我们有什么麻烦了——军队找到 R 的东西了，但这又能怎么样呢？现在他们已经找不到 R 和吉兰多尔先生了。我们在斜屋里没有留下什么重要的东西，一个草垫子，一些破布，一个水桶和一个盆子都还藏在小隔间里——这位少校知道什么？

当士兵们大步靠近时，我便想到 R 的手枪。有人在渡轮上看到我把手枪扔进海里了吗？要是手枪不知怎的卷入渡轮的引擎中怎么办？要是机械修理工在拧紧螺栓时被手枪击中怎么办？我的思绪转得飞快。这一年有些时刻是无法忘记的，我一辈子都记得每一种气味，每一次冲动，每一种声音和颜色。

"T 太太，"这位少校轻声说，"夫人……我必须单独跟你说话。中尉，带这个男孩去散步。"

"是的。"第三个男人说着向我招手。

但祖母说："不用。"她坚定的语气让我震惊。她用双手握住手杖头，她脸上的表情吓到我了，"不用，少校。不管你要和我说什么，我的孙子都应该听。"

少校清了清嗓子，看着我，再看向她。中尉放下手，恢复到警惕的姿势。少校今天有所不同，此刻，我没有看到任何的傲慢和暴怒。

"就按你说的，"P 少校说，"有一件极其悲伤的事，我必须通知你。你的儿子 T 上尉为他的国家做出最后的牺牲，他在昨天的一场战役中阵亡了。他掩护四十三名伤员疏散到安全地带，在去往战场医院的路上，在猛烈的炮火中牺牲了。请你理解他行为的意义，他是一位英雄。"

"掩护？"祖母说着，目光看向遥远的地方。

"电报告诉我们敌人并不知道那是座医院。他们用所有的武器发起攻击。你的儿子，T上尉，坚守着他的岗位，架起机关枪，只有他能够救那些伤员，他做到了。夫人……他被燃烧弹击中，恐怕他的遗体找不回来了。"

"没有遗体。"祖母重复着。

少校讲到了荣誉和奖牌，讲到他想要如何传递这条消息，但是我再也听不下去了。我知道他错了，我想告诉祖母他错了，这样她才不会担心。他说的不可能是我的父亲，我的父亲给我写了信，从来没有写到机关枪。他到处行军、驻营，他看到过星星和日落，他给我描述过那些树。我的父亲会很快回来的。

祖母抓着她的手杖，直勾勾地看着前面，肩膀随着她的呼吸缓慢地上下颤抖着。

之后我开始确定这是少校开的一个残酷的玩笑——他精心策划的一次可怕的复仇。怒火在我心里燃烧着，我气得往前一扑，揍了他一拳，对他的脸大声喊着："你在撒谎！你在撒谎！这不是真的！"

少校僵在那里，即使很气愤，我也能从他的眼里看到他的强硬和冷酷。

我不能忍受这个让我讨厌的人站在我们的花园里，对祖母和我说这样的谎言。没有说一句话，我闪过他的身边，跑向后门，让门就那么摇晃着，冲到乔木丛间。我发现我们屋外的灌木丛后面有一张长凳，便坐了下来。片刻后，我又站起来，穿过垂到地板上的芳香树枝，在灌木丛中爬行——我爬进枯叶覆盖下的荆棘的阴影里，这里的灌木根茎满是黏糊糊的树汁。我用力抱住膝盖，等待着。等P少校带着他的人和他的谎言离开了，我就会回去。

透过树枝的缝隙，我可以看到蓬松的白云挂在天空一动不动。

过了一会儿，我听到脚步声，看到祖母蹒跚地走进乔木间寻找我，她比今天吃早餐的时候看起来沧桑多了。我从灌木丛中爬出来，走向她。之后我们一起坐在挂满熟透了的葡萄的藤下的一把长凳上，她抱住了我。

"都是谎言，是吗？"我绝望地问她。

祖母用她的手指梳理着我的头发，亲吻我的额头，把我抱得更紧了。她闭上眼睛，轻轻地拍着我的背。

★ ★ ★ ★

星期二的下午浑浑噩噩地过去了。我们走向一个有着电话的商店，这样我才可以打电话给我妈妈，祖母让我这样做的。她把号码放在她的手提包里。当妈妈和我听到彼此的声音时，我们一直在哭。她喊我"宝贝"，她说会在星期五晚上来看我，而且她还说了她有多想念我，她爱我，我说我也爱她。妈妈想要和祖母说话，在我把电话交给祖母时，祖母犹豫了。但是她接过去了，听着话筒，好几次说了"是的"，"那好吧"。"是的，他……是的，他是……是的，当然也会的，但我还不知道。"之后她看着我说，"他是个很棒的男孩儿，他一直是我的帮手。"她在很长的一段停顿后说道，"我知道，亲爱的，我也要跟你说一样的话，你在我心里。"

似乎整座村庄马上就听说了这个消息，祖母的朋友开始带来盘子、碗和装满食物的篮子。那个晚上，我的不相信转变成怒气。如果不是P少校恶毒的谎言，那么就是上帝的错误。上帝就是错了，他让不该死去的人死去。我跪在我房间里的地板上，请求上帝把他送回来。在桌子上的照片里，我的父亲抱着我的母亲，手搭在我的肩膀上微笑着。他就在那里，很明显就在那里——如此有生命力和感染力的力量不能从世界上消失，上帝全错了。晚上我躺在床上睡不着觉，膝盖因为跪了很久开始疼痛。

星期三还是一样：来来往往的人们，拥抱着，哭泣着，祖母有时候双眼蒙眬，但至少在我看到的时候，她从没有失去理智。低声细语的牧师来和我们一起祷告，我离他这么近，我可以听到他在说什么，但这不重要。他并没有让上帝改正他的错误，所以我并没有在听。我的堂哥C发来电报，说他会在星期五开车来接我，这样我就不用搭火车回家了。祖母的一个朋友把情况解释给火车站的站长听，我的返程票钱退了回来。

我的朋友——邮局局长走过来抱着我，说了一些安慰我的话，他的眼睛都红了。我们一起坐在后花园，谈着话——我并不记得谈了什么。他给了我一支看起来很昂贵的银色笔。"记住我，"他说，"但主要还是写信给我。收好它，G。"我收好了。

D太太止不住地哭泣。每当有新的人走进来，她都会号啕大哭。人们抱住她，给她扇风，去安慰她。曾经，很久之后，我和祖母谈起这件事，祖母说："这是她尊敬我们的方式。她知道总有人应该要做合适的事，而你和我都太麻木了。"

我不记得我的愤怒和麻木了。

F太太负责厨房，给每个人做饭、上茶和打扫卫生，确保祖母可以听到所有重要的消息。

★ ★ ★ ★

祖母半夜来看我，看到我没有睡着，于是我们去厨房加热了牛奶。我们坐在到处是面包、糕点和水果的地方，最后祖母哭了出来。我想是我先哭的，但我并不确定。很快，我们在桌子上抓着彼此的手，放声大哭。

我们痛哭了一阵之后，把装满牛奶的杯子带进客厅。祖母让我坐在沙发上，头靠着枕头，她抚摸着我的头发。她用柔和沙哑的声音唱了一首关于流浪人长途跋涉的老歌。流浪人坐在长满苔藓的石头上休息，盼望一位少女回家，她有着白雪般的皮肤和乌鸦翅膀般漆黑的头发。

不用问我也知道这首歌是我父亲还小时，她唱给他的。这时候，蟋蟀为我俩唱歌。我终于睡着了。

★ ★ ★ ★

星期四的早上，又有来访者来了。我实在不能忍受了，我问祖母我是否可以到森林里去，她抱住我说可以。

在这座神圣的森林里，一切都似乎不一样了——鸟鸣声、光和

301

落叶声。我知道该逝去的已经逝去了。我看到花园里雕像的眼睛更加沧桑，斜屋落寞悲伤地耸立着。

我爬上摇晃的楼梯，把R留下来的东西一点点拿到外面：树枝、树叶、篮子；一些盘子、吉兰多尔先生的炊具；一口锅和一个水桶；我们用来擦镜子的破抹布。在我最后离开时，确保滑动的地板被固定在后墙，这样方便走向那个楼梯。然后我爬上屋顶最后环顾了一眼。"再见。"我对花园低声说道。

我将树枝和树叶拨开，把所有的东西都用毯子包起来。在我把它带回家之前，我把它放在台阶上，然后走向上面的花园，那里有通往仙界的门。

当我靠近时，我突然想到在我们打开门前，我的父亲已经死去了。他在那里，在门的另一边的某个地方……也许只是几步远。吉兰多尔先生生看到过他——想起这位农牧神的反应，我肯定是这样。

再次看到这棵没有树枝的大树，我深深吸了一口气。自从几天前的那个晚上，它就好像过了几百年或更多年，腐烂了，树干里的洞穴腐烂了。从现在起的每一天，它都有可能倒在灌木丛中或林间空地上。我不再靠近。

我穿过上面的空地，向西走去。在经过通往石庙的小路时，我听到一阵噪音。我呆住了，我朝右边看。我并不想在我们神秘又神圣的地方遇到任何人，但是我没有时间逃跑了。

一个男人在灌木丛中出现，走下台阶。他又高又瘦，被太阳晒得黑黑的，他不是一位士兵……也不是村里人。他让我想起管弦乐队的指挥，他的脖子上挂着一个看起来很昂贵的相机。

"你好！"他兴奋地说着，"所以像你这样的人真的来了！这个地方是为你而设的！"

像我这样的人？难道这个人是仙界的人？我快速地瞥了一眼他的腿，它们看起来是人类的腿。

他笑着走过来："像你这样的孩子！这是你的地方，不是吗？"

"没人来这里，先生，"我说道，"听说这个森林是闹鬼的。"

"你是个严肃的小家伙，"他说道，"闹鬼？那你是鬼魂吗？"

我并没有告诉他我的父亲被杀了，他伸出手来和我握了握。

"你说，'没人'——但是你就在这里。你在这里玩吗？"他问道。

我解释我在这里玩了好几个月了，现在我正要去探望我的祖母。他点点头说如果是他的话，这里就是他玩耍的地方。我们漫步走过预言天使雕像，经过半人半马雕像，我还是不喜欢在这里发现一个陌生人。不过那时……在花园属于我们之前，它是属于其他人的。

"这个地方不会激发你的想象力吗？"他问道。

"是的，我喜欢画它。"

他停下来再次握了握我的手。"艺术同伴！我自己画图。还画画，也雕刻。"

我想我可能没有专心思考，这就是为什么我花了很长时间才能理解的原因。这位就是 P 少校的朋友，他曾经和这位艺术家讲过雕像的事。

这个男人在睡美人雕像前停下来，欣赏地摇摇头。"你看，这就是我为什么在这里。我读过关于这个地方的一些东西，但是没有弄懂……我的一位士兵朋友最近在这里进行某项巡逻——寻找那个消失的人。我相信他说的，这个地方太了不起了。"

一位"士兵朋友"……但这个高挑的男人一点儿也不像少校，可能因为他是一位艺术家。他的眼睛一开始是友善而温暖的。

"它是一个神奇的地方，"这个男人说，"它会令人想象仙女在这里跳舞，或者在拱门后面那里！"他对我咧嘴一笑，"你在这里见过仙女吗？"

"没有，"我说道，"只有一位农牧神。"

"只有一位——"他扬起眉毛，开心地笑了，"你知道的，"他诡秘地说道，"我打算带一位船员和一台移动摄像机，为这个地方拍一部电影，人们应该知道这座花园。诗人、历史学家们、寻找神秘的人、信徒、恋人——当然是热恋中的，还有像你我一样的艺术家。"

我们走下底部的楼梯，走到拱门下面。我本来要告诉他，在他右边的灌木丛中藏着一座鲸鱼雕像，但又纠结要不要说出来。如果他认真对待这座花园的话，他会自己找到的。

他灵光一现，问道："你想要被拍到我的电影里面吗？你和你的祖母，你说呢？"

我向他道了谢，告诉他明天我不得不离开村庄，回到城里去了。

"噢——真遗憾，"他说，"这片森林就像你一样。你知道的，有些人不适应一个地方的光亮，他们就抛弃它，不去适应它。但是——这是你的家！"

我想起少校在来这里时的表情，我认为我知道这位艺术家指的是什么。

"那么我们至少可以拍张照吗？帮我拍一两张照片。也许就在那里？和那个无底洞里的魔鬼天使？"他知道亚玻伦。

我摇摇头。"不要那个。"我越过他的肩膀看向那边。

他随着我的目光看去。"啊哈，"他大叫，"那是一个更好的选择！你确实有艺术家的眼睛。"

于是我们走到方形水池边，我和抱着水罐的裸体美女一起拍了张照。

"你可以帮我多拍几张吗？"这个男人问道，他向我展示怎么样操作相机。我照着做了。第一张照片，他走上水池边缘，肆无忌惮地把他的手放在美女雕像的腰上。他让我拍了三张，其中有两张很庄重。

几个月后，当我再次拜访祖母，她给了我两张印出来的照片：一张是那个男人的，另一张是我的。这位艺术家已经采访过祖母，因为她是神圣森林的当地专业人士。我猜他领略过了祖母的半真半假和小心谨慎。祖母当然看到我在他的照片上了，她认出那位庄重的小伙伴是她的孙子。在这张照片中，我坐在那里，双手插着口袋，看起来羞涩又悲伤。祖母带我看在她书架上一本书里夹着的同一个人的肖像，当时我并不知道这位带着相机的艺术家正是伟大的艺术家 D·S。他是我在那个夏天，最后时刻结交的最后一位朋友，他早已闻名于世，我在博物馆中看到过他的作品。他在两张照片的后面给我签了名，其中一张写着："给 G，很感谢偶然的相遇。"另一张写着："给有艺术家眼光的 G。"那个夏天，我把照片、笔记本、羊毛岛上的贝壳、R 的笛子和我父母的信都放在母亲的旧旅行箱里。

但那天在花园里，我和这个男人分开走了，他要给雕像拍更多的照片，我则背起叮当响的包，沿着来路大步走出森林。我最后一眼看到的，是从灌木丛中冲出来的飞龙雕像，猎狗永远无法靠近它。

★ ★ ★ ★

那就是我在村庄整整一个春天和夏天的最后时光。那天晚上，在屋子重回寂静时，祖母和我聊了很多。她让我看了那天下午一位士兵带来的信，我父亲上司的表扬信，说着和少校告诉我们一样的事。祖母把信给了我。

"你不保管着吗？"我问她。

"我保管着所有东西，"祖母指着她的心说道，"在这里。而且，我都有他这些年寄来的信，有一天会属于你的。而且你比我更需要这些东西。你的人生还很长，还有很长的路要走。"

"对于未来永远不要太绝对噢。"我提醒她。

"好吧。"她说道。此外，她补充说，我们肯定知道一件事，不同的小路往前延伸，终会在前方某处相会。她拿给我一块印着海马和海星图案的软布，帮我把贝壳包起来，这样才不会碰碎那些贝壳。"这块布是我还是婴儿时穿的衣服上的一部分。"她说道，"你知道的，他们用海来为我命名。"我拿起那个最好的贝壳，放在祖母椅子旁的书架上。很多年后，这些贝壳会变成珍宝。我不管什么时候把一个贝壳放在耳边时，都会听到海的声音，听到村庄里所有的声音——海浪、微风、海鸥、远处的引擎和祖母所有朋友的声音。

我承诺下次会很快来看望她，会经常给她写信。

她告诉我要对上帝耐心。过了一会儿，她说道："我明白上帝是不会犯错误的。"她告诉我和她一起度过的这些日子她多么开心。

★ ★ ★ ★

早上我们坐在屋后的长凳上，等着堂哥 C 开车过来接我。祖母说，过去几天事情很多，西红柿成熟了她都没有采摘，它们会在藤上坏掉的。所以，今天我们进园子去采摘，西红柿鲜亮的圆顶伸到锋利又芳香的枝叶外面。祖母叫我不要弄脏了裤子，我说我不会的。她说葡萄丰收的季节很快就要到来了，村里人会酿造新酒，还一直跳着舞。每年都是这样的，就好像身边仍有半人半羊仙和农牧神。

我记得她还说过：她以为她逃避就可以远离战争，但是她错了。战争不能被无视。对于每一个生活在战争时期的人，战争以它自己的方式存在着，它以各种方式来到我们身边。是战争给我们带来了R。如果没有战争，我们不会遇到他，不会知道他对于我们，就像是一份礼物。

当我看到祖母被晒黑的手，我想起 D 太太说的一些理由，想起当我告诉她紫锦草和倒挂金钟时，祖母是多么失望。一股悲伤现在一下子压在我的心头，一股暖流触及我的内心深处。"你一直为他种植着这片花园。为吉兰多尔先生，对吗？这就是为什么我们直到他出现才讨论这些花。你想要他第一个知道这些花而不是什么其他人，对吗？"

我想象吉兰多尔先生坐在树林深处，只有农牧神才能够捕捉每年春天第一朵花盛开时空气中那股新鲜的芬芳。

祖母发出一声"嘘"和咯咯的笑声，我知道我是对的。

我们带着满指甲的泥土，结束了这次劳作。

我记得我再次抬头看云朵时，有些东西总是在运动中——比如云、晾着的衣服和树上的叶子，而有些东西就比如森林里的雕像，是永远静止的。祖母在我后面寻找西红柿，不时嘀嘀咕咕地跟我说话或者跟蟋蟀讲话，我席地坐在我的小腿上，看了很久的云朵，它们在美丽的天空中翻滚伸展着，奇妙的画面保留片刻，又开始下一幅画面，奇妙的画面一个接着一个。

第十八章

/

问候老屋

祖母一直活到高寿。我真希望能跟她说我每年夏天都要和她在一起，或者至少大多数夏天和她在一起。可是残酷的现实是，我在九岁时就成了我们家里的男子汉，就像父亲必须上战场一样，我也没有选择。战争结束了，但是夏天不再是无忧无虑的了。接下来的每年夏天，大多数的差异在于温度。我在家里帮忙，尽我可能多地打工，然后去学校。我们总是努力找机会团聚，努力让头顶上有屋顶，餐桌上有食物，尽管不再像曾经那么多。我的妹妹长大后成为了一名音乐老师，我的母亲对我们都很满意。

我给祖母写信，一有空就去看望她，但是一切不再是从前的样子了。不再有谜团需要我们去破解，不再有伤员要我们去照顾，没有农牧神在月光下敲着后门。每一次拜访，在我和祖母交流消息后，就没有什么要说的了。我们会听电台，我会在花园里，在她的旁边帮着她挖土和除草。在一个美好的秋天，我重新给她的房子修屋顶，这件事成为小镇上谈论的话题。有一次，我给她带去一台新式冰箱，但是她让我把它带走，因为她不能忍受它的噪声。我也认为，她不喜欢不会融化的冰块，这样就没有水来浇灌花园，所以这样就没必要把冰箱强留下来。我经常会给她修门闩和篱笆，过上一两天后，祖母会叫我回去照顾母亲和妹妹 N，我就听话地离开。

那个时候，这间小屋变得安静和落寞，我整理着祖母的东西。我的妹妹本可以帮我，但是似乎我应该自己做，这样才是对的。它并不难，祖母过着简单的生活，与世无争，家里没有多少财产，只有几件祖父做的精美家具。

在香柏木箱底压着一封信，里面的信纸折叠得整整齐齐。尽管这封信是以这么一种形式提到他，祖母还是很珍惜，她可能早已忘记她把信放在那里了。但我想，最可能的是，在她知道找到这封信的人一定是我之前，她就希望有一天有人会找到它。

这封信伴随着岁月变得苍黄，带着褪去的墨水。毫无疑问它的签名是我祖父的笔迹，这封信是他写的。这封信没有地址，我猜他是来到祖母门前，把信交到她手上的。信上写着：

我亲爱的 M，

如果你能原谅这位自傲和固执的傻瓜在怒气中所说的话，请你接受我的道歉。以我对你的了解，如果有什么我能肯定的话，那就是你总诚实面对自己所说话的人；如果你说你曾经爱过的那人不是我们这个世界的人，并且在我们遇见后，他已经从你的生命中消失，我相信你。确实,我有什么权利去指责你在那段时间的情感呢?我生气的原因是我这么了解你,我看到你还爱着他;困扰我的是,我必须和你一起承担你的那段时间,尽管它只是一段回忆。你让我相信和他在一起是不同的——你的存在对我们来说更加完整。最重要的是,我知道你爱着我。到最后我才知道为什么你觉得你告诉我他的存在是这么重要,所以在我们之间就没有秘密了。

最亲爱的 M,你能在今晚九点去海滩石洞见我吗?天气会很好的,今晚的天气很好,景色也会很美丽。我有一个非常重要的问题要问你。如果你没有来,我知道都是我的错。不管怎样,我都爱你:不管是实现我近在咫尺的梦想,还是只有那注定遥不可及的梦想。请今晚到海滩石洞来吧!

你永远的

B

我的车装上祖母的最后一点东西。我选择从它的后门最后一次离开这间小屋。在那个晚春的那一刻,我坐在祖母的古老花园的石凳上,花坛里还有那些挂着花卉盆子的植物。由于没人打理和照顾,它们按自己的意念肆意地生长着。我希望会有一个好园丁搬进来。

隔壁,F 太太的花园已经被拆除了,她的花园除了光秃秃的土地,什么也没有。新的木头篱笆上绑着黄色条幅。我建立的一个新的基金会将会在这里启动。

我站起来伸直了腰,深深地呼吸一口空气里的芳香。太阳的光亮照满我的全身,让我感觉暖洋洋的。然后我走了——走出后门,走过高高的草丛，经过乔木丛，走进野花地里，最后走进温和的绿光照耀下的森林。

致　谢

我想对我的经纪人埃迪·施耐德表示感谢，他一直相信这本书。对我的编辑纳瓦·沃尔夫找到方法出版，对她为以最好的形式呈现这个故事而付出的所有工作、支持和奉献，表示感谢。感谢崔西亚、塔米、史蒂文、加布、杰夫、艾娜、莉齐、凯瑟琳、扎娜、雪丽以及之前看过草稿给出中肯意见的伊丽莎白。感谢传奇出版社用一个我喜欢的封面出版了这本书。

十分感谢皮尔·弗朗西斯·科奥尔西尼，也就是维其诺，他在意大利的博马尔佐建立他的萨可洛波斯科（神圣的森林）。尽管神圣的森林在这个故事里是虚构的，但是雕像、框架以及维其诺那引人入胜的终身之作推理小说给了我灵感；在五个世纪里，他的其他作品、其他作家和音乐家的作品遥相呼应。

想要知道更多关于维其诺花园的事，我推荐这本卓越的书。由杰西希勒写的《博尔马佐的花园：文艺复兴之谜》。最后一定要感谢珍妮特·布伦南，2008 年 5 月在《命运》写了一篇文章《怪兽公园》，介绍我去萨可洛波斯科，也是第一个给我灵感写这本书的人。

享讀者

—

WONDERLAND